Panique à la Sérénité

Éric Biral

Panique à la Sérénité

Roman

LE LYS BLEU
ÉDITIONS

ISBN : 979-10-377-9182-5

1
7 heures 30 – 8 heures 30

Le spectacle est horrible, le sang a giclé sur le mur de la cage d'escalier, composant une sorte de tableau d'art moderne. Plutôt apocalyptique comme œuvre, se dit Georges. Appelé sur les lieux d'urgence, comme d'habitude, en remplacement du Capitaine Bordier, gravement malade depuis plusieurs mois. Au bout du rouleau… pauvre gars…

Bon, je dois me concentrer sur cette boucherie. La femme est couchée sur le dos à moitié appuyé sur le mur, les bras tendus devant elle, les mains toutes entaillées, posture de défense sans aucun doute… et…

— Non attendez, n'entrez pas, c'est une scène de crime, non, stop arrêtez !

La porte s'ouvre brusquement, par réflexe Georges se tourne et fait barrage, ayant reconnu la voix du Brigadier Morin qui est censé empêcher l'accès à l'issue de secours dans lequel a eu lieu le meurtre. Sa réaction a été la bonne, le gars qui a forcé le passage lui tombe littéralement dessus, la différence de niveau aidant, il se trouve sur le palier intermédiaire du quart tournant de l'escalier, donc environ un mètre au-dessous de l'étage supérieur. La surprise passée, la colère prend rapidement le dessus, l'adrénaline faisant son effet, Georges gravit en vitesse les quelques marches tenant le type par le col, le propulse sur le palier supérieur. Détachant sa main droite du cou de l'importun, il arme son coup, serre le poing et se prépare à lui démolir la dentition.

— Non ! arrêtez Commandant !

La voix du Brigadier le ramène à la réalité et à sa réserve d'officier assermenté de l'OPJ de Toulouse. Je dois me maîtriser, que m'arrive-t-il ce matin ? Le type glisse le long du mur et s'affale sur le sol comme une poupée de chiffon. Le Brigadier Morin se liquéfie devant le regard froid braqué.

— Euh, désolé Commandant, j'avais tourné la tête et il s'est précipité d'un c…

Le gars se relève péniblement, ses yeux papillonnent en tous sens.

— Virez-le d'ici !

— Euh, c'est-à-dire que ce c… euh, je veux dire, il est là pour vous.

— Pour moi !

Le Brigadier se rapproche de son oreille et lui marmonne :

— C'est le fils du Préfet.

Georges se rappelle brusquement le coup de fil. Le nouveau stagiaire se trouve devant lui, visiblement éprouvé par l'aventure. C'est un jeune type d'environ trente ans, les cheveux blonds hirsutes, le teint blafard, maigre comme un top model, mais avec un ventre rond, les yeux vides, habillé de vêtements informes et défraîchis. Il semble tout de même revenir à la vie, le fixe d'un regard quelque peu halluciné. Encore un fumeur de joints, pense-t-il *in petto*. Et un branleur numéro un, fils à papa qui plus est. Georges se fout pas mal que cela soit le fils du Préfet ou de l'Empereur de Prusse comme dit sa mère, s'il doit le virer cela sera sans aucun scrupule, n'ayant de compte à rendre à personne, même pas au préfet ! Un sourire stupide est peint sur sa face blême. Irritant le garçon déjà !

— Tu es Rigacci ?

— Commandant, répond Georges sèchement.

L'incompréhension traverse les yeux du jeune con. Ah ! le blanc-bec n'est pas habitué à ce qu'on lui parle de la sorte, ou alors est très con. Ou les deux. Le regard d'acier à la Lino Ventura semble le perturber, mais très vite la même expression hébétée revient.

— Ah oui ! Je comprends, c'est comme pour les militaires.

Georges hésite, peut-être est-ce de l'humour… lui laisse le bénéfice du doute.

— C'est juste de la politesse surtout… essaie-t-il calmement

— Ah oui c'est ça, t'es comme Claint Eastwood ! T'aimes pas qu'on te parle !

— Clint.

— Eh ?

— C'est Clint Eastwood pas Claint.

— Ah ouais t'es sûr ?

— Vous.

— Eh ?

— Tu me dis vous.

— Ah ouais, pourquoi ?

Georges est interloqué, fixe le type dans les yeux, tente de le sonder. Seul le néant lui apparaît. Le fils du Préfet est-il un attardé ? A priori, oui. Bien évidemment, on n'écrit pas ce genre de choses sur les demandes de stages. On ne le crie pas sur les toits non plus, surtout lorsque l'on veut faire carrière. Faut-il le supporter ? Il n'est pas certain d'y parvenir. Comment réfléchir avec un attardé à ses côtés, comment travailler tout simplement ?

— Tu te tais maintenant et surtout, tu restes où tu es sans bouger.

— Ah ouais !

Bon, on dirait qu'il comprend tout de même. Georges tente de se concentrer. Quelques secondes plus tard, il a déjà oublié le jeune type.

— Ça pue ici, tu ne trouves pas !

— Silence je t'ai dit !

— Ah ouais.

Re concentration.

— Qui c'est cette femme ?

Georges se retourne vers le gars.

— Tu comprends ce que ça veut dire de se taire ?

— Ben ouais.

— Explique-moi alors.

— Ben, ne pas parler ?

— Et alors que fais-tu là en ce moment ?

— …

— Eh bien ?

— Je parle.

— Bon. Peux-tu te taire ?

— Ben, oui.

— D'accord. Je m'appelle Georges. Et toi ?

— Clément.

— D'accord Clément. Tu dois bien écouter ce que je te dis et rester calme. Compris ?

— Compris.

Il sourit, son visage change.

Georges reprend l'étude de la scène du crime. Quelques minutes plus tard, une première hypothèse prend forme dans son esprit. À cet instant, la porte de l'issue de secours s'ouvre. Morin la maintient grande ouverte afin de laisser passer Marion, la médecin légiste. Elle sourit à Georges, jette un regard étonné sur le jeune.

— Tu emmènes ton fils au boulot !

Georges lui sourit à son tour. Clément, la bouche bée, ne pipe mot, les yeux fixés sur la jolie brune juste au-dessus de ses yeux. « Tiens, les femmes lui plaisent au blondinet ! »

Il attend visiblement l'approbation de Georges pour parler.

— Je te présente Clément, c'est un stagiaire.

— Je le connais.

— Ah d'accord. Toujours charmante.

— Merci bel italien. Tu as perdu ta langue, Clément ?

— Étant donné le spectacle que tu lui offres, je le comprends, dit Georges avec le sourire.

Marion, tout d'abord perplexe, ne comprend pas immédiatement ce que veut dire le policier, puis elle suit la direction du regard de Clément, baisse la tête et découvre horrifiée que sa jupe, plutôt courte déjà, juge Georges, approbateur, s'est coincée dans son sac de travail, révélant la quasi-totalité de ses jambes, pratiquement jusqu'à l'aine.

Rugissant de dépit, elle bataille vainement pour décrocher le tissu. Georges, bon prince, l'aide, sans toutefois perdre une miette du spectacle, parvenant sans peine à désengager la boucle du sac du bas de la jupe. Toute rouge, en sueur et décoiffée, elle s'active à retrouver sa dignité, inspectant le reste de sa tenue.

— Tu aurais pu me le dire, s'exclame-t-elle en direction de Georges.

— Je te l'ai dit.

— Plus vite !

— Tu as illuminé ma journée, je t'en remercie, réplique Georges sans se départir de son sourire.

Hésitant entre la colère et l'amusement, elle finit par choisir la dernière option et lui offre un sourire éblouissant.

— Tu me dois un dîner alors !

Georges, à son tour, pris entre plusieurs sentiments contradictoires, est toutefois flatté. Mais pas surpris par la demande, la jolie légiste lui tournant autour depuis longtemps.

— D'accord. Mets-toi au boulot, je reviens tout de suite, je dois parler à Morin.

— Bien mon Commandant, dit-elle en exécutant un salut militaire.

Morin, vigilant, lui ouvre la porte. Son sourire lui fait comprendre qu'il a lui aussi vu les jambes de la légiste.

— Depuis quand avait-elle la jupe relevée ?

— Je n'en sais rien Commandant, je n'ai pas osé lui dire, mais elle est passée comme vous par le bas de l'autre issue de secours pour éviter l'entrée principale et tout dépend où elle a laissé sa voiture.

— Hum. Qui d'autre l'a vue ?

— À l'extérieur je n'en sais rien, mais ici dedans personne d'autre. C'est José qui surveille l'entrée de l'escalier, il faudra lui demander.

— Hum. Lui non plus n'aura pas osé.

Sourire légèrement égrillard et entendu du brigadier.

— Sans doute.

— Bon, nous allons commencer à recueillir les témoignages du personnel. À quelle heure la Directrice doit-elle arriver ?

— À 9 heures, en temps normal. Mais l'infirmière qui a pris son service à 7 heures l'a prévenue dès qu'elle a découvert la victime. C'est-à-dire vers 7 heures 15 environ.

Georges consulte sa montre. 7 heures 55. Elle ne devrait donc pas tarder.

— Bon, faites-moi un petit topo dès que possible. Je retourne voir la légiste.

Georges, suivi comme son ombre par Clément, retourne dans l'escalier de secours.

Marion est penchée sur la victime, l'entendant arriver, elle se relève et vérifie sa jupe d'un coup d'œil rapide, ce qui n'échappe pas au policier.

— À vos ordres mon Commandant !

— Repos, soldat.

— Bon alors, la victime, une femme d'origine slave, Russe, je pense, âgée d'environ 45 ans, très belle femme en l'occurrence, a été égorgée aux alentours de… 7 heures environ, au moyen d'une lame très fine et tranchante, genre…

— Scalpel ?

— Hum, je dirais plutôt un cutter. J'ai l'impression qu'il y a un tout petit fragment à l'intérieur de la plaie. Je verrai ça à l'autopsie.

— Scénario possible ?

— Eh bien je dirais qu'elle a eu une altercation avec une autre personne, qui lui a serré les poignets assez forts, vu la taille des marques, des mains d'hommes sans doute. Et ensuite, elle a tenté de se protéger des coups de cutter qui ont fini par la tuer.

— Pas d'autres blessures apparentes ?

— Non. Dispute très violente avec un amant ?

— Hum peut-être.

— Toi, tu as déjà une idée assez précise des faits, je me trompe ?

— Hum, un peu tôt pour le dire, mais j'ai ma petite idée, oui.

— En ayant vu juste la scène de crime ? Tu es arrivé il y a peu de temps ?

— Il y a 20 minutes environ.

— Pfffouu ! T'es un crack !

— Ne va pas si vite en besogne, je n'ai pas résolu l'affaire.

Tout en disant cela, Georges escompte bien que son intuition soit la bonne, comme souvent.

— Pas encore. Mais je parie un autre dîner que ce soir tu auras ton assassin.

— Hum, encore un dîner ! Nous n'avons même pas entamé le premier. Quant à avoir l'assassin ce soir, je crains que tu ne me prennes pour Sherlock Holmes.

— Je me verrais bien en Miss Watson, dit-elle avec un sourire qu'il juge carnassier. Et je suis très obstinée, tu devrais le savoir depuis le temps. Elle sourit, le regarde intensément.

— J'ai cru le comprendre en effet.

Il sourit à son tour. Ne sait que penser. Que cherche-t-elle vraiment ? Une relation ? Elle est très attirante, mais quelque chose le retient. Lui, très intuitif, en temps normal, perd ses moyens devant cette beauté andalouse, qui rend fou tous les hommes de son entourage ou qu'elle peut croiser. Et ça, l'idée de se faire manipuler par cette femme le dérange. Trouvant son caractère un peu trop fort, et beaucoup de tempérament, cela le dérange également. Et de la faire patienter, plus ou moins longtemps lui convient parfaitement. À moins qu'elle ne trouve un autre homme d'ici là. Mais étrangement, cette idée-là pourrait lui déplaire.

— Bon, je fais quelques prélèvements le temps que l'identité judiciaire arrive. À midi ?

— Comment ?

— À midi le dîner ?

— Si vite ?

— Ça fait longtemps, mon bel Italien, que tu me fais patienter, trop longtemps !

— À ce point ?

— Oh oui ! À moins qu'une autre t'ait mis le grappin dessus ? Auquel cas…

— Auquel cas ?

— Je vais dépérir de désespoir et me dessécher !

— Tu exagères tout de même, tu as de la marge et du temps !

— Pour me dessécher ?

— Oui bien entendu, dit-il avec un sourire qui se veut énigmatique.

— Il y a un petit resto sympa pas loin du centre médico-légal et je t…

— Je le connais, et non pas là-bas.

— Bon.

— Et je ne sais pas si j'aurais le temps.

— Oh !

Sa moue boudeuse et contrariée la rend encore plus attirante. Les belles femmes savent qu'elles le sont, jouent avec, avec les hommes, et cela, Georges, en vieux briscard de l'amour, le sait. À son tour de jouer.

— Je te rejoins pour l'autopsie. À tout à l'heure.

Il lui expédie un sourire et tourne les talons.

Le Brigadier est en train de poser des questions à une femme en tenue blanche et jaune au bout du couloir. Il se précipite vers Georges.

— Nous avons l'identité de la victime, elle s'appelle Irina Ali… stra… tova, Alistratova, difficile à dire. Une Russe. Employée comme femme de ménage. Euh, visiblement peu appréciée par les autres femmes, mais très appréciée par les hommes. Le Brigadier lève la tête de ses notes, cela semble l'amuser, ravale son sourire face au regard de Georges.

À ce moment-là, une femme fait son apparition au bout du couloir. Apercevant les deux policiers, elle se dirige vers eux. De taille moyenne, d'environ 45 ans, le teint pâle, les yeux verts, blonde aux cheveux longs et très séduisante, semblant remplie d'énergie.

— Bonjour Messieurs, Hélène Garnier, je suis la Directrice de l'établissement. Je suis venue dès que l'on m'a informée.

— Je vous en remercie Madame la Directrice. Je suis le Commandant Georges Rigacci, brigade criminelle de Toulouse. Je vais vous demander quelque chose de difficile, c'est d'identifier la victime.

— Chto ! Mon dieu ! Que me demandez-vous là ?

— Croyez bien que je me passerais de vous le demander si ce n'était indispensable, répond Georges avec douceur. Et ce n'est guère beau à voir, j'en suis désolé.

— Eh bien s'il le faut, allons-y.

Elle est toute pâle et défaite. Qu'est-ce que ça va être après la vision du cadavre…

— Connaissiez-vous bien la victime ?

Il profite de l'instant, tant que l'émotion ne l'a pas submergée.

— Non pas vraiment. C'était une femme qui parlait peu, encore moins avec moi, la Directrice.

— Pourquoi encore moins ? La fonction ? Êtes-vous proche de vos employés ?

— Cela dépend des personnes. Certaines sont là comme moi depuis l'ouverture, et par conséquent, celles-là sont plus proches. La fonction, non pas du tout, j'essaie de faire régner une bonne ambiance, familiale, dans l'établissement, je crois y parvenir. Irina est arrivée voici quelques mois, six ou sept me semble-t-il, et je lui ai peu parlé. Et elle ne travaille pas à temps complet.

Pour tenter d'amoindrir le choc, ils arrivent à présent devant la porte gardée par un agent ? Georges s'efface afin de lui laisser le passage, saisit la poignée, mais n'ouvre pas.

— Les policiers les plus endurcis, quelquefois confrontés à des morts violentes qui les perturbent psychologiquement ne supportent pas parfois l'horreur de certains crimes. Vous n'êtes pas habituée à ce genre de scène, particulièrement difficile. Donc, nous allons rester sur le palier, la différence des degrés de l'escalier va vous permettre de voir le visage de la victime sans trop vous approcher.

— Je vous remercie de votre sollicitude.

— Je vous en prie, c'est naturel.

Malgré cela, la malheureuse Directrice défaillit à la vue de la scène sanglante, la distance de sécurité prévue par Georges étant visiblement insuffisante. Il a juste la dernière possibilité d'éviter qu'elle ne se fasse mal en chutant, en la retenant in extremis par le bras. Elle se reprend toutefois très vite, encore plus pâle que son teint d'origine.

— Excusez-moi de ma faiblesse. C'est bien Irina, je vous le confirme.

— Bon, je vous remercie ; alors, pouvons-nous aller à votre bureau ?

— Bien entendu, suivez-moi.

C'est alors que la Directrice prend conscience de la présence du jeune homme collé aux basques de Georges, et le regarde avec étonnement, Clément la dévisage sans ciller, la mettant visiblement mal à l'aise.

— Ah oui excusez-moi, je vous présente Clément, un stagiaire. Eh bien Clément, tu ne dis pas bonjour ?

— Bonjour, dit-il simplement d'un ton emprunté.

— Vous semblez l'intimider. Tu restes ici avec Morin, je dois m'entretenir avec Madame.

— Tu vas la draguer ?

La Directrice rougit et éclate de rire. Georges sourit, cette belle blonde est très attirante. Comme un joueur de poker, il aime à ne pas dévoiler ses cartes et laisser apparaître la plus grande indifférence polie et sympathique.

— Bien sûr.

— Ah ! dit simplement Clément, visiblement persuadé de la véracité de ses dires. Et l'autre ?

Nouvel éclat de rire de la jolie blonde.

— Vous êtes sûr que c'est votre stagiaire, plaisante-t-elle en le regardant différemment cette fois-ci.

— Sûr. Allons-y.

Ils redescendent vers le bureau situé au rez-de-chaussée ; le long des couloirs se pressent les employées, curieuses, certaines ont les yeux rouges, quelques-unes semblent dévorées de curiosité. Georges note mentalement les attitudes.

— Au travail Mesdames s'il vous plaît, leur dit la Directrice. Elle baisse le ton en s'adressant à Georges. J'ai éclaté de rire presque devant le corps de cette pauvre fille, je m'en rends compte à présent.

— Pour l'heure, ce n'est pas ce qui préoccupe vos employées, je pense.

Elle le fixe brièvement, leurs regards se croisent.

— Vous lisez dans les pensées ?

— Pour mes enquêtes, cela serait parfait, répond-il en souriant.

— Oh !

Le bureau de la Directrice est sens dessus dessous. L'intervention de Georges, qui l'a encore retenue par le bras, l'empêche de buter sur un gros dossier éventré sur le sol, en travers de la porte d'entrée. Le désordre est indescriptible, les plantes vertes ont été pulvérisées contre les murs, leur terreau répandu sur le mobilier fracassé, lui aussi visiblement contre les murs, rajoutant un air d'apocalypse à la pièce.

— Oh ! répète-t-elle devant le spectacle.

— Eh bien ! dit Georges, en cherchant le numéro de Morin dans son répertoire. N'entrez pas s'il vous plaît. Envoyez-moi l'identité judiciaire au bureau de Madame Garnier, la Directrice, aussitôt qu'ils auront fini là-haut, oui dès qu'ils seront arrivés bien entendu. Et quelqu'un pour surveiller ici en bas, eh bien, téléphonez au commissariat et demandez du renfort. Bon, cela change la donne tout ça, pense Georges en considérant le capharnaüm dans le bureau. La Directrice, les bras ballants, semble dévastée par cette intrusion dans son univers. Derrière lui se trouvent des bureaux qu'il suppose être ceux des secrétaires, encore inoccupés à cette heure.

— Allons, installez-vous là en attendant l'arrivée d'un de mes gars. À quelle heure vos secrétaires arrivent-elles ?

— Une à neuf heures, l'autre à dix.

— Bon, encore cinquante minutes.

Assis l'un en face de l'autre de part et d'autre d'un des bureaux, Georges demande :

— Dites-moi ce que vous savez sur cette Russe.

— Irina ? Eh bien, peu de choses en fait. Je l'ai embauchée l'hiver dernier, en hésitant, elle parlait très mal le français, le comprenait à peine, cela posait des problèmes. Et puis je me suis dit que pour faire le ménage, seule, à des heures décalées, cela pourrait convenir.

— Pourquoi décalées ?

— Elle ne travaille pas en équipe comme les autres femmes de ménage qui ont un cahier de relève sur les tâches à accomplir et des activités croisées avec d'autres équipes.

— Croisées ?

— Les femmes de ménage, au milieu de leur travail, aident les AMP par exemple, à descendre les personnes en fauteuils roulants dans le salon ou à la salle à manger. Elles ont aussi pendant la pause repas des AMP, le bip de l'appel malade.

— D'accord. Les AMP, ce sont les personnes en charge des résidents ?

— Oui, bien sûr excusez-moi, les aides médico-psychologiques.

— Pas de problème. Vous êtes d'origine russe n'est-ce pas ?

— Comment le savez-vous ?

— Mon métier est de deviner ce que l'on ne me dit pas ou que l'on omet de me dire.

— Oui, excusez-moi, je ne pensais pas que cela puisse avoir une moindre importance. Je vous demanderai s'il vous plaît et j'imagine que c'est aussi votre métier de ne le répéter à personne.

— Bien entendu. Mais en contrepartie, vous devez tout me dire, plaisante Georges. Tout est important dans une enquête policière, rajoute-t-il en redevenant plus sérieux. Pourquoi cachez-vous vos origines ?

— C'est une longue histoire.

— Bon, nous verrons ça un peu plus tard. Je vais juste vous demander pour l'instant si d'après vous cela a un lien avec ça, le bureau dévasté. Et avec le meurtre.

— Non. Bien sûr que non.

— Irina connaissait vos origines ? Quelqu'un d'autre dans l'établissement ?

— Non personne.

— Vos proches, votre mari, compagnon, concubin ?

— Personne. Et je vis seule avec mon fils.

— Divorcée ?

— Non. Le père de mon fils est décédé, voilà longtemps, j'ai changé de région, ma famille est en Russie, je ne les vois jamais.

Pendant tout ce temps, la Directrice est restée professionnelle. Soudain, son expression change, elle sourit à présent. Ses yeux étincellent.

— Votre métier a quelques avantages, Commandant. J'imagine que maintenant je suis suspecte à vos yeux.

Elle a appuyé sur le Commandant. Georges reste imperturbable. Toujours sa face de poker. Cette femme est extraordinairement belle et attirante. Troublante. Une part de mystère émane d'elle. Ce n'est pas pour lui déplaire non plus. Le cliché de la belle espionne soviétique. Mais ici dans cette maison de retraite n'existe aucun secret industriel. Un agent dormant ? Bah, balivernes ! Il lui accorde néanmoins un sourire.

— Quelques avantages c'est vrai. Vous savez, tous les proches sont suspects. Pourquoi avoir francisé votre nom ?

Georges l'observe, non sans déplaisir, devant lui se trouve une femme qui pourrait très bien être sur une couverture de magazine, son visage est parfait, son corps aussi. La beauté russe telle que l'on se l'imagine. Le fantasme de l'homme marié, ou pas ! Divorcé et sachant qu'il a un certain charme, un certain attrait sur certaines femmes, bien que se trouvant lui-même tout à fait ordinaire. Mais il s'ébroue mentalement et tente de reprendre le contrôle de ses sens et de l'enquête.

— J'imagine que vous allez enquêter sur moi alors autant vous dire la vérité de suite. Mais sachez que je ne suis pas une espionne soviétique, elle aussi lit dans ses pensées, et que la justice ne me cherche pas. Mon histoire est banale et…

Soudain, une femme en tenue blanche entre en trombe dans le bureau, visiblement affolée, rouge et en sueur.

— Ah Hélène ! boudu ! Oh pardon, euh ! vous êtes le policier sans doute, dit la nouvelle venue en voyant Georges.

— Oui.

Cela sent l'urgence.

— Il y en a une autre, je veux dire une autre, une, comment ? Euh, boudu !

— Calmez-vous, Christine ! dit la Directrice. Respirez, soufflez ! Asseyez-vous et remettez-vous. Voilà. Que se passe-t-il ? Une autre quoi ?

— Morte. Une autre morte !

— Non ! Mais où ça ? Et qui ?

— Tamara.

La Directrice en reste bouche bée, incrédule. Elle cherche le regard du policier, complètement dépassée par les évènements. Cherchant aussi le secours et l'aide du professionnel et de l'homme.

— Une Russe aussi ? demande Georges.

— Oui… euh… pardon non, une Tchétchène, répond-elle dans un souffle.

— Où est la victime ?

— Dans l'issue de secours de ce côté.

L'infirmière lui indique la direction approximative du nord. C'est-à-dire à l'opposé de la première victime, de l'autre côté de l'établissement. Au bord de l'évanouissement, Christine à présent toute pâle se cramponne aux accoudoirs du fauteuil sur lequel elle glisse lentement. Georges rappelle Morin.

— Quand arrivent les renforts ? Bon d'accord. Alors, descendez vite et faites-vous remplacer par José, tant pis pour l'issue de secours, qu'il la ferme, de toute façon on ne peut pas entrer par là.

L'infirmière s'est légèrement reprise, toutefois ses yeux errent dans le vague, sans voir rien ni personne. Georges réfléchit à toute vitesse, deux mortes, toutes les deux Russes, ou non plutôt d'obédience russe pour l'une d'elles, puisque l'ancienne Union soviétique avait imposé sa culture et rendu l'apprentissage du russe obligatoire dans les pays satellites contrôlés d'une main de fer. En premier, savoir quels étaient leurs rapports. Et ceux avec la Directrice. Cela ne peut pas être un hasard.

— Cette deuxième victime ? Depuis quand était-elle dans l'établissement ?

— Eh bien je ne sais plus, plusieurs années, deux ou trois peut-être.

Georges se tourne vers l'infirmière.

— Quelqu'un était-il avec vous lorsque vous avez découvert le corps ?

— J'étais seule, parvient-elle à articuler.

— Est-ce que quelqu'un risque de passer à cet endroit précis à cette heure ?

Elle consulte sa montre pendue à sa poche de poitrine.

— Normalement non, pas avant la pause dans une heure et demie. Enfin si, pardon, certaines vont d'un étage à l'autre puisqu'elles font les toilettes sur plusieurs secteurs. Mais la plupart prennent l'ascenseur.

— Bon, j'y vais tout de suite dans ce cas.

En sortant du bureau précipitamment, Georges aperçoit Morin suivit de Clément se diriger vers lui.

— Ah Morin, venez vite surveiller ces dames, on m'a signalé un autre meurtre. Clément, tu restes ici dans le bureau.

Au pas de course, il prend la direction que lui a désigné l'infirmière. Arrivé devant les doubles portes des issues de secours, ses sens sont en éveil, Georges enregistre dans sa mémoire tout ce qui pourrait être inhabituel dans ces lieux. Très vite, le corps lui fait face, cela ressemble étrangement au premier meurtre. Instantanément, une théorie s'impose dans son crâne, celui-ci pourrait bien être pour couvrir le premier. Brouiller les pistes. En s'approchant de la victime, veillant bien à ne pas marcher dans le sang, Georges constate que c'est aussi effectivement une femme de type slave, mais son visage est quelconque, voire banal, on ne peut voir grand-chose d'autre, des coups de cutter, là aussi manifestement, ont lacérés tous les vêtements, masquant en partie la silhouette et la position du corps. Le meurtrier s'est déchaîné sur la pauvre femme, la violence s'exprime encore davantage sur cette scène de crime. Il saisit son portable et appelle Marion.

— Alors mon bel Italien tu as tranché pour le déjeuner ?

— Non pas du tout. As-tu commencé l'autopsie de la Russe ?

— Bien sûr que non ! L'identité n'est même pas encore passée, je suis toujours sur place, dans l'examen préliminaire !

— Oui, tu as raison, excuse-moi. Nous avons un autre meurtre, identique.

— Bah !

— Je ne plaisante pas. Tu vas devoir rester un peu plus longtemps.

— Bon, je finis ici d'abord.

Georges examine à nouveau les alentours. Pourquoi ce meurtre a-t-il eu lieu aussi dans un escalier d'une issue de secours ? Il prend plusieurs photos avec son smartphone. Les comparent avec celles de l'autre meurtre. L'appareil vibre dans sa main, le numéro du Préfet s'affiche.

— Geo ?

— Mich.

— Comment ça se passe avec Clément ?

Le Préfet Michel Coiffard et lui se connaissent depuis toujours. Issus du même petit village de la campagne lauragaise, ils avaient passé toute leur enfance et adolescence ensemble, puis s'étaient perdus de vue après le Bac.

— Ça se passe bien, il est doux comme un agneau. Tu aurais pu me passer un petit appel. Un texto au minimum.

— Oui, c'est vrai. Désolé. Mais pour tout te dire, Clément n'était pas prévu avec toi, mais dans un commissariat tranquille, quelqu'un a fait une boulette. Je ne l'ai su que ce matin. Mais il était tout excité de passer du temps avec toi.

— Pourquoi ? Comment me connaît-il ?

— Internet.

— Ah bon !

— Merci, Geo, en tout cas. Ce n'est pas toujours facile avec lui.

— J'imagine bien. C'est normal, pas de problème. Cependant, j'en ai un sur une enquête ici, à la maison de retraite de Pin-Muralet. Double meurtre et pas assez d'effectifs. Un type dangereux qui égorge des Russes.

— Des Russes ?

— Oui, des employés. Deux déjà en moins d'une heure.

— Ouh la ! Tu crois qu'il est dans les parages ?

— Trop tôt pour le dire, mais j'ai peur de la panique. J'attends quelques gars, mais pas suffisamment.

— Bon, je m'en occupe rapidos.

— Merci Mich. Je raccroche, je te rappelle dès que possible.

À l'extérieur, par la fenêtre du palier supérieur, juste au-dessus du corps de la Russe, ou plutôt de la Tchétchène, des maisons sont toutes proches, une vingtaine de mètres tout au plus les séparent de l'espace enherbé de la maison de retraite, on distingue une route qui serpente entre les maisons, desservant le lotissement, qui compte quelques dizaines de maisons. Puis des champs derrière jusqu'au lotissement suivant à quelques centaines de mètres. Aucune clôture ne ceint l'établissement, celles des maisons les plus proches ne sont pas hautes, guère plus de quatre-vingts centimètres pour les plus basses, un mètre cinquante maximum pour les plus hautes. À part la maison la plus éloignée qui est entourée d'un mur. Mais un mur, ça se franchit aisément. Un grillage aussi. L'assassin peut avoir laissé son véhicule devant une maison vide, préalablement repérée, enjambé un petit grillage. Ou même mieux, on distingue dans l'angle opposé une murette, haute d'à peine cinquante centimètres, une planchette peinte la surmonte, peut être par la suite il y avait-il un projet de grillage par-dessus. Un jeu d'enfant à franchir. D'autant que la maison paraît vide, son jardin n'est pas entretenu, peut-être est-elle à vendre. Il doit aller voir. En réexaminant la malheureuse victime, sa première impression se confirme peu à peu, c'est un meurtre qui semble prémédité. Quoique cela ressemble à de l'acharnement. Un mari jaloux ? Un amant violent ? Peut-être une vengeance de femme ? Peu probable, mais toujours possible. Et Marion a parlé de mains d'hommes. Préméditation ou pas ? Geste impulsif ? Hum, cela peut avoir été préparé tout de même, le type doit connaître la maison. Des pas feutrés, venant du haut, le tirent de sa réflexion. Il se tord le cou pour essayer de distinguer quelque chose à travers les rambardes de la cage d'escalier, quelqu'un descend sans bruit, avec précaution. À cet instant précis, la porte face à lui s'ouvre. Une femme de couleur, d'origine martiniquaise ou guadeloupéenne, d'une cinquantaine d'années, surprise de se trouver face à lui, pousse un cri d'effroi et lâche le plateau qu'elle tenait entre les mains. Son contenu, un bol en plastique, un verre et des couverts rebondissent dans les escaliers, passent entre ses jambes, le verre finit sa course, miraculeusement intact, sur le corps de la morte. Tous deux ont suivi des yeux la course du verre, machinalement, jusque sur le cadavre. À sa vue, la malheureuse fille des îles pousse un nouveau cri et s'évanouit. Georges l'accompagne au sol pour éviter qu'elle ne se blesse et dévale sur le corps ensanglanté. Dans le même laps de temps, son cerveau a malgré tout enregistré les bruits de pas dans l'escalier venant de l'étage supérieur, ceux-ci se sont interrompus dès l'ouverture de la porte, et remontent à l'instant à toute vitesse. Immédiatement, tous les sens en alerte, il monte et tente d'apercevoir la personne, se tordant le cou vers le haut, parvenant juste à distinguer une silhouette, qui accélère aussitôt en le sentant à ses trousses. Impossible de dire si c'est un homme ou une femme. En arrivant à l'étage supérieur, personne ! Un couloir vide, le long duquel s'alignent des dizaines de portes, très obscur dans sa dernière partie.

Georges reste sans bouger, écoute attentivement. Le suspect ne peut être que derrière l'une des plus proches. Il arrive devant la première. Madame Legrand, indique un petit panneau en couleur, joliment décoré. La porte est bleue, comme toutes celles du couloir, ainsi que les mains courantes, le revêtement du sol et les cadres accrochés au mur. Seul le mur est peint en blanc. Il colle son oreille à la porte, n'entend rien du tout. Premier réflexe, mettre son téléphone sur mode silence, deuxième réflexe, vérifier que son arme est bien accrochée à sa ceinture et prête à servir. Lentement, Georges tourne la poignée et pousse la porte, raté, elle se tire, il engage alors tout doucement sa tête entre le renfoncement du mur et la porte et jette un œil prudent à l'intérieur. À droite, un petit vestibule entre des portes de placard coulissantes, à gauche une porte fermée, la salle de bain sans doute. Appuyé contre le mur de droite, un lit médicalisé, une femme très âgée, inerte, couchée sur le dos, dort paisiblement, sa poitrine se soulève à intervalles réguliers. Tout doucement, il ouvre la porte de la salle de bain. Minuscule et vide. Un recoin à gauche, un coup d'œil prudent. Personne.

Reste la penderie, il l'ouvre brusquement, rien !

Un petit courant d'air lui caresse la nuque. L'origine en est la porte-fenêtre, les volets en plastique sont juste poussés. Un petit balcon fermé par une rambarde métallique se trouve derrière, personne non plus encore une fois, cela aurait été étonnant, il donne sur le lotissement aperçu précédemment par la fenêtre de l'escalier. Coup d'œil circulaire, l'individu aurait-il fui par-là ? Possible. Possible également qu'il soit dans une autre chambre ! Georges saisit son portable, revient dans la chambre, s'enferme dans la salle de bain et rappelle Morin.

— Oui Patron, répond ce dernier immédiatement.

— Les renforts sont-ils arrivés ?

— Non.

— Vous n'avez vu personne passer ?

— Non plus.

— Bon. Montez au deuxième par l'escalier central, celui à côté de l'ascenseur. Prudemment. Quelqu'un s'est enfui dans l'escalier, j'ai perdu sa trace. Peut-être y est-il encore. Vous vous positionnez dans un endroit discret, je ne peux explorer toutes les chambres, mais je vais surveiller de mon côté.

— Bien Patron.

— Laissez ces dames à la garde de Clément, ou le contraire plutôt, nous n'avons pas le choix pour l'instant, surtout qu'il ne vous suive pas. Si c'est notre suspect que j'ai coursé, il est dangereux.

— Bien compris.

Une idée lui traverse l'esprit et il revient sur la mini terrasse, Georges se dit alors que le type est peut-être passé par le balcon en se pendant à la rambarde tout en se laissant tomber sur celui du premier. Ne pouvant se démultiplier, décidé à surveiller le couloir, le temps que les secours arrivent. Tout en se disant qu'avec seulement Morin et lui et le nombre d'issues, le type va sûrement se faire la malle tranquillement. Un cri retentit. De l'étage en dessous. En redescendant les escaliers quatre à quatre, la fille des îles est toujours dans les vapes, Georges saute par-dessus le corps de la Tchétchène. Je suis en train de saboter moi-même la scène du crime, et je vais encore foutre les jetons à une des gonzesses ! En franchissant à peine la porte du premier étage, un nouveau cri se fait entendre.

Bon sang de bon sang ! Il va nous falloir un convoi mortuaire bientôt !

2
8 heures 30 – 9 heures 30

Provenant d'une chambre, le cri retentit à nouveau, la troisième à sa droite alors qu'il surgit dans le couloir du premier étage. Georges y entre en trombe, deux femmes sont en train de procéder à la toilette d'une personne âgée allongée nue sur son lit. Elles le regardent avec circonspection, puis avec irritation.

— Vous pourriez frapper à la porte avant d'entrer Monsieur, l'apostrophe l'une d'elles.

— Je vous prie de m'excuser Mesdames. Je suis le Commandant Rigacci de la PJ de Toulouse. J'ai entendu crier et comme je suis à la recherche d'un suspect, j'ai fait au plus vite.

— Un suspect ? ! Qu'est-ce que vous nous chantez la ? C'est une maison de retraite ici !

— Mais je le sais bien. Bon, a priori vous n'êtes pas au courant du meurtre, des meurtres plutôt, qui viennent d'être commis dans l'établissement.

— Si c'est une plaisanterie elle est de…

— Ce n'est pas une plaisanterie, l'interrompt Georges sèchement. Il leur montre sa carte de police. Qui a crié ici il y a quelques secondes à peine ?

— Ah ! c'est Madame Laplace, et de désigner la résidente couchée sur le lit, qu'elles ont à présent pudiquement recouvert d'un drap.

— Un meurtre ? demande timidement la plus jeune des deux, elle paraît juste sortie de l'école.

— Irina la femme de ménage. Et il y a quelques minutes une certaine Tamara. Alors, n'empruntez pas les escaliers, passez par l'ascenseur central quand vous descendrez. Des renforts de police vont arriver d'ici peu.

Laissant là les deux femmes atterrées et terrorisées, il quitte la chambre, non sans avoir examiné la salle de bain et la penderie avant de sortir.

— Et attendez, ne nous laissez pas seules !

— Je n'ai pas le choix, Mesdames, désolé. Il y a un policier au bout du couloir du deuxième et un autre au secrétariat. Et je ne serai pas loin.

Il revient au pas de course auprès de la seconde victime lorsque son téléphone vibre au fond de sa poche, il consulte l'écran. C'est Morin.

— Allo, Patron, les gars sont arrivés. Quels sont vos ordres ?

— Faites surveiller toutes les issues, personne ne sort. Envoyez-moi quelques gars ici et dispatchez le reste dans tout l'établissement. Tous les employés doivent passer par les ascenseurs. Les escaliers sont interdits. Qu'ils contrôlent toutes les allées et venues, tout doit être consigné. Appelez-moi pour tout le reste.

Espérons qu'il ne m'appelle pas pour tout et rien, se dit-il. Et il pense brusquement aussi que Michel a tenu sa promesse et ce n'est déjà pas mal.

La femme des îles est revenue à elle, mais vacille sur ses jambes et son regard est flou. À cet instant, un policier surgit dans l'escalier.

— Vous tombez bien. Conduisez cette personne au secrétariat et vous revenez tout de suite empêcher quiconque de passer. J'attends votre retour, faites au plus vite.

Le policier revenu, les escaliers étant surveillés et les scènes de crimes protégées, il décide d'aller jeter un œil à l'extérieur sous le balcon du premier.

Aucune trace n'est visible, en cette saison l'herbe étant très sèche. Pareil pour la clôture de la maison inoccupée. La haie est touffue et très haute, depuis le niveau du sol on ne voit rien. Beaucoup de personnes, vraisemblablement, empruntent ce passage. Sans doute les jeunes du coin, se dit-il. De nombreuses cannettes de soda, bières, bouteilles en plastique vides, des emballages de friandises, biscuits et autres paquets de cigarettes, des centaines de mégots et tout un tas d'autres déchets de la société de consommation, jonchent le sol juste derrière un petit bout de haie. Comme devant l'abribus juste devant le lycée non loin de là. Juste à deux pas d'une poubelle qui plus est.

« Les usines de tris et leurs employés n'ont pas de soucis à se faire pour leur avenir.

Sont dégueu ces jeunes, ils n'en ont vraiment rien à foutre de rien, à part penser à leur petit plaisir personnel. Fumer, boire et bouffer des trucs tout gras et des sucreries, une génération qui fera fonctionner les labos pharmaceutiques à plein rendement.

Vu le tour de taille de certains d'entre eux, de bons cobayes en perspectives ».

Souvent, ses enfants lui avaient reproché son intransigeance par le passé pour ce genre de choses, que certains de ses contemporains méprisaient ou ignoraient. Maintenant, c'étaient des adultes respectueux, responsables, sensibilisés à l'environnement, l'un d'eux l'avait même félicité de sa ténacité il y avait peu. Il en était fier, une de ses réussites, il n'y en avait pas eu tant que ça, et heureux d'avoir transmis certaines valeurs.

En revenant, il ne remarqua rien de particulier, l'enceinte et les abords de la maison de retraite étant eux irréprochables d'ordre et de propreté.

Peu à peu, des véhicules s'ajoutent sur le parking réservé au personnel, filtrés et contrôlés par la police. Beaucoup de femmes. Et deux hommes, arrivés à quelques minutes d'intervalle, qui se serrent la main et se dirigent en devisant tranquillement vers l'entrée du personnel. Sûrement les gars de la maintenance. Pas mal d'interrogatoires en perspectives. Ces gars-là doivent utiliser des cutters, intéressant de leur demander tout de suite.

— Bonjour Messieurs. Vous êtes chargés de la maintenance ou de l'entretien peut-être ?

Les deux hommes se retournent alors qu'ils s'apprêtaient à entrer dans les locaux.

— Oui les deux, répond le plus jeune en souriant. Un homme d'une quarantaine d'années, plutôt grand et élancé.

Une allure de sportif, se dit Georges. L'autre, nettement plus âgé, plus ordinaire, petit et ventripotent, d'aspect négligé, sale même, des vêtements usés et crasseux, le regarde avec une certaine curiosité mêlée d'hostilité.

— Qu'est-ce vous voulez, lui demande-t-il en découvrant des chicots noirâtres et une haleine pestilentielle, tel Jacquouille la fripouille dans *Les Visiteurs*.

— Vous devez certainement savoir que deux personnes ont été assassinées ce matin ici même.

— Bah ! s'exclame-t-il ironiquement, alors que Georges a mis une distance de sécurité sanitaire, sous l'œil amusé du grand sportif.

C'est une caricature, ce type, ce n'est pas possible !

— Eh bien si ! Je suis le Commandant Rigacci de la Police judiciaire de Toulouse, dit-il tout en montrant sa carte bleu-blanc-rouge. Puis-je connaître vos identités respectives s'il vous plaît ?

Le petit gros, pris de court, le dévisage à travers ses grosses lunettes de myope. Georges, pris d'une certaine commisération pour un physique aussi ingrat, se dit que certains n'ont pas la même chance au départ dans la vie.

— Ah, c'est pour ça tous ces policiers ! s'exclame le plus jeune.

— Qui a été tué ? lui demande abruptement l'autre.

— Deux femmes. Je vous en dirai plus tout à l'heure, je vais organiser une réunion avec tout le personnel.

— On n'a pas le temps, on a plein de choses à faire aujourd'hui, lui rétorque le gros d'un ton peu amène.

— Eh bien vous le ferez plus tard, lui rétorque-t-il froidement. Alors, j'attends votre nom.

Quelque peu désarçonné, l'homme ne répond pas.

Antipathique en plus de ressembler à un SDF.

— Jean-Pierre Gilbert, dit le plus jeune.

— Et… dit Georges en fixant le gros dégueulasse avec beaucoup moins de pitié cette fois-ci.

— Francis… Francis Bordato.

Eh bien, il ne rehausse pas la catégorie de ceux qui sont d'origines italiennes, celui-ci ! Bon un peu de professionnalisme Geo ! Ne te laisse pas envahir par ton arrogance naturelle !

— Bien, merci, Messieurs. Je voudrais savoir si vous avez utilisé un cutter ces derniers temps dans l'établissement ?

Les deux se regardent, étonnés, cherchant une réponse.

— Non, répond Francis sèchement.

— Moi non plus, pas depuis quelques jours, dit Jean-Pierre

— Vous avez un local, je suppose, pour ranger vos outils.

— Oui, un atelier au premier étage, répond encore Jean-Pierre, l'autre s'étant enfermé dans un silence hostile.

— Fermé à clef ?

— Le soir, nous le fermons oui, dit Jean-Pierre. C'est le contraire de son collègue, enjoué et sympathique. La journée, il y a juste une chaîne de sécurité. Une simple chaînette en haut de la porte suffit à les empêcher de pénétrer dans l'atelier lorsque nous n'y sommes pas.

— C'est-à-dire ?

— Eh bien certains résidents, surtout au premier, sont séniles, ou déments, ou les deux à la fois et ils ne savent plus vraiment où ils sont et presque toutes les portes de service ont une chaînette.

— D'accord. Je vous suis, passez devant, nous allons dans votre atelier.

Francis semble se désintéresser de la conversation et paraît fortement ennuyé par la demande.

Il traîne les pieds et avance si lentement en se dandinant comme un ours, qu'il finit par exaspérer Georges. Alors qu'ils traversent l'établissement, passant devant les cuisines, il disparaît complètement, en une fraction de seconde. Georges revient en arrière, le trouve après quelques minutes de recherches dans la réserve alimentaire en train de manger des gâteaux.

— Vous pourriez me suivre, s'il vous plaît ?

L'homme ne répond même pas, ignorant totalement Georges, le bousculant presque en apercevant une cuisinière au travail, il se dirige vers elle en l'interpellant d'une voix forte.

— Eh Gene ! Tu me mettras de la viande pour les chiens dans un plat.

— Mais oui comme d'habitude, répond-elle d'une voix agacée.

Georges commence à perdre patience, mais fait preuve de bonne volonté, une dernière fois il lui dit :

— Allons dépêchez-vous !

De mauvaise grâce, il s'engage dans le couloir. En passant devant un collègue en uniforme, les deux hommes se connaissent bien, ayant effectué de nombreuses enquêtes ensemble, Georges lui fait un petit signe discret afin qu'il surveille Francis de plus près. Ce dernier acquiesce d'un infime mouvement de tête, connaissant bien ses méthodes. Arrivés au bout du couloir, ils doivent attendre Francis qui prend son temps et s'arrête pour regarder dans tous les coins, traînant les pieds délibérément.

Jean Pierre remarque l'irritation grandissante du policier et tente de plaider la cause de son collègue.

— Il est presque à la retraite alors il se fout de tout.

— Damien, mettez-moi ce type au frais ! dit Georges en changeant d'avis, il désigne Francis au policier en faction devant l'entrée principale.

— Eh, je n'ai rien fait, s'exclame le gros, vous n'avez pas le droit !

— Si, vous retardez volontairement une enquête de police. Ça suffit amplement. Pour l'instant. Peut-être trouverons-nous autre chose entretemps.

— C'est de l'abus de pouvoir !

— Vous direz ça au juge.

— Trouvez une pièce qui ferme à clef et bouclez-le à l'intérieur. Mettez-lui les menottes.

Francis, rouge de colère, tente de résister, mais le policier en uniforme est un costaud, il le maîtrise facilement et le propulse vers le secrétariat qui sert de PC provisoire.

— Doucement Damien !

— Oui Patron, pardon.

Désormais doux comme un agneau, puisqu'à bout de souffle d'avoir lutté quelques secondes, Francis se laisse conduire.

Il ne doit pas en faire beaucoup dans la journée, pense Georges. Il déteste ces gens, quels que soient leurs âges ou leurs conditions qui se laisse aller physiquement, ne font pas attention à leurs concitoyens, leur entourage.

Jean Pierre, peut-être impressionné par le traitement infligé à son collègue, regarde le policier différemment.

— Il est toujours comme ça ? lui demande Georges.

— Euh… au boulot oui.

— J'imagine qu'il l'est dans la vie aussi.

— Sans doute.

— Ça ne doit pas être évident tous les jours de travailler avec un énergumène pareil.

— C'est vrai, avoue-t-il du bout des lèvres.

— J'imagine que c'est vous qui faites tout.

— C'est vrai aussi, il ne fait pas grand-chose. Vous le connaissez ?

— Non, mais je le devine, je connais bien ce genre de type.

Tout en parlant, ils sont arrivés au premier étage en passant par l'escalier central. L'attente devant l'ascenseur, du fait des contrôles par les policiers, est désormais assez longue. Georges observe attentivement tous les coins et recoins, les faits et gestes du personnel, essayant de comprendre le fonctionnement de l'établissement, les habitudes des uns et des autres.

— Où sont les résidents, j'en ai vu très peu.

— Ici au premier ce sont les personnes les plus dépendantes. Les filles s'occupent d'eux en chambre, puis les installent dans le salon du premier ou du rez-de-chaussée. Il est encore de bonne heure, tous ou presque sont encore dans leurs chambres. Au deuxième, ils sont beaucoup plus autonomes, mais beaucoup sortent assez tard de leurs chambres. Certains y restent tout le temps.

— Même ici au premier ?

— Non ici, il y en a très peu, un ou, deux, c'est ça deux.

— Vous connaissez bien les habitudes de la maison, semble-t-il.

— Oui, il le faut. Ça fait partie du boulot.

Tout en discutant, ils sont arrivés devant une porte au milieu d'un long couloir. Seule la plaque la différencie des autres, toutes identiques. Jean Pierre sort un trousseau de clefs de sa poche.

— Qui a les clefs de cette pièce, à part vous-même et votre collègue ?

— Eh bien les doubles sont au secrétariat, comme tous ceux de l'établissement.

— Et qui a les clefs du secrétariat ?

— Les secrétaires, la Directrice, les infirmières, les femmes de ménage…

Il compte sur les doigts de sa main gauche, tout en poussant la porte de l'atelier de l'autre. Georges le suit de près, ça fait beaucoup de monde qui a les clefs, se dit-il en parcourant du regard l'atelier, tout est parfaitement rangé sur des tableaux fixés aux murs. Face à lui, un cutter est à sa place au milieu d'autres outils.

— Vous avez d'autres cutters ?

— Oui, ici, Jean Pierre lui montre un tiroir rempli d'outils qu'il vient d'ouvrir.

— Aucun ne manque ?

— Non. Si je comprends bien, un cutter aurait servi à tuer les deux femmes…

— Rien n'est sûr encore, dit Georges évasivement.

— Ah d'accord. Vous savez, nous ne sommes pas les seuls à utiliser des cutters dans l'établissement. Il y a aussi les peintres.

— Quels peintres ?

— Oh, c'est une entreprise extérieure. Ils sont toujours deux ou trois, ça fait plusieurs mois qu'ils refont les tapisseries et les peintures.

— Ou puis je trouver ces peintres ?

— Ils sont à la chambre 37, au second.

— D'accord, merci pour l'info.

Georges se dirige vers le second. Il n'est pas difficile d'omettre de mentionner l'existence d'un cutter de plus ou de moins. Pas difficile non plus d'en emmener un dans sa poche. Le labo serait-il capable de préciser l'origine de la lame ? À la chambre 37, il trouve porte close. Aucune trace des peintres dans les environs immédiats non plus. Il redescend au rez-de-chaussée. C'est la panique, le bureau est rempli de femmes bruyantes et jacassantes. Il cherche Morin du regard, l'aperçoit à travers les vitres de l'accueil, dans le petit hall d'entrée, aux prises avec un type très énervé. L'homme est en proie à une grande agitation, Georges s'approche et lui dit calmement.

— Bonjour Monsieur. Commandant Rigacci. Veuillez vous calmer s'il vous plaît et m'expliquer ce que vous faites ici.

Sa carte tricolore semble apaiser l'individu.

— Je cherche ma femme, elle ne répond pas au téléphone et on m'a dit qu'il y avait eu deux assassinats ici et…

— Comment s'appelle votre épouse et quel travail fait-elle ici ?

— Irina, elle est femme de ménage.

Instant de flottement. Comment prendre le bonhomme ?

— Un instant, je vous prie. Il se tourne vers Morin. Restez avec lui, je reviens immédiatement. Puis il s'adresse à nouveau à l'homme. Vous avez entendu ?

Il revient au secrétariat, aperçoit la directrice avec un homme, plutôt grand et costaud, la soixantaine bien sonnée.

— Ah, mais voilà le Commandant ! Je vous présente le Docteur Doussart, le médecin référent de l'établissement.

— Bonjour Docteur, dit-il en lui serrant la main. Commandant Rigacci. Madame la Directrice, j'aurais besoin d'un bureau tranquille s'il vous plaît et je voudrais voir tout le personnel réuni.

— Vous pouvez prendre mon bureau Commandant, lui dit le Docteur, je suis passé quand j'ai entendu la nouvelle, je dois aller effectuer mes visites, je repars immédiatement.

— Très bien Docteur je vous remercie. Je souhaiterais vous voir dès que vous aurez le temps.

— Bien entendu. Cet après-midi, si vous voulez.

— Parfait Docteur, merci. Où se trouve votre bureau ?

— Face à l'infirmerie.

— D'accord.

Le vacarme est insupportable dans le secrétariat. Georges se demande si c'est toujours le cas.

— S'il vous plaît, dit-il d'une voix forte et autoritaire. Le silence s'instaure immédiatement. Ah c'est beaucoup mieux ainsi ! Toutes celles qui n'ont rien à faire ici, veuillez vaquer à vos occupations habituelles et sortez dans le calme s'il vous plaît. Personne ne quitte l'établissement sans autorisation. Il y aura dans quelques minutes une réunion dans la salle à manger des résidents. Tout le monde doit venir impérativement. Passez l'information. Merci Mesdames. À cet instant, il voit Clément appuyé contre le mur dans un coin. Il semble perdu, apeuré.

— Clément, viens avec moi.

Le jeune homme revient à la vie subitement, tel un robot que l'on a remis sur la position on.

— Oui Patron, s'exclame-t-il. Singerait-il les policiers, se demande-t-il perplexe ?

Il se dirige vers le couloir de l'infirmerie, fait signe en passant au mari d'Irina.

— Venez avec moi.

Il accourt vers Georges

— C'est elle ?

— Suivez-moi.

— Répondez-moi !

C'est presque un cri, mais Georges n'y voit pour l'instant que de l'irritation.

— Calmez-vous et suivez-moi je vous dis.

Le bureau est vaste, de nombreuses chaises entourent une grande table, visiblement l'endroit sert également de salle de réunion.

— Assieds-toi là. Il désigne à Clément un fauteuil confortable dans un coin, des magazines sont posés sur une table basse. Celui-ci s'installe et découvre, ravi, une bande dessinée, un grand sourire aux lèvres, il la feuillette en marmonnant des mots inintelligibles. Georges s'assied sur le fauteuil du Docteur derrière le grand bureau. Asseyez-vous, Monsieur, d'un geste de la main, il place une chaise face à lui. Monsieur ?

— Ortega.

— Asseyez-vous, Monsieur Ortega !

— Allez-vous me répondre à la fin Monsieur le commissaire ?

— Oui bien sûr. Je regrette Monsieur Ortega, mais c'est bien votre épouse qui a été assassinée. Je vous présente toutes mes condoléances.

L'homme reste sans bouger, Georges se prépare et a subrepticement tiré son fauteuil en arrière, prêt à se saisir de l'individu s'il a une réaction violente. Son expérience lui ayant montré que certaines personnes peuvent en avoir, après le choc provoqué par le décès d'un proche. Il l'observe attentivement, essayant de déceler un quelconque signe sur son visage. Mais rien, il semble pétrifié. Georges patiente tout en réfléchissant. Ce type est pour l'instant son suspect numéro un. L'hypothèse du mari jaloux et violent est toujours présente dans son esprit. En second viendra l'amant. S'il y a amant. Il met à profit le silence et l'immobilité du type pour l'observer plus attentivement. Il porte des vêtements coûteux, une montre de luxe, un diamant de taille respectable au majeur de la main droite, un collier en or plutôt voyant autour du cou. D'après les manières, plutôt grossières, la façon de s'exprimer, plutôt vulgaire et « peuple » qu'il adressait au policier, le style inélégant et inadéquat pour porter ce genre de vêtements de grande couture, et de se mouvoir, l'homme paraît mal dégrossi et mal éduqué. Un nouveau riche ? Une Russe… belle de surcroît… l'aurait-il trouvé sur catalogue… bien possible. D'autant plus que physiquement il ne ressemble pas à un apollon, petit et ventripotent, des traits grossiers, une moustache mal taillée, une coupe de cheveux plutôt aléatoire, d'autant plus choquant avec des vêtements comme ceux-là. Un détail lui revient en mémoire, sa femme, la victime, avait un bracelet en or incrusté de pierres précieuses au poignet droit. Pourquoi était-elle femme de ménage, alors que son mari semble être aisé financièrement ? Il est de notoriété publique que ces femmes-là cherchent pour la plupart le confort financier avant tout. Bon, on ne doit pas généraliser, toutes les situations sont possibles, tous les caractères. Certaines doivent être sincères avant tout. La plupart même peut-être.

— Monsieur Ortega ?

L'homme semble se ranimer, ses yeux brillent à nouveau, ils sont vifs et curieux, Georges a la sensation que c'est un dissimulateur qu'il a en face. Mais que dissimule-t-il ?

— Oui, excusez-moi.

— Il n'y a pas de problème. Bon, vous comprendrez que j'ai des questions à vous poser.

— Je comprends.

— Où étiez-vous ce matin vers 7 heures ?

— À mon travail.

— Quel est votre travail ?

— Je suis chef d'entreprise.

— Où se trouve votre entreprise ?

— À Portet sur Garonne.

— Et quel genre d'entreprise dirigez-vous ?

— D'électricité.

— Avez-vous des témoins ?

— J'étais seul.

— Pas d'alibi alors ?

— Non, mais j'ai passé plusieurs coups de téléphone depuis mon bureau.

— Portable ou fixe ?

— Fixe.

— Bon d'accord. Nous allons vérifier. Aujourd'hui même. Vous comprenez aisément que j'en ai besoin pour vous mettre hors de cause.

— Oui bien sûr.

— Merci Monsieur Ortega. Dites-moi comment se passaient les relations entre votre femme et vous ?

— Bien.

L'homme est courtois, mais lui dit le minimum.

— Vous semblez vivre confortablement de votre travail. Pourquoi votre femme travaillait-elle ici dans ce cas ?

Un éclair d'irritation traverse ses yeux bruns.

— Pour apprendre le français.

— J'ai la nette impression que vous ne me dites pas tout.

Encore l'éclair d'irritation. Et l'homme ne semble pas affecté par le décès brutal de sa femme. Il semble détaché et lointain.

— Je dois retourner à mon travail.

Georges hésite sur la conduite à tenir. Doit-il lui mettre la pression ou le laisser tranquille pour l'instant ?

— Pourquoi cherchiez-vous à la joindre ?

— J'avais quelque chose à lui demander.

— Je n'en doute pas. Mais laquelle ?

— Rien d'important.

— Pourtant cela semblait vous contrarier qu'elle ne réponde pas tout à l'heure.

L'homme se ferme, son regard devient fuyant. Comprenant qu'il n'obtiendra rien pour l'instant, Georges décide de le laisser partir. Et il va devoir surveiller l'énergumène. Son impression première toutefois est que l'homme n'est peut-être pas innocent.

— Bon, laissez-moi votre carte professionnelle et vous pouvez partir pour l'instant.

Le type se lève sans un mot après avoir déposé sa carte sur le bureau.

— Attendez Monsieur Ortéga !

Il se retourne, pas affolé le moins du monde, juste attentif. Georges l'observe, espérant le faire mijoter. Soit ce type a des nerfs d'aciers soit c'est un con indifférent aux autres.

— Laissez-moi une pièce d'identité dit-il en lisant la carte de visite.

Toujours sans un mot, il saisit son portefeuille et tend à Georges sa carte d'identité.

— Nous vous rendrons le corps de votre épouse après l'autopsie.

Dernière tentative pour remuer des sentiments quelconques. Mais rien n'y fait, le type sort sans piper mot. Georges consulte sa montre : 9 heures 20. Son second ne devrait pas tarder à le rejoindre. Ils ne seraient pas trop de deux, voire de trois, devant l'ampleur de la tâche qui les attendait. Il jette un œil à la carte d'identité : José Ortéga, né le 7 avril 1957 à Barcelone, domicilié 11 rue des Œillets à Roqueserres (31). Sur sa carte professionnelle, sont inscrits le nom et l'adresse de sa société : S.T.E Électricité du bâtiment, 2, impasse du Languedoc à Portet sur Garonne. Hum, Roqueserres, il lui semble bien que les premiers lotissements que l'on voit depuis les fenêtres de la maison de retraite sont ceux de Roqueserres. Il note sur son carnet toutes ses impressions, fait un petit résumé de la situation, en dernier rajoute tout ce qu'il doit faire de plus urgent.

1 Faire surveiller Ortéga, fouiller sa vie, ainsi que celle de sa femme.

2 Vérifier sur un plan ou sur Google Maps plutôt où se trouve sa maison par rapport à la maison de retraite. Vérifier son alibi aussi ;

La porte s'ouvre brusquement, Damien entre précipitamment.

— Patron, le mari de la seconde victime est dans la cour, il a fait un scandale, il ne parle pas très bien français, nous n'avons pas vraiment compris ce qu'il disait, on a tenté de le calmer et il s'est effondré par terre en bavant, heureusement le doc d'ici était tout à côté et s'en est occupé, il veut vous voir !

— J'arrive.

Cette affaire part dans tous les sens décidément, se dit-il. Cela devient incontrôlable. Vivement que Dimitri arrive. Il se dirige vers le secrétariat quand son smartphone bourdonne dans sa poche.

— Oui

— Commandant Rigacci ? Gendarmerie de Muret à l'appareil. Lieutenant Mathieu. Nous avons été avertis ce matin très tôt d'un meurtre à Pin-Muralet dont vous vous occupez en ce moment, n'est-ce pas ?

— Oui, c'est ça.

— Bon eh bien nous avons été dessaisis pour que vous vous en occupiez.

— Oui. Et alors ?

Il sent que ce gendarme a quelque chose d'important à lui annoncer.

— Un policier du poste de Toulouse nous a tout de même dit que la victime était une femme russe en nous demandant quelques renseignements pour l'enquête.

— Je vous suis toujours.

— Eh bien je pense que l'information suivante devrait vous intéresser même si c'est nous qui avons la charge de l'enquête : Une femme russe a été retrouvée égorgée tout à l'heure en bas de son immeuble à Muret, elle travaille, travaillait plutôt à la maison de retraite de Pin-Muralet !

— Bon sang !

— Comme vous dites ! Ça vous fait deux victimes russes travaillant au même endroit, nous pouvons peut-être collaborer ?

— Bien entendu ; dans l'état actuel des choses, nous pouvons parler de personnes parlant la langue russe, ou proche de la culture russe. Il y a une troisième victime alors que j'étais sur les lieux.

— Oh là là ! Un tueur en série, vous croyez ?

— Je ne sais pas encore. Communiquez-moi les détails du légiste, je vous envoie en échange ce que je peux savoir sur elles ici. Ça marche ?

— Ça marche Commandant, je viendrais moi-même si ça ne vous ennuie pas ?

— Au contraire, nous allons avoir besoin l'un de l'autre dans ces affaires qui pourraient bien en être une seule.

Il raccroche pensif. Que signifie ce troisième meurtre ? Priorité absolue, passez voir la directrice et lui demander la liste des Russes, Tchétchènes ou autres femmes de l'est travaillant ici. Ah oui, d'abord voir ce que veut le Doc. Mais avant faire mettre en place une surveillance sur Ortega qui est pour l'instant le suspect numéro un. Il appelle le commissariat et donne ses directives.

L'homme est allongé au sol, il reconnaît Christine, l'infirmière, penchée sur lui. Elle est en train de lui placer une perfusion. Le Docteur Doussart se dirige vers lui en l'apercevant.

— Ah Commandant, l'homme m'a dit une chose étrange avant de faire une crise d'épilepsie. Il m'a dit, j'ai rêvé cette nuit du diable, je l'ai croisé ce matin, il va tuer les femmes russes qui travaillent. Bon, à vous d'en tirer quelque chose, si vous pouvez, rajoute-t-il d'un air dubitatif.

— C'est tout ce qu'il vous a dit ? À propos de ce diable ?

— Oui. Je dois vous laisser, je suis déjà en retard. Ah ! à propos, nous avons appelé le Samu, il ne devrait pas tarder, l'homme est dans un état sérieux. Nous nous voyons en début d'après-midi.

— D'accord merci Docteur.

Que signifie ceci ? Délire ou ce type a vraiment croisé le tueur ? Et comment pouvait-il savoir que c'était le tueur ? Georges est abasourdi par tous les rebondissements de cette affaire. La Directrice est dans le secrétariat, elle est en conversation téléphonique. Son regard alors qu'il s'avance vers elle, s'attarde sur lui, insistant, il se sent flatté qu'une si belle femme le regarde de la sorte. Mais prudence, elle peut très bien être impliquée dans cet imbroglio et lui faire le coup de la séduction pour l'endormir ?

— Excusez-moi !

Une toute petite voix venue d'en bas le fait sortir de ses réflexions, il baisse les yeux. C'est une toute petite jeune femme métisse, ravissante, aux grands yeux noirs, qui vient de l'interpeller, assise derrière un des bureaux. Il ne l'avait pas vu en entrant, il suppose que c'est une secrétaire.

— Vous êtes le Commandant Rigacci ? lui demande-t-elle timidement.

— Oui.

— Bonjour, je suis Julie. La secrétaire, dit-elle en rougissant.

— Bonjour Julie.

— La Directrice m'a dit que vous vouliez voir tout le personnel ?

— En effet.

— Je peux vous proposer dans 30 minutes, tout le monde sera présent, c'est l'heure habituelle de la pause et ensuite de la relève pour le personnel soignant.

— Ah très bien je vous remercie. Je vois que la Directrice est occupée, pouvez-vous me communiquer la liste du personnel ?

— Oui bien sûr.

Elle se lève et fait glisser une porte d'un grand placard coulissant, se saisit en se dandinant dans son jean moulant, d'un dossier et le pose sur le bureau, se penche pour chercher le document révélant ainsi au passage une petite poitrine dans un soutien-gorge noir. Georges s'est toujours demandé quelle était la part volontaire dans ce dévoilage. Juste le désir de plaire ?

— Ah voilà !

Son sourire éblouissant empreint de séduction rajoute une once de doute.

— Merci.

Il relève 5 noms à consonance slave sur la liste, plus un à consonance arménienne. Il n'ignore pas que l'Arménie était un pays satellite de l'Union soviétique et que ces habitants étaient aussi obligés de parler à l'école la langue russe. Une des adresses correspondant sans doute à celle trouvée en bas de son immeuble. Il recopie rapidement dans son carnet les 5 noms, coche celui qui lui est connu, Irina Alistratova.

— Vous me faites une copie s'il vous plaît. Et pouvez-vous me noter tous les renseignements en votre possession concernant ces personnes ?

— Bien sûr Commandant.

Il se dit que cette jeune femme est charmante et qu'il aurait aimé avoir 20 ans de moins. Il entend la Directrice dire au revoir à son interlocuteur.

— Veuillez m'excuser, je n'arrivais pas à me débarrasser de ce casse pied.

— Pas de problème. Voyez-vous, je viens de recopier ces 6 noms de vos employés russes ou slaves tout simplement. Dites-moi quelle est la deuxième victime dans cette liste.

Il tourne son carnet vers elle.

— Alors, c'est celle ici, Tamara Ousmarov.

— Merci.

— Bon sur les 4 noms restants, laquelle ou lesquelles travaillent aujourd'hui ?

— Julie ?

— Gohare seulement.

— Je suppose que c'est l'Arménienne ? Où se trouve-t-elle ?

— Oui, à cette heure-ci elle doit être au rez-de-chaussée.

— Montrez-moi l'endroit.

Il voit José qui interroge un homme dans le hall, tapote sur la vitre de l'accueil.

— Ça s'ouvre si vous voulez, s'empresse Julie, en faisant coulisser la fenêtre.

— Merci Julie. José, venez vite. Faites envoyer deux voitures aux adresses suivantes, dit-il en lui montrant la photocopie de la liste que vient de lui tendre Julie, c'est urgent. Question de vie ou de mort peut-être. Téléphonez sans attendre pendant qu'ils sont en route. Allons-y Julie s'il vous plaît. Ah attendez une seconde, José. Redonnez-moi la liste. Il la photographie à l'aide de son smartphone avant de la retourner au policier.

La jeune femme s'élance dans le couloir en direction de l'infirmerie, il lui emboîte le pas. Ils se dirigent vers l'aile ouest. Elle semble flotter sur le revêtement plastique tant elle est menue. Elle s'arrête devant l'ascenseur, visiblement étonnée.

— Elle aurait dû être là.

— Peut-être en pause ?

— Oui, allons voir à la salle du personnel.

Tous deux se dirigent rapidement vers ladite salle, qui se situe à l'autre bout du bâtiment, face aux cuisines. La salle est vide à leur arrivée quelques minutes plus tard.

— Peut-être est-elle aux toilettes, suggère Julie qui traverse le couloir pour se rendre aux cuisines, toujours suivie de Georges.

— Vous n'avez pas vu Gohare demande-t-elle aux deux cuisinières.

— Ah non, pas depuis un bon moment, répond l'une d'elle en interrompant sa conversation avec deux policiers, ils boivent un café en mangeant des gâteaux, l'arrivée de leurs chefs les interrompt dans leurs mastications.

— Aidez-nous à trouver cette femme, faites tous les étages, tapez aux portes de toutes les toilettes, leur dit-il. Et soyez prudents ! Donnez-nous sa description physique, Julie s'il vous plaît.

— Blonde aux cheveux mi-longs, des yeux bleus et la peau très pâle, 1 mètre 65 environ, corpulence normale.

Les deux hommes, heureux de s'en tirer à si bon compte, partent précipitamment.

— Nous n'avons pas regardé aux vestiaires, dit Julie.

— Allons-y.

Ils repartent dans la direction opposée, les vestiaires du personnel se trouvent quasiment en face du secrétariat. Eux aussi sont vides, Julie va taper aux portes des sanitaires, puis se penche dans l'embrasure de la porte.

— Bon, elle n'est pas là non plus, peut-être à l'extérieur, à l'espace fumeurs. Mais il me semble qu'elle ne fume pas.

— Allons-y tout de même.

Parvenus à l'extérieur, il y a juste quelques femmes en pause cigarette, elles n'ont pas vu Gohare. Georges consulte la liste du personnel et constate qu'elle habite la commune.

— Est-ce loin ? demande-t-il à toutes celles réunies là, il leur montre l'adresse inscrite sur le document.

— Je ne sais pas où c'est exactement, lui répond une lingère, mais elle vient à pied.

— Bon merci Mesdames.

Suivi de Julie il retourne au secrétariat

— Elle était amie avec Tamara, alors peut être que ça l'a bouleversée et elle est rentrée chez elle, suggère la jolie secrétaire.

— J'espère que vous avez raison. Essayez de l'appeler. Je vais envoyer quelqu'un chez elle si elle ne répond pas.

Julie compose le numéro de Gohare, quelque trente secondes plus tard, le répondeur prend le relais de la sonnerie.

— Gohare dit-elle, réponds dès que possible c'est urgent.

Elle répète la même opération sur le poste fixe de son domicile. Pendant ce temps, Georges lit l'adresse.

— Je peux avoir accès à l'internet de l'établissement s'il vous plaît, ma couverture réseau est assez aléatoire depuis tout à l'heure.

— Oui bien sûr, je vous donne le code wifi tout de suite.

Les deux policiers reviennent essoufflés.

— On ne l'a vu nulle part dit le premier.

— Continuez à interroger tous ceux que vous croisez tout de même

Georges se connecte à Google Map et tape l'adresse de Gohare. José est là, toujours attentif.

— José, envoyez quelqu'un en vitesse à cette adresse, c'est à 500 mètres. Qu'il vérifie qu'une certaine Gohare Hegopian soit chez elle, qu'il interroge les voisins. Envoyez deux gars, c'est plus sûr.

Il se dit qu'il y serait bien allé lui-même, mais à la vitesse à laquelle les évènements se précipitent, se bousculent plutôt, il doit rester là pour essayer de coordonner au minimum les choses.

— Et José, que ceux qui y aillent fassent attention, nous avons affaire à un type dangereux et déterminé, donc précautions d'usages, qu'ils n'y aillent pas avec tambour et trompette, peut-être à pied même, discrétos.

— Bien Patron.

Il voit arriver Dimitri avec soulagement, le jeune policier est tout sourire comme à son habitude.

— Salut Patron, besoin d'aide, semblerait-il.

3
9 heures 30 – 10 heures 30

Le véhicule de police fonce à toute allure entre les files de voitures, les ralentissements habituels de la rocade toulousaine n'effrayent pas le conducteur, tel un pilote de stock-car voyant les derniers tours de pistes se profiler et qui tente le tout pour le tout, il frôle dangereusement les automobilistes résignés. Le moteur rugit furieusement dans l'habitacle, empêchant toute conversation, même la radio est inaudible. Ce jeunot sait tenir un volant, pense le Brigadier, assis à ses côtés. D'habitude, il a peur lorsqu'il est passager, mais là il doit avouer que même à 150 à l'heure sur le périphérique, encombré comme jamais, sa confiance ne se départit pas pour son jeune collègue. Un coup de frein brutal le plaque contre sa ceinture de sécurité, un scooter vient de surgir entre deux véhicules. Le policier pilote l'évite habilement malgré les embardées violentes de la voiture malmenée. Par réflexe, il note le numéro d'immatriculation de l'inconscient qui continue son gymkhana suicidaire. Cet imbécile a de la chance que nous soyons pressés, pense-t-il en colère contre le propriétaire du deux roues. La majeure partie de leur travail dans les rues de la ville consiste à surveiller et verbaliser ce genre d'individu, qui la sillonne au mépris de toutes les règles de circulation, causant des accidents minimes aux voitures, mais souvent mortels pour eux-mêmes, ou pour les malheureux piétons inattentifs.

Pourvu que cette guimbarde tienne le coup, elle affiche presque 400 000 km au compteur et le traitement que lui fait subir le jeunot risque bien de lui être fatal s'ils continuent à cette vitesse-là ! Il n'ose pas lui dire de ralentir le train d'enfer imposé à la pauvre Renault, les ordres émanent du Commandant Rigacci, que tout le petit monde de la police respecte, étant très clairs. Il surveille attentivement le rugissement du moteur et les odeurs éventuelles d'huiles ou de surchauffe qui pourraient survenir.

— C'est la prochaine sortie, dit-il au conducteur.

Ce dernier acquiesce brièvement de la tête, concentré sur sa conduite.

— Éteins les sirènes maintenant, et le gyrophare aussi, garons-nous au pied de cet immeuble.

Les deux policiers s'approchent discrètement d'un autre bâtiment. Ils observent attentivement les alentours, aux aguets. Mû par un réflexe professionnel, il prend en photo avec son smartphone toutes les plaques visibles des véhicules alentour. Ils arrivent devant l'entrée, le brigadier fait défiler les noms sur l'écran digital de l'interphone, très vite il repère le nom russe. Deuxième étage, porte 23. Il sonne à l'étage en dessous après avoir consulté le plan du bâtiment, une personne répond au bout de quelques secondes.

— Bonjour, Madame, police nationale, excusez-nous, nous devons entrer.

— Qui me dit que vous êtes de la police ?

— C'est très simple regardez par votre fenêtre, vous verrez mon collègue et il va vous montrer sa carte.

Le jeune policier se recule pour permettre d'être vu. Le déclic de la serrure électrique retentit.

Il s'engouffre dans le hall à toute vitesse, repère l'escalier et monte au pas de course, arrivé devant la porte de l'employée de la maison de retraite, le Brigadier colle son oreille au battant.

Aucun bruit ne provient de l'appartement. Cette femme travaille de nuit, elle doit dormir, se dit-il. Il fait signe à son jeune collègue de couvrir ses arrières et d'être prêt à toutes éventualités. Après un petit laps de temps à réécouter attentivement, il sonne en guettant les réactions dans l'appartement. Rien ne bouge, il frappe alors assez fort pendant plusieurs secondes sans interruption. Le seul résultat immédiat est l'ouverture de la porte opposée, les deux policiers se tournent brusquement en dégainant leurs armes. Une femme apparaît, qui s'apprêtait visiblement à les réprimander vertement pour leurs bruits intempestifs se trouve nez à nez avec les armes braquées, elle en reste la bouche ouverte, les yeux écarquillés de surprise et de frayeur.

— Oh désolé Madame, s'excuse le Brigadier, en abaissant son arme, n'ayez pas peur, nous ne vous voulons aucun mal. Nous cherchons juste à entrer en contact avec votre voisine, dit-il en montrant la porte derrière lui d'un geste du pouce. Savez-vous si elle est chez elle ?

— Oui, elle est rentrée vers 8 heures comme d'habitude dit-elle la main posée sur le cœur pour tenter de juguler son émotion ; mais elle doit dormir, c'est ce que je voulais vous dire. Et puis elle met des Boules Quies pour ne pas être dérangée.

— Nous le savons Madame, mais c'est urgent il nous faut la voir. Auriez-vous ses clefs par hasard ? Sinon nous allons devoir défoncer la porte.

— La défoncer ? Mon pauvre Monsieur c'est une porte blindée !

— Nous avons ce qu'il faut pour ça, n'ayez crainte. Alors, avez-vous les clefs ?

— Bon, oui vous avez de la chance, je m'occupe de ses chats lorsqu'elle est absente. Une seconde, je vous prie.

La femme se tourne et attrape un trousseau accroché avec d'autres clefs contre le mur. Elle les tend au brigadier.

— Merci, Madame, veuillez entrer chez vous s'il vous plaît.

— Mais pourquoi ? Il lui est arrivé quelque chose ?

— Ça, nous l'ignorons, mais il y a peut-être un certain danger, veuillez entrer s'il vous plaît répète-t-il patiemment.

Il attend que la femme referme sa porte et introduit les clefs dans la serrure, espérant qu'il y ait un verrou ou une chaîne de sécurité bloquant la porte, ce qui voudrait sans doute dire que la femme dort paisiblement. Ce n'est pas le cas, le cœur battant la chamade devant l'inconnu, les deux policiers se regardent d'un air entendu.

— Madame Jikenkov… c'est la police… appelle le brigadier tout doucement pour commencer, puis plus fort, MADAME JIKENKOV ? Bon Sylvain, tiens-toi prêt à tout on va entrer prudemment, peut-être est-elle tout simplement endormie profondément, je l'espère en tout cas.

Les deux policiers, armes aux poings, scrutent attentivement tous les recoins, le brigadier pousse une porte doucement avec son pied, c'est une chambre vide, comme l'appartement, malgré tout il l'inspecte soigneusement, lorsque son collègue l'appelle.

— Chef ! Venez vite ! Aaah, c'est affreux !

Le ton de sa voix, calme et mesuré d'habitude est monté dans les aigus, signe de panique chez le jeune policier, s'attendant au pire, le Brigadier se dirige de l'autre côté de l'appartement en suivant la direction présumée de sa voix. Il le trouve les bras ballants dans l'embrasure d'une porte. Sylvain est très grand et solide, il cache toute la vue sur la chambre, le Brigadier essaie de jeter un œil dans le peu d'espace qui reste, ce qu'il découvre le stupéfie tellement qu'il en reste la bouche ouverte.

Georges est en train de briefer son jeune collègue lorsque son smartphone sonne au fond de sa poche.

— Oui, ah salut Christophe. Comment ?! Ah, bon ! je t'envoie la scientifique, surtout ne rentrez pas dans la chambre, oui je comprends. Peux-tu venir me raconter directement ce que tu as vu, ou plutôt prends quelques photos, envoie-les-moi. OK à tout à l'heure. Il se tourne vers Dimitri. Une de plus ! C'était Le Brigadier Christophe Jourda, un très bon policier, il en a vu, mais d'après ce qu'il m'a dit, meurtre sanglant et horrible. Une boucherie. Le retour de Jack l'Éventreur. Ce sont ses mots. Il était choqué.

— Ouaaahhh ! À ce point ! Mais qu'est-ce que c'est ce cinglé ?

— Un cinglé, on peut le dire oui. Les premiers meurtres sont dégueu, mais là ça va crescendo dans l'horreur. Il faut que je prévienne le procureur, il nous faut encore des effectifs supplémentaires. Essaie de me faire une synthèse s'il te plaît, le temps que je téléphone. Et ? Il consulte sa montre, dans quelques minutes nous avons réunion avec le personnel. Et que va nous apprendre la deuxième équipe qui est allée chez la deuxième veilleuse ?

Tous les deux se regardent, abasourdis par cette affaire sanglante. Le policier de faction dans le hall arrive en courant ;

— Ça y est, voilà les journalistes !

— Il ne manquait plus qu'eux ! son smartphone qu'il n'a toujours pas remis dans sa poche vibre dans sa main. Ce qu'il y voit dépasse son entendement. Sans un mot, il le tourne en direction de Dimitri. Celui-ci ouvre des yeux comme des soucoupes devant le contenu.

— Ce n'est pas possible, dit-il dans un souffle à peine tenu.

La gorge serrée par le choc de la photo, les deux hommes n'arrivent plus à s'exprimer. Georges s'aperçoit soudain de la présence de la Directrice debout devant lui, sa bouche articule des mots qu'il ne saisit pas.

— Oui pardon, vous pouvez répéter, finit-il par articuler péniblement.

— Je disais que le personnel vous attend dans la salle à manger. Ça va Commandant ? vous êtes tout pâle ! Et vous aussi, dit-elle, à l'adresse de Dimitri.

— Je… j'ai… j'ai hélas une autre mauvaise nouvelle à vous apprendre.

— Ah ! Gohare ? Elle pâlit.

— Non, je ne sais pas encore pour elle. Bon sang ! je l'avais oublié celle-là, se pense-t-il. Il tente d'apercevoir José à travers les vitres de l'accueil accolé au secrétariat. Il le voit soudain qui apparaît, lui fait signe afin qu'il vienne le voir. Non c'est une autre de vos veilleuses. Madame Jikenkov. Assassinée elle aussi. Je suis désolé.

— Sto ! (Prononcer chto, interjection signifiant la surprise et l'interrogation en russe) s'exclame-t-elle, oubliant son français avec l'émotion.

José a ouvert la vitre coulissante du guichet de l'accueil et attend patiemment.

— Ah oui José, désolé de vous héler comme ça.

— Pas de problèmes Patron.

— Où en est-on avec Gohare Hegopian ? lui demande-t-il en baissant la voix.

— Pas de nouvelles des gars, ils ne répondent ni au téléphone ni à la radio. Ça commence à m'inquiéter.

— Bon Dimitri tu vas y jeter un œil. Je vais parler au personnel, que nous interrogerons un par un dès que possible. Et Dimitri, soit prudent !

— Bien sûr Patron, répond-il l'air grave.

Il y a une vingtaine de personnes dans la salle à manger, essentiellement des femmes, de tout âge et en provenance de presque tous les continents. Le silence se fait peu à peu de lui-même alors qu'il cherche ses mots. Par une des baies vitrées, des policiers courent en tous sens pour empêcher les journalistes de s'approcher trop près pour prendre des photos.

— Bon, Mesdames et Messieurs, je suis le Commandant Rigacci du SRPJ de Toulouse. Vous n'êtes pas sans savoir que deux de vos collègues ont été assassinées violemment ici même ce matin. J'ai appris depuis très peu de temps que deux des veilleuses l'ont été également à leurs domiciles. Nous sommes en attente du sort des deux dernières femmes d'origines russes. Car pour l'instant c'est ce qui se passe, ce sont vos collègues d'origine russe ou slave qui sont les victimes, personne d'autre dans le personnel ne semble visé, mais des précautions sont à prendre, vous le comprendrez aisément.

Devant l'affolement et les cris de certaines, il réclame le silence en levant le bras calmement ; la main tendue vers le haut comme pour un salut.

— Calmez-vous s'il vous plaît. Vous pouvez constater que de nombreuses forces de police sont présentes pour votre protection. Et d'autres vont arriver bientôt. Il va être demandé à chacun et chacune d'entre vous de respecter certaines règles de sécurité. À savoir, signalez toutes vos allées et venues à la direction et au secrétariat. Demandez à vos conjoints si cela est possible de venir vous chercher, sinon vous ne partez pas seules, je parle surtout pour les femmes, regroupez-vous à plusieurs par voitures, je crois savoir que certaines finissent tard le soir. Si c'est possible aussi, essayez de dormir les unes chez les autres. Organisez-vous entre vous, il y va de votre sécurité. Nous ne pouvons évidemment pas surveiller vos domiciles à tous et toutes.

Nouveau brouhaha. Il se tourne vers la Directrice, implorant son aide du regard. Elle l'assure d'un hochement de tête discret.

— C'est à vous qui l'incombe de m'organiser tous les interrogatoires, ou, disons plutôt les entretiens si vous préférez, rajoute-t-il en souriant. En fonction des emplois du temps de chacun. J'ai des coups de fil à passer. Je vous laisse vos troupes, vous les connaissez bien mieux que moi.

— N'ayez crainte, je prends le relais. J'ai bien compris vos craintes et vos consignes. Vous serez dans le bureau du Docteur, je suppose ?

— Oui, ça sera parfait je vous remercie.

— Ah oui, rajoute-t-il à l'attention des employés, je voudrais vous dire aussi que je vous recommande fortement de ne pas parler à la presse. Ils vont vous solliciter avec insistance. Je vous demande de vous méfier, cela pourrait se retourner contre vous. Et nous empêcher d'enquêter. Si vous décidez de passer outre à mes consignes, je n'hésiterais pas à vous faire incarcérer si je le juge nécessaire, comme votre collègue de la maintenance.

Un silence de mort pèse sur l'assemblée. Personne n'ose protester.

— Je vous rappelle qu'il y a un dangereux criminel qui sévit. Et nous ne pouvons écarter aucune éventualité. Il y va de votre sécurité. Vous pouvez également venir me voir si vous le souhaitez quand vous le voulez, je serais dans le bureau du Docteur.

Il se dirige vers le bureau, le crâne en ébullition. Il cherche sur l'agenda de son téléphone le numéro du Procureur, heureusement qu'il est également une bonne relation de travail, un type intelligent, humain, plutôt ambitieux, mais surtout à l'écoute des policiers. Il tente de résumer l'affaire sans en tirer de conclusions pour le moment.

— Bonjour Monsieur le Procureur.

— Ah Commandant, j'attendais votre appel. Alors que se passe-t-il exactement ?

— Eh bien nous avons un assassin particulièrement violent sur les bras, 4 femmes pour l'instant, d'origine russe, toutes travaillent à la Sérénité, la maison de retraite de Pin-Muralet.

— Bigre ! Pour l'instant ? Vous en craignez d'autres ?

— Oui hélas, deux femmes dont nous sommes sans nouvelles, et effectivement je crains le pire pour elles.

— Bigre, répète le Procureur sous le choc. De quoi avez-vous besoin ?

— Dans l'immédiat essayer de gérer au mieux les journalistes qui se pressent devant l'entrée de l'établissement. J'ai déjà demandé des renforts qui sont arrivés et je vais en demander d'autres.

— Bon, je m'occupe des journalistes, peut-être une conférence de presse ? Qu'en pensez-vous ?

— Oui, c'est nécessaire même.

Georges n'ignore pas que l'homme est friand des apparitions publiques et il n'est que trop heureux de lui confier cette tâche que lui-même déteste.

— Très bien, je vous envoie mon assistant pour que vous vous mettiez d'accord sur les détails à révéler ou pas.

Après avoir raccroché, des éclats de voix le tirent de ses pensées. En arrivant dans le hall, il assiste à un véritable pugilat entre deux personnes âgées. L'une d'entre elles, une femme de forte corpulence aux cheveux très courts et manifestement d'origine créole étant donné son accent et sa couleur de peau, secoue un vieux monsieur tout sec assis dans un fauteuil, le malheureux n'a même pas la force de s'opposer à son agresseur.

— Arrêtez, arrêtez, proteste-t-il faiblement.

— Tu vas voir vieux con, lui crie-t-elle, que tu vas me rendre le volant de ma voiture !

Comprenant que la femme n'a plus sa raison, il ne sait toutefois pas comment s'y prendre pour qu'elle lâche le vieil homme, aucun personnel soignant n'étant présent sur les lieux.

— Madame ! MADAME !

La femme finit par ne plus remuer le bonhomme en voyant Georges devant elle. Il n'est même pas sûr qu'elle l'ait entendu. Les yeux exorbités, elle le fixe méchamment.

— Kisa ou vle ? (Qu'est-ce que vous voulez) ? lui crie-t-elle en créole.

— Veuillez lâcher ce Monsieur s'il vous plaît.

— Ou se la polis ka ? (Vous êtes la police ou quoi ?)

— Exactement, dit-il en lui mettant sa carte sous le nez, espérant que cela fonctionne.

— O m regret.

Et elle retourne s'asseoir sur un fauteuil non loin de là, comme si rien ne s'était passé.

— Ça va Monsieur ?

Le vieil homme le fixe, l'air complètement perdu.

— C'est une vraie carte ?

— Bien sûr.

— Qui vous l'a donné ?

— Eh bien, elle est à moi.

— Vous en avez de la chance.

Le vieil homme le regarde encore quelques secondes puis semblant tout à coup se désintéresser de la conversation, ferme les yeux. Ce dialogue court et surréaliste l'a déstabilisé. Les autres résidents, nombreux à présent, affalés sur leur fauteuil, paraissent eux aussi à mille lieues de l'endroit qu'ils occupent. Présent physiquement seulement.

— Ça va papa ? Son fils lui ressemble assurément, un sourire bienveillant fend son visage. Il se penche sur son père et l'embrasse gentiment.

— Enchanté, je m'appelle Frederick Mortillon, je suppose que vous êtes le Commandant Rigacci.

— Oui, dit-il en serrant la main tendue. Vous me connaissez ?

— Ils ont parlé de vous à la radio ce matin, que vous étiez chargé de l'affaire. Mais je vous connais de réputation. Merci de l'avoir secouru.

— Mais je vous en prie.

Bon sang de bon sang, pense Georges, comment les radios sont-elles déjà au courant !

— Vous comprenez le créole, c'est la seule chose qui la calme.

— Ah ! je comprends mieux alors pourquoi mon intervention a été si efficace. Votre père n'en souffre-t-il pas trop ?

— Non non, c'est souvent lui qui l'asticote.

— Espèce de salope, hurle soudain le vieil homme d'une voix de ténor.

La femme tressaute en entendant l'insulte, elle se lève d'un bond et se précipite sur Monsieur Mortillon père, mais voyant le policier elle se rassied en marmonnant.

— Non, mais vous avez vu cette négresse comment elle me traite. Salope !

— Mwen se salopard ! (Je vais te crever) dit-elle, furibarde, en secouant furieusement les accoudoirs de son fauteuil.

— Mais c'est un vieux con, tout le monde le sait, ta gueule la vieille, réplique à son tour une femme assise tout à côté de Mr Mortillon.

— Ah toi ou femen ! (Ferme-la.)

— Allons, allons, Madame Burel, Monsieur Mortillon, Madame Natinel, calmez-vous ! s'écrie Christine l'infirmière en passant à grandes enjambées. Vous avez vu Monsieur le policier, c'est la foire d'empoigne ici, comme à l'école ! dit-elle en souriant. Ou au commissariat, ajoute-t-elle avec une pointe d'humour. Elle semble remise de ses émotions.

— Effectivement, je vois ça.

Monsieur Mortillon fils ne s'est pas départi de son sourire.

— Vous voyez, il n'a besoin de personne.

— Vous venez souvent voir votre père ?

— Tous les jours ou presque.

— Que pouvez-vous me dire sur l'ambiance qui règne ici, entre les membres du personnel, il y a-t-il des tensions ?

— Ici, c'est comme une famille, tout le monde se connaît, la Directrice est très très bien. Professionnelle, amicale, gentille avec tous. Les résidents sont comme ses parents, elles les chouchoutent, les cajolent même ceux qui ne sont pas très… agréables, il baisse la voix, comme Madame Natinel par exemple, vous voyez ?

— Hum je vois, et avec les employés ?

— Pareil. Trop gentille même au dire de certains.

Il semble s'excuser de dire cela.

— Qui par exemple ?

— Eh bien, je ne sais pas si je dois…

— C'est une enquête officielle et cela restera confidentiel ne vous inquiétez pas, je ne révèle pas mes sources.

Mortillon fils tourne la tête et regarde qui se trouve autour, il paraît embarrassé.

— Venez avec moi et encore une fois ne vous inquiétez pas, je vais interroger tout le monde.

Tous deux rejoignent le bureau du Docteur Doussart qui se situe à quelques mètres à peine.

— Alors, dites-moi ce que vous savez. Et avant tout une question obligatoire. Ou vous trouviez vous ce matin vers 7 heures ?

L'homme sourit gentiment, hoche la tête pour signifier qu'il comprend, que le policier fait son travail.

— J'étais à mon club de voile, au lac de la ramée, je préparais le matériel pour ce soir.

— Si tôt le matin ? Où habitez-vous ?

— À Sautens.

— C'est très près d'ici, me semble-t-il ?

— Oui, à 5 minutes.

— Et de votre club de voile ?

— Le matin de bonne heure il faut tout juste 15 minutes. Et pour répondre à votre autre question le matin il fait frais, c'est agréable.

— D'accord. Étiez-vous seul ?

— Non, j'étais avec un ami qui fait aussi partie du club.

— Que faites-vous dans la vie, Monsieur Mortillon ?

— Je suis à la retraite.

— Marié, des enfants ?

— Non célibataire. Endurci, rajoute-t-il avec un sourire. Sans enfants.

— Très bien. Alors, dites-moi qui sont ces personnes qui trouvent Madame Garnier trop gentille.

— Eh bien l'Attaché de direction entre autres, Monsieur Tarik.

— Lui a-t-il déjà dit devant quelqu'un, devant vous ? Ou l'avez-vous entendu ouï dire ?

— Les deux.

— Depuis combien d'années votre père est-il ici, à la Sérénité ?

— 7 ans.

— Et vous venez tous les jours depuis ce temps-là ?

— Oui.

— Comment est ce Monsieur Tarik ?

— Oh très gentil, très poli, très agréable. Mais certains employés ne l'aiment pas beaucoup.

— Pour quelles raisons ?

— C'est le fils des propriétaires de la maison de retraite, ou plutôt devrais-je dire, des maisons de retraite. Ils en ont une bonne douzaine, me semble-t-il. Et puis c'est un patron, rajoute-t-il avec un sourire.

— Il n'est pas agréable avec le personnel ?

— Pas tout le temps.

— Exigeant ?

— Je ne dirais pas ça. Je dirais plutôt qu'il n'est pas régulier. Quelquefois, il reste dans le bureau sans parler à personne, et d'autre fois il tourne dans tout l'établissement en inspectant tous les recoins, et ces jours-là rien ne va, le personnel doit nettoyer tous ces recoins.

Il sourit.

— Et avec Madame Garnier ?

— Il semble courtois, mais je ne peux vous en dire plus, j'ignore comment sont leurs relations quand la porte du bureau est fermée. Mais quelquefois, la Directrice sort énervée après leurs entrevues.

— D'accord. Je suppose que vous parlez des femmes de ménage en disant le personnel doit nettoyer tous les recoins.

— Pas seulement. À part les infirmières, presque toutes les autres font aussi le ménage. Et…

Il semble ennuyé, une ride d'expression se creuse sur son front.

— Oui, dites-moi.

— Une fois, il y a eu une altercation entre lui et un homme d'entretien. Plutôt virulente, j'ai cru que Benoit, il travaillait ici jusqu'il y a quelques mois, 3 ou 4 peut-être, allait lui casser la figure.

— Vous savez pourquoi ?

— Ils n'étaient pas d'accord à propos de portes de placard, me semble-t-il.

— Il a démissionné pour cette raison ?

— Ça, je n'en sais rien.

— Vous lui parliez ?

— Très peu. Bonjour, bonsoir. Il n'était pas très causant, même avec les autres membres du personnel. Il faisait son travail en silence, tranquillement.

Il consulte sa montre.

— Excusez-moi, mais je dois vous laisser, j'ai un rendez-vous dans quelques minutes.

— D'accord. Je vous remercie. Si vous avez autre chose à me dire, je suis preneur.

— Oui bien sûr.

Une fois seul Georges prend quelques notes et tente de faire le point. L'heure est venue d'interroger la directrice.

Une jeune femme blonde est assise derrière un bureau, il suppose que c'est l'autre secrétaire.

— Bonjour, je suis Sandrine.

— Enchanté, je suis le Commandant Rigacci. Où est Madame la Directrice ?

— Ah, elle est à la relève en salle de pause.

— D'accord. Vous lui direz qu'elle passe me voir au bureau du Docteur Doussart dès que cela lui sera possible.

— Oui bien sûr.

Il croise alors Damien complètement affolé.

— Il a filé Patron !

— Qui ?

— Le gros type que j'avais enfermé dans une réserve au second.

— Comment il a fait ?

— Je crois qu'il devait avoir un double dans sa poche.

— Vous ne l'aviez pas menotté ? Ni fouillé ?

— Mais si ! Les deux, fouillé et menotté et dans le dos en plus Patron.

— Bon. Allez voir si sa voiture est toujours sur le parking. Demandez son adresse au secrétariat et son numéro de téléphone. Vous l'avez cherché à l'extérieur ?

— Oui Patron, personne ne l'a vu.

— Bon calmez-vous, vous n'avez pas commis d'erreur, ce type cachait peut-être son jeu.

— Ça pourrait être l'assassin vous croyez ?

Damien est un angoissé, Georges avait appris à le connaître.

— Je n'en sais rien du tout. Un type qui tue de cette façon est un prédateur. Intelligent et pervers.

Passez la consigne à tout le monde présent ici. On recherche en priorité cet individu jusqu'à nouvel ordre.

Au moins si c'est lui l'affaire sera plus simple. Peut-être !

Décidément, rien ne se déroule comme je l'avais pensé. Comment ce type a-t-il fait pour disparaître de la sorte ! Non c'est impossible qu'il soit le meurtrier, ça ne tient pas la route. En attendant d'avoir de nouvelles des différentes équipes, il se concentre sur les faits.

— Je peux entrer ?

La Directrice est dans l'embrasure de la porte qu'il a laissée ouverte volontairement. Il distingue sa silhouette gracile et sensuelle dans le contre-jour, à travers sa robe légère. Bon sang que cette femme est belle !

— Bien sûr. Asseyez-vous, je vous en prie.

— Est-ce que je ferme la porte ?

— Non laissez là ouverte s'il vous plaît. J'ai une vue sur l'entrée et le portail de la sorte. Avant tout, parlez-moi de Francis, il cherche sur son carnet le nom du type, Bordato. Je l'avais fait enfermer dans une réserve en attendant de l'interroger et il s'est échappé !

— Non ! Remarquez, cela ne m'étonne pas qu'il ait pu ouvrir, il était serrurier avant d'arriver ici.

— Bon, je comprends mieux comment il a pu faire. Mais il n'a pas du tout le profil de l'assassin, pourquoi aurait-il filé ? Auriez-vous une explication cohérente ?

— Non du tout. Cet homme est avec nous depuis 6 ans environ, il nous a été imposé par une relation des propriétaires, nous le regrettons tous les jours. Il ne travaille pas, est désagréable, impoli, sale. Enfin, la liste est longue. Il attend la retraite en passant du bon temps au frais de la collectivité.

— J'avais remarqué effectivement.

— Le pauvre Jean Pierre abat double travail pour compenser, sans compter les erreurs à rattraper.

Nous n'avons qu'une peur c'est qu'il parte lui aussi.

— Lui aussi ?

— Jean Pierre est avec nous depuis quelques mois seulement, avant lui nous avions Benoit Loisel, un homme simple, consciencieux, il en a eu marre de supporter Francis, et encore deux avant lui.

— Je vois. On m'a rapporté une altercation entre Benoit et Monsieur Tarik. Que pouvez-vous me dire là-dessus ?

— Vous ne répéterez pas ce que je vous dirai sur Monsieur Tarik ?

— Bien entendu.

— C'est le fils des propriétaires, il est Attaché de direction et actionnaire de l'établissement, alors vous comprendrez ma prudence.

— Il n'y a pas de problèmes.

— Bon disons que c'est un fils à papa vous l'aurez compris. Il est gentil, à un bon fond, mais nous ne sommes pas toujours d'accord, alors quelquefois ça clashe.

— C'est tout ?

— Oui.

— Cette dispute avec Benoit ?

— Les raisons que je viens de vous annoncer. Benoit est un sanguin sous son apparence calme et tranquille. Cependant…

— Oui.

— Benoit a eu une liaison avec Irina.

— Vous auriez pu me dire cela de suite !

— Désolé, je viens seulement d'y penser. Cela fait de lui un suspect ?

— Cela peut bien sûr.

— Comment cela s'est-il passé ? Étiez-vous la seule à le savoir ?

— Non du tout. Dès que certaines s'en sont aperçues, elles sont très friandes de ce genre d'évènements, ça a alimenté la gazette interne. Personnellement, je les ai vus un jour sur un canapé du second, j'ai vite compris ce qui se passait. Je les ai sommés de ne pas s'afficher ensemble, dans l'établissement, cela allait de soi. Ils sont restés discrets tout de même par la suite. Puis ils ont tous les deux quitté leurs conjoints respectifs et se sont installés ensemble.

— Mais ils n'étaient plus ensemble puisque le mari est venu prendre de ses nouvelles ce matin, n'est-ce pas ?

— Non c'est vrai, ils se sont séparés assez rapidement, j'ai cru comprendre que c'était une relation plutôt orageuse. Elle est retournée chez son mari. Benoit a divorcé après l'explosion de son couple, et vivait seul quand il travaillait encore ici.

Encore un élément nouveau et plutôt inattendu dans cette affaire. Georges se demande si la belle Directrice a omis volontairement tous ses détails. Il opte pour l'instant pour le fortuit. Et se dit qu'il a encore une charge supplémentaire contre Ortega, mari trompé et bafoué.

— Savez-vous où vit Benoit actuellement et où il travaille ?

— Travaille non, mais je sais qu'il a changé de région, il est parti vers Narbonne.

— Vous connaissez la raison ?

— Il aurait rencontré quelqu'un.

— Pourquoi aurait ?

— Toujours pareil la gazette interne. Mais nous avons ses coordonnées au secrétariat pour des raisons administratives.

— Bon merci, nous allons vérifier tout cela.

Son smartphone vibre dans sa poche. C'est un SMS de Dimitri. « Personne chez Gohare Hegopian, rien de suspect, pas de traces de luttes et cependant pas de traces non plus des deux policiers ! j'ai demandé une patrouille. Je reviens en inspectant les alentours ».

Bon sang se dit-il, qu'est-ce que c'est que cette histoire, ce sont les policiers qui disparaissent maintenant !

— C'est Gohare ? demande la Directrice en voyant la tête de Georges.

— Non toujours pas. Nous ne la trouvons pas, cela ne veut pas dire qu'il lui est arrivé quelque chose de dramatique.

Elle reste silencieuse, songeuse, son regard s'attarde sur Georges.

— Irina a-t-elle eu d'autres liaisons au sein de l'établissement ?

— Pas que je sache.

— Comment s'entendait-elle avec ses collègues ?

— Elle restait plutôt à part, sauf avec celles qui parlent russe.

— Vous m'avez dit ce matin qu'elle ne savait pas que vous étiez russe ? Ne croyez-vous pas qu'elle aurait pu s'en douter ?

— Tout le monde n'a pas votre perspicacité Commandant.

— Ne reconnaissez-vous pas les personnes qui sont de la même ethnie que vous ?

— Oui bien sûr. Mais que cherchez-vous à me faire dire ? Que j'aurais tué cette pauvre fille parce qu'elle aurait reconnu une Russe en moi ?

— Je cherche à comprendre.

Des coups discrets tapés à la porte la font se retourner, c'est Julie qui cherche à attirer leur attention.

— Excusez-moi de vous déranger, Hélène il y a Madame Laderan au téléphone, elle veut absolument vous parler.

— Bon, transférez l'appel ici. Vous permettez, Commandant ?

— Bien sûr. Voulez-vous que je vous laisse le temps de l'appel ?

— Non non c'est inutile je vous remercie, je sais de quoi cette dame veut me parler et je vais faire au plus vite.

Pendant qu'elle s'entretient avec son interlocutrice, Georges sort son petit carnet et étudie ses notes. Comme à son habitude, il tente de faire une synthèse en faisant des petits tableaux et des pourcentages pour l'aider dans sa réflexion. Son smartphone vibre à nouveau. C'est un nouveau message de Dimitri, il fonctionne beaucoup par SMS. « Avons retrouvés les deux collègues inanimés au fond d'un fossé, vraisemblablement tasés et assommés, devraient se remettre. »

Bon au moins une bonne nouvelle, enfin si je puis dire. Mais est-ce l'assassin qui a agi ainsi ? Cela va peut-être faire avancer les choses, je dois savoir où se trouvait Ortega en premier lieu. Il appuie sur le contact du commissariat et se rend dans le couloir pour ne pas déranger la déranger pendant son appel. Et aussi par discrétion par rapport à l'enquête.

— Oui salut Ronan, ici Georges. As-tu des nouvelles de l'équipe qui surveille un certain Ortega à Portet ? OK, envoie-moi son numéro par SMS. Bon, il me faut des renseignements sur un certain Benoit Loisel, ancien employé de la Sérénité, résiderait à Narbonne. Ah oui, un avis de recherche a dû être lancé sur Francis Bordato. Je veux connaître son pedigree, s'il en a un. D'accord ? Oui à moi ou Dimitri. Ah oui, attends une seconde, autre chose, envoie-moi Véronique, en civil. Merci.

La Directrice a raccroché. Elle consulte son smartphone en attendant Georges. Le sien vibre à nouveau, c'est à nouveau Ronan.

— Geo ! Le ton de sa voix l'inquiète brusquement. Je viens d'avoir des nouvelles de la dernière équipe que tu avais envoyée à Toulouse.

— Oui.

— Pareil que la précédente, une boucherie ! J'ai pris sur moi de renforcer les patrouilles aujourd'hui, je ne sais pas qui l'on cherche, mais c'est un cinglé ce type-là.

— Parfait Ronan. Tu connais la procédure, je suis trop occupé de mon côté, je te laisse faire. Envoie une patrouille supplémentaire dans le coin. Et aussi juste l'heure précise du meurtre dès que tu l'as.

Il revient s'asseoir face à la Directrice. Ne sait pas trop par où commencer. Il ne reste que Gohare pour l'instant. Mais étant donné ce qu'il est arrivé aux autres Russes, il n'est guère confiant quant à la suite.

— Je suis désolé, mais sans être cynique vous allez devoir embaucher du personnel !

— Oh ! Encore une ?

— Oui.

— C'est affreux. Mais que se passe-t-il ?

— Je suis sûr que vous pouvez m'éclairer.

— Moi ? Mais comment ?

— Eh bien racontez moi les circonstances qui vous ont emmenées ici et peut être y trouverons-nous la raison de tous ces assassinats.

— Vous croyez ?

— Je me raccroche à toutes explications. Je pense qu'il y a trop de faits troublants nous conduisant droits sur vos origines. Et à partir de maintenant, je vous place sous protection.

— La vôtre ?

Georges réfléchit. Doit-il la surveiller lui-même ? Au risque de tomber sous son charme, il sent qu'elle aussi n'est pas indifférente. C'est éventuellement pour cette raison qu'il a demandé à Ronan de faire venir Véronique.

— Non, une femme va s'en charger.

— Ah, dit-elle visiblement déçu. J'aurais préféré que cela soit vous.

4
10 heures 30 – 11 heures 30

Comment prendre cette confidence ? En est-ce bien une ? Parle-t-elle de l'attirance masculine ou de celle à proprement parler qu'ils perçoivent en retour ? Ou de la présence rassurante du policier doublé de l'homme, vieille réminiscence sur la masculinité. Pour l'heure, cela ne semble revêtir aucun calcul de sa part.

— Avez-vous peur pour me dire cela ? glisse-t-il avec suffisamment d'humour dans le ton pour ne pas l'offusquer et un sourire qu'il veut chaleureux.

— Eh bien je vous avoue que oui. C'est terrible toutes ces femmes assassinées. Croyez-vous que je sois la prochaine ?

Elle a un frisson involontaire en posant la question.

— Je ne peux hélas vous répondre, les motivations du tueur pour l'heure me sont inconnues.

— Ce ne sont pas des raisons, enfin je veux dire ce sont bien pour des raisons professionnelles que vous n'assurerez pas ma protection ?

— Mais pour l'instant, il n'y a que moi de disponible, dit-il doucement sans trop s'avancer sur un terrain glissant.

— Pour l'instant, dit-elle dans un souffle sensuel.

Le silence s'installe, sans être pesant ni gênant. Au contraire, il est porteur d'espoir pour chacun. Leurs regards se croisent, s'entremêlent, se sondent. Leurs yeux cherchent une réponse dans la multitude des reflets qu'ils engendrent dans ces moments-là, si particuliers. En proie aux sentiments confus qui les submergent, ils se laissent porter par la vague du désir montant.

— J'ai lu tous les livres !

Ils sursautent. Clément les regarde, empreint de malice. Mais la candeur du garçon dissipe vite le trouble.

— Clément ! excuse-moi, je t'avais oublié. Madame Garnier, auriez-vous une tache à confier à ce garçon ?

— Eh bien oui ! Va voir Jean Pierre à l'atelier du premier et dis-lui bien que c'est la Directrice qui t'envoie pour l'aider à porter tous les cartons au local poubelle. D'accord Clément ?

— Ah oui oui, d'accord.

Il part en trombe, visiblement ravi.

— Ah merci, je ne sais pas trop quoi faire de lui.

— Comment avez-vous hérité de ce pauvre garçon ?

— Eh bien son père qui est aussi le Préfet, l'avait envoyé dans un commissariat tranquille et quelqu'un s'est trompé !

— Le Préfet !

— C'est également un copain de jeunesse, donc pas de soucis.

— Vous êtes un gentil, c'était ma première impression, peu de gens se soucient des autres, surtout de ceux qui sont différents.

— Parlez-moi plutôt des circonstances qui vous ont emmené en France, dit Georges embarrassé.

— Tout a commencé dans mon enfance, mes parents étaient étonnés de mon attirance pour la France et tout ce qui pouvait être français. J'arrivais à traduire les mots sur leurs livres en français. Et tout s'est enchaîné par la suite, avant d'arriver à l'université, je parlais déjà le français couramment. La première difficulté a été d'émigrer, nous vivions dans un pays fermé à l'époque, toutes mes demandes ont été refusées systématiquement, à force de persévérance et par ma connaissance parfaite de la langue, j'ai été acceptée à l'université de Strasbourg en tant que traductrice. Un jour, j'ai postulé ici après avoir lu une annonce.

— Pourquoi cacher vos origines ?

— Toutes les Russes ou presque avec un physique plutôt agréable s'inscrivent dans des agences matrimoniales pour épouser un étranger occidental et avoir une vie plus facile. Beaucoup d'hommes sont alcooliques en Russie. Ce qui est en soi plutôt normal de vouloir une vie meilleure. J'ai toujours refusé, je trouve ces femmes trop légères, elles font passer les femmes comme moi pour telles. Vous voyez le cliché de la Russe, blonde, belle, qui couche pour réussir.

— Hum, ce caractère vous honore.

La jolie blonde rougit sous le compliment, sa poitrine se soulève d'émotion. Georges se dit qu'il a touché un point sensible involontairement.

— Merci, dit-elle avec une telle émotion dans la voix que l'on dirait une actrice de l'actor studio.

Waouh ! j'ai Marylin Monroe réincarnée face à moi. Bon, on se calme et on reste professionnel, je ne dois pas ressembler au loup de Tex Avery.

— Vous pourriez au contraire en tirer une certaine fierté ; réussit à dire Georges avec une voix normale. Que dites-vous quand on vous demande où vous avez fait vos études ?

— Je dis que j'ai étudié à Strasbourg.

— C'est pour cette raison que vous avez fait une demande dans le Toulousain ?

— On ne peut rien vous cacher.

— Et personne ne se pose la question quant à votre physique ?

— Cela arrive parfois, je dis sans mentir que j'ai des origines russes.

— D'accord. Et les malheureuses victimes d'aujourd'hui, l'une d'elles n'a-t-elle pas deviné que vous le cachiez ?

— Je dois dire qu'Irina me regardait parfois avec insistance. Mais je suis la Directrice et elle était femme de ménage donc la distance qu'il pouvait y avoir m'allait très bien. Je prenais soin de ne pas engager de conversation autre que professionnelle avec elle.

— Avec insistance, c'est-à-dire ? Précisez votre pensée, vos impressions.

— Je pense que c'était une calculatrice, on avait toujours l'impression quand elle vous regardait qu'elle cherchait un moyen de vous manipuler. Et les autres non, je ne crois pas.

— Je vois. Savez-vous comment elle est arrivée en France ?

— Son mari est allé là-bas la chercher à travers une agence matrimoniale.

— Hum, je m'en doutais. Donc elle rentre dans la catégorie femme légère pour vous ?

— Oui et je n'avais pas beaucoup d'estime pour elle.

— Le savait-elle ?

— Je crois. C'était une femme très intelligente.

— Là-bas ? En Russie ?

— Pas exactement. En Moldavie.

— Ah bon ! C'est vers la mer Noire, il me semble ?

— Exactement. C'est un petit pays coincé entre L'Ukraine et la Roumanie. Beaucoup de Russes y vivent.

— Et vous d'où venez-vous ? Pardon, de quelle région de Russie votre famille est-elle originaire ?

Elle sourit.

— De Moscou.

— Comment a-t-elle postulé ici ?

— Elle s'est présentée d'elle-même.

— C'est vous qui l'avez reçu ?

— Non d'abord Julie. Ensuite, c'est moi si la candidature lui semble intéressante.

— D'accord. Pour quelles raisons l'avez-vous embauchée ?

— Elle m'a semblé sérieuse, l'essai l'a confirmé. Mais elle n'avait qu'un CDD.

— J'imagine que pendant l'entretien, étant donné son physique et les renseignements qu'elle vous a donnés, vous avez dû la classer rapidement dans la catégorie femme légère.

— Oui, c'est vrai. Mais je ne voulais pas être sectaire et l'empêcher de travailler et de s'intégrer. Et elle m'a paru sincère. Par la suite, malgré sa liaison avec Benoit, je n'ai jamais eu à le regretter, professionnellement parlant.

— Bon, c'est tout à votre honneur encore une fois.

— Merci. Elle rosit de plaisir.

Georges essaie de faire abstraction de son attirance pour elle et tente de la sonder. Ce qu'il voit lui fait plaisir.

— Et les autres russes ?

— Rien à dire. Elle faisait leur travail. Les Russes sont généralement très bosseuses et sérieuses dans leur travail.

— Relations purement professionnelles toujours ?

— Oui.

Se pourrait-il que la piste russe soit juste un hasard ? pense-t-il. Non ce n'est pas possible, toutes ces femmes ont un lien, la Directrice semble hors de cause. Mais le tueur fait-il une fixette sur les Russes, ou il y a-t-il autre chose à laquelle il ne pense pas.

— Vous savez que je dois vérifier vos dires. Cela restera confidentiel, je vous en donne ma parole.

— Je vous fais confiance.

Il voit Dimitri passer dans la cour.

— Savez-vous si elles avaient des rapports en dehors du travail ?

— Il faudra demander au reste du personnel, mais je ne crois pas. Il me revient en mémoire, cependant, une conversation, dont j'ai entendu quelques bribes sans le vouloir. Entre Irina et Gohare. Elles parlaient souvent ensemble. Quand elles m'ont vu, elles se sont interrompues. C'était à l'extérieur, je me dirigeai vers mon véhicule, elles étaient devant l'annexe, là-bas devant. C'est plutôt inhabituel qu'elles se trouvent là, le personnel se gare derrière le bâtiment, les secrétaires, les docteurs, les kinés et tous les consultants extérieurs, les familles et moi-même nous nous garons devant.

— Étaient-elles en tenue de travail ?

— Non en civil, elles s'apprêtaient à quitter l'établissement.

— Donc elles parlaient en russe ?

— Oui. Je n'y ai pas prêté attention sur le moment, mais ensuite ce bout de conversation m'a interpellé. C'est maintenant que je réalise qu'elles parlaient russe. Elles paraissaient terrifiées, les yeux d'Irina en étaient exorbités. J'ai failli leur demander ce qui n'allait pas, mais juste à cet instant mon téléphone a sonné, c'était un coup de fil important que j'attendais depuis un moment et je me suis éloignée.

Lorsque je me suis retournée alors que je me trouvais devant mon véhicule, elles n'y étaient plus.

— Et de quoi parlaient-elles ?

— Elles avaient peur de quelqu'un. Quelqu'un qu'elles appelaient le diable.

— Le diable ! Vous en êtes sûre ?

— Oui, car Gohare parle mal le russe, avec un fort accent arménien, et je n'ai pas tout saisi, mais ce n'est pas le cas d'Irina. Elle a répété plusieurs fois, « Comment ! tu en es sûre ? » Comme vous à l'instant.

— Pourquoi se sont-elles arrêtées de parler quand elles vous ont vues puisque selon vous elles ne savaient pas que vous les compreniez ?

— Je l'ignore. Peut-être avaient-elles des doutes. Ces gens-là parlent peu, sont très froids.

Elle dit ces gens-là, comme si elle était française de naissance, se dit Georges.

— Répétez-moi exactement leur conversation, du moins ce que vous en avez entendu.

— Eh bien j'ai entendu Gohare en premier, elle disait « Il m'a encore téléphoné. Irina a répondu, qu'est-ce qu'il a dit ? Rien, il a juste rigolé, j'ai eu peur, son rire est… je n'ai pas compris la suite et c'est à ce moment qu'Irina a répété plusieurs fois ; comment, tu es sure ? Gohare a continué en disant, oui je suis sûre que c'est lui. À ce moment, je ne faisais que les entendre sans les apercevoir, elles étaient sous le porche et ne savaient pas que j'allais passer devant elles. Irina a alors dit, mais qu'est-ce qu'il nous veut ? Je n'ai pas compris le début de la réponse, il y a une ambulance qui est arrivée. Je n'ai distingué que la fin de la phrase ou ce que je suppose être la fin. C'est le diable a répondu Gohare. Oui, c'est le diable » elle s'est interrompue en me voyant, j'ai bien vu leurs visages effrayés, surtout celui d'Irina. C'est alors que mon téléphone a sonné.

Dimitri apparaît alors à la porte, il voit la Directrice et s'arrête.

— Entre Dimitri, dit Georges. Nous avons un nouvel élément. Encore un.

— Je m'excuse Commandant, mais j'ai un rendez-vous que je ne peux remettre. À mon bureau.

— Oui, bien sûr allez-y, je vous en prie.

Dimitri la regarde s'éloigner, il se retourne vers son chef.

— Très belle femme.

Georges ne répond pas. Il se demande si ce furet de Dimitri a remarqué quelque chose dans son attitude et celle de la Directrice. Son petit sourire laisse planer le doute.

— Des nouvelles des policiers blessés ?

— Oui. Un des deux est mal en point. Traumatisme crânien avec enfoncement de l'os, il est dans le coma, ils attendent que son état se stabilise avant de l'opérer ? L'autre est réveillé, mais pour l'instant trop choqué pour parler d'après le Doc que j'ai eu au téléphone.

— Bon sang ! Sais-tu ce qu'il a pu se passer ?

— D'après ce que j'ai pu constater au bord du fossé, le gars a dû les surprendre en arrivant par-derrière.

— Comme s'ils les attendaient ?

— Possible. Aucune trace d'effractions chez l'Arménienne, sa voiture est sur le parking, les clefs sont sur un meuble dans l'entrée. La porte d'entrée n'était pas fermée à clef.

— Scénario possible ?

— Plusieurs bien évidemment. Mais je crois qu'elle connaissait le type, de près ou de loin. Ou alors il l'a eu par surprise alors qu'elle ouvrait sa porte par exemple. Il peut l'avoir tasé et mise dans son véhicule en toute discrétion, l'entrée de son appart qui est au rez-de-chaussée est cachée par un renfoncement. Je n'ai trouvé, là non plus, aucune trace. Les deux poulets sont arrivés à ce moment-là, où il les a vus arriver depuis la fenêtre de la cuisine. Il y a une vue directe sur l'allée qui longe la route, où ils ont été trouvés par une passante qui hurlait alors que j'étais encore à une bonne centaine de mètres de l'endroit.

— Donc nous pouvons supposer qu'elle a bien quitté son boulot parce qu'elle avait la trouille. Tu as interrogé les voisins ?

— Personne n'a rien vu. Mais je vais y retourner vers midi, la plupart des apparts sont vides.

— Bon d'accord c'est une bonne idée. Est-ce qu'il y a des caméras de surveillances ?

— Non aucune.

— Pas de distributeur de billets ?

— Il y en a un devant la poste, il donne sur le parking entouré de hautes haies et l'autre donne sur un centre commercial.

— Vérifie-les tout de même.

— OK.

— Tu crois que le gars avait prémédité l'enlèvement ? Normalement, elle aurait dû être ici à son boulot.

— Peut-être qu'il la surveillait et l'a suivi.

— Cela implique qu'il était en voiture.

— Ou qu'il habite dans le coin.

— Oui. Cela expliquerait la facilité avec laquelle il a commis les meurtres.

— Il connaît bien la maison c'est sûr.

— Gohare est partie vers, il consulte ses notes, alors je suppose autour de, non je n'en sais rien. Il faut demander à Julie de remplir ce blanc. Voyons la première a été tuée vers 7 heures, la seconde alors que j'étais dans la maison, vers 8 heures 8 heures 30, disons entre 8 et 9 ? Si nous arrivons à trouver la chronologie exacte en interrogeant tous les autres employés, nous pourrons être plus précis. Et en attente des résultats des autopsies. Je vais appeler le proc pour lui demander d'autres légistes.

— Sacré boulot, dit Dimitri.

— Oui.

— Tu as une idée du principal suspect ?

— Le mari de la première victime, Ortega tient la corde, suivi de Bordato. Mais au fond de moi, je crois qu'Ortega n'y est pour rien finalement, dit-il après un instant de réflexion. Bordato s'est fait la belle au fait, je ne te l'ai pas dit ?

— Ah non !

— Bon désolé, tellement d'évènements se sont bousculés au portillon qu'il est impératif de faire un point ensemble. Donc dans la matinée, Damien s'est aperçu que le type, malgré les menottes attachées dans le dos et la porte fermée à clef, avait disparu.

— Et par la fenêtre ?

— Il l'avait bouclé dans une réserve sans fenêtre !

— Ah, ce n'est pas banal.

— La Directrice m'a dit que Bordato était un ancien serrurier.

— D'accord pour la porte, à la condition d'avoir des outils, mais les menottes dans le dos ! C'est Houdini ce type ?

— Oui, je ne comprends pas trop. Mais tu as raison, il lui aurait fallu des outils. À moins…

— À moins ?

— Qu'ils ne soient deux.

— Un complice ? Possible. Cela expliquerait la connaissance de la maison, au moins pour Bordato.

— Hum…

— Tu n'as pas l'air très convaincu par ta propre théorie.

— Tu as vu Damien dans le coin ?

— Oui en arrivant, il essayait d'empêcher des journaleux d'entrer.

— Re demande-lui si la voiture de Francis Bordato est toujours dans la cour ? Et essaie de réunir tous les témoignages des employés s'il te plaît, que nous fassions une synthèse. Véronique ne devrait plus tarder, lorsqu'elle sera là, je te charge d'interroger tout le reste du personnel. Je vais aller faire un tour sur les scènes de crimes.

— OK.

Georges prend la direction de la sortie, lorsqu'il voit arriver une voiture de gendarmerie. Un officier, jeune, à l'allure stricte et martiale, descend du véhicule. Il suppose que c'est celui qui l'a eu au téléphone. Le jeune officier est souriant, il lui serre la main avec un franc sourire, démentant son aspect rigide de militaire.

— Enchanté de faire votre connaissance mon Commandant, Lieutenant Mathieu.

— Moi de même, répond Georges. L'homme lui rappelle son frangin au même âge, gendarme-lui aussi.

— Venez avec moi à l'intérieur, il y a trop de journalistes ici. Les deux hommes se tournent vers la cohorte des médias massés devant l'entrée, à l'affût de la moindre info. Ils sont capables d'écouter notre conversation.

Une délicieuse odeur de café les accueille dans le bureau du docteur, une cafetière fumante, des biscuits, des chocolats, sont présentés avec soin sur une petite table dressée d'une nappe blanche. Il comprend que c'est une attention de la directrice.

— Ah je vois que vous êtes bien soigné ! dit le gendarme en souriant.

— Effectivement. Voulez-vous un café dans ce cas ?

— Avec plaisir.

— Bon, je suis désolé de n'avoir pu vous transmettre aucune info, mais je suis submergé par les évènements depuis ce matin. 5 meurtres violents, une disparition, un suspect qui s'est fait la malle.

— Oh là là !

Georges lui narre scrupuleusement tout ce qu'il s'est passé depuis le matin, le jeune officier lui inspire confiance et il n'est pas homme à tout garder pour lui. Il estime également qu'une enquête avance si l'on sait bien s'entourer. La guéguerre des polices et la non-divulgation des informations l'exaspérant au plus haut point.

— Que pouvez-vous me dire sur le meurtre de Muret ?

— Eh bien pas grand-chose pour l'instant, étant donné que l'affaire vous a été confiée !

— Ah bon ! Je l'ignorais. Avez-vous vu un de mes collègues ?

— Non, c'est pour ça également que je viens vous voir. Seul un médecin légiste est arrivé.

— Une femme ?

— Oui, plutôt jolie je dois avouer, lui confie-t-il avec un sourire ravi.

— Je croyais qu'elle était repartie au centre Medico légal. Quelqu'un visiblement prend des décisions à ma place, mais j'avoue que je n'aurais pas eu le temps de m'en occuper. Si nous y allions, qu'en pensez-vous ?

— Allons-y, mais n'oubliez pas que je n'ai pas le droit d'enquêter sur cette affaire.

— Je vous autorise à m'aider. Mettez-vous en civil.

— Vous êtes fidèle à votre réputation, je vous remercie, dit l'officier avec un grand sourire.

— J'ai besoin d'aide et de plus vous m'êtes sympathique. Je passe quelques consignes, quelques coups de fil et nous y allons.

Son téléphone sonne alors qu'il le sort de sa poche. Le nom de la légiste s'affiche sur l'écran.

— Ah, justement j'allais t'appeler.

— Merci mon bel italien.

— Pour le boulot.

— Oh le mufle, dit-elle avec une joyeuse ironie.

— Qui t'a envoyé à Muret ?

— Mais c'est toi !

— Tu peux être sérieuse quelques instants.

— Mais mon poulet c'est toi je te dis ! Tu deviens sénile !

— …

— Eh bien tu as perdu ta langue ?

— Et quand est-ce que je t'aurais dit ça ?

— Eh bien, ce matin. Après m'avoir dit de rappliquer à Pin-Muralet, tu m'as rappelé quelques minutes à peine après. Tu ne t'en souviens pas ?

Son ton de voix vire à l'inquiétude.

— Non. Parce que je ne t'ai pas appelée.

— Tu es sérieux ?

— Absolument.

— Mais je t'ai entendu très clairement, comme en ce moment.

— Qu'ai-je dit exactement ?

— Eh bien, Madame Laurens, venez vite à Muret, je ne me rappelle plus l'adresse, votre présence est requise. Et tu as raccroché. Mais attends ! Tu ne m'appelles jamais comme ça ! Et tu ne me vouvoies pas non plus ! J'ai cru que tu plaisantais. Ce n'était pas toi alors ! Mais qui ?

— Où es-tu en ce moment ?

— Eh bien à Muret, je ne suis pas encore partie.

— Non, l'endroit où tu te trouves exactement ?

— Devant l'immeuble où est la victime. Mais pourquoi ve...

— Est-ce qu'il y a quelqu'un avec toi ?

— Non, je suis dans ma voiture.

— Est-ce qu'il y a des gendarmes à proximité ?

— Euh, attends, oui, j'en vois plusieurs.

— Loin de toi ?

— À une dizaine de mètres environ.

— Klaxonne.

— Co… quoi ?

— Klaxonne jusqu'à ce qu'ils t'entendent et viennent vers toi. Klaxonne sans interruption.

— Mais…

— Fais ce que je te dis. Et verrouille tes portes.

— Ça s'est fait, c'est automatique et…

— Klaxonne, je n'entends rien.

— BON bon d'accord je klaxonne.

— Je reste en ligne. Il lève les yeux vers le gendarme. Appelez vos hommes, expliquez-leur.

— J'ai compris.

Son cœur bat la chamade. Il entend le klaxon de la voiture en discontinu. Pendant des secondes qui s'étirent ; soudain, il cesse.

— Ils sont là, ils tapent à la vitre. Qu'est-ce que je fais ?

— Combien sont-ils ?

— 2, non 3, 4 maintenant.

— Bon ça va, ouvre et dit leur que je veux leur parler, passe leur ton téléphone.

Il l'entend parler avec les gendarmes. Marion semble avoir compris la situation, le son de sa voix transpire la peur.

— Mon Commandant ? Brigadier Janin. Que se passe-t-il ?

— J'ai de fortes présomptions que le tueur soit non loin de vous. Observez bien les personnes présentes. Faites des photos également. Et que l'un d'entre vous reste avec Marion, la légiste, jusqu'à mon arrivée. Elle est en danger. Le Lieutenant Mathieu est avec moi, il essaie de vous joindre, il ne fera que confirmer.

— Ah oui, justement mon collègue me fait signe qu'il l'a au bout du fil. Vous pouvez compter sur moi, je reste avec elle mon Commandant.

— Merci. Soyez vigilant, le type est dangereux.

— Oui bien sur mon Commandant. La dame veut vous parler, je vous la repasse.

— Mais encore heureux c'est mon téléphone, non, mais ! Ah ces hommes !

— Soit gentille avec le gendarme. Tu ne le quittes pas d'une semelle.

— Il est monté dans ma voiture. C'est toi qui lui as dit de faire ça ?

— Oui.

— Tu m'as foutu les jetons.

— Tu restes sur place et tu m'attends.

— Oui chef. À vos ordres chef.

Elle raccroche brusquement.

— Elle n'a pas l'air facile la légiste.

— On peut dire ça. Prenons mon véhicule, le vôtre est trop voyant.

— Et si le tueur voulait nous éloigner ? Enfin, surtout vous.

— C'est possible, mais je ne puis faire autrement.

— Je comprends. Pouvons-nous passer à la caserne que je me change ?

— Bien sûr, mais rapidement.

Chacun est plongé dans ses pensées et ils font le reste de la route en silence. Arrivé à la caserne, Georges consulte ses notes en attendant que le gendarme revête ces vêtements civils. Il a du mal à comprendre le comportement du tueur. Ses motivations surtout. Pourquoi Marion ? Jouerait-il avec lui ?

— Vous pensez que tout ceci est prémédité ? Je veux dire, le tueur avait-il tout calculé ? lui demande le Lieutenant, méconnaissable en civil. Il paraît beaucoup plus jeune de la sorte.

— Je ne crois pas non. Il doit improviser.

— Quelqu'un d'intelligent dans ce cas ?

— Oui. Un psychopathe a priori.

— Donc très difficile à identifier.

— Exactement.

— Bon comment procédons-nous ?

— Nous allons nous garer et approcher en catimini.

— Nous nous séparons ?

— Hum non. Le type est dangereux, s'attend à me voir seul, je pense. Il doit observer de loin.

— Avait-il vraiment l'intention de faire du mal à la légiste, ou est-ce pour vous attirer ?

— Je ne sais pas. Toujours est-il qu'il est capable de tout. Alors méfiance.

Suivant les indications du gendarme, Georges stationne sa voiture dans une petite rue adjacente à l'immeuble en question. Ils contournent un autre bâtiment pour se retrouver à environ une centaine de mètres de la scène du crime. Le lieutenant sort deux paires de petites jumelles du sac à dos qu'il a fait suivre, en tend une à Georges. Celui-ci approuve d'un sourire. Cet officier lui plaît de plus en plus. Il songe à son frangin, adjudant dans la gendarmerie, à ses propos sur les officiers. « Ces gens-là ne servent à rien, juste bons à passer à la télé ! » Bon, il y a des exceptions partout. Heureusement pour moi aujourd'hui. Il scrute les alentours immédiats, appuyé au toit d'une voiture, aperçoit Marion dans sa voiture, doublée du gendarme. Ils discutent tranquillement, elle sembla à son aise, la séduction faisant partie intégrante de son caractère. Le gendarme semble aux anges. Il ne remarque même pas les passants curieux qui s'arrêtent pour les observer.

— Appelez votre Brigadier, il oublie pourquoi il est là.

— Je l'ai vu, je l'appelle tout de suite.

Georges continue son observation, il y a foule, elle se presse autour d'un cordon qu'ont tendu les gendarmes. Ils ont bien du mal à refréner la curiosité malsaine de certains. Toujours la même histoire dans l'humanité, le morbide attire, fascine. Il canalise surtout son attention sur les visages. Peu à peu, il élargit le cercle de son observation. Un motard attire son attention, il est assis sur sa monture, une grosse cylindrée noire, à environ une cinquantaine de mètres de la voiture de Marion, toujours concentrée sur le gendarme assis à côté d'elle. Il porte un casque intégral, la visière, teintée, est baissée empêchant de distinguer ses traits. Difficile de dire ce qu'il regarde précisément, mais il semble faire abstraction de ne rien d'autre que la Renault de la légiste.

— Vous avez vu le motard tout en noir, assis sur sa moto. Sur la droite.

— Où ça ? Ah oui. Je rappelle mon gars.

— Je vais vite chercher ma voiture. Faites barrer la route immédiatement des deux côtés.

— Oui. Il démarre ! Janin ! La moto face à vous, bordel ! Prenez garde !

Georges a renoncé à aller chercher son véhicule, il se met à courir en direction de la Renault, la moto roule au ralenti, elle s'immobilise juste devant la voiture. Georges s'attend à tout instant à ce que l'homme sorte une arme et abatte ses occupants. Il entrevoit le gendarme qui s'est couché sur Marion, son arme au poing, qu'il tente de diriger vers le motard, chose peu aisée puisqu'il est littéralement couché sur la jeune femme. Soudain, celui-ci aperçoit Georges qui arrive en courant dans sa direction. Il semble hésiter une fraction de seconde, puis met les gaz. Dans un vrombissement assourdissant, la puissante moto disparaît en quelques secondes dans la circulation. Certains passants voient soudain Georges avec son arme à la main, ils se mettent à se jeter par terre et à courir en tous sens, rajoutant à l'inquiétude d'autres massés devant le corps et ses abords couverts de sang. La panique s'installe brutalement. Georges se dit que cela doit être le même genre de personnes qui passent leurs soirées et leurs week-ends devant les chaînes d'infos balançant du sensationnel en boucle, participant à la folie collective. D'ailleurs, il aperçoit justement de l'autre côté un fourgon d'une célèbre chaîne de télé, son journaliste, le micro au poing, est suivi comme son ombre par son cameraman, il vient lui aussi de voir Georges. Son expérience et son don d'observation, propre à tout reporter, lui ont fait comprendre la situation en un clin d'œil. Georges le connaît et ne l'apprécie pas énormément.

— Commissaire, commissaire, le hèle-t-il déjà à plusieurs mètres de distance.

Ce crétin n'a pas encore compris que je n'étais pas commissaire ! s'énerve Georges intérieurement, encore plein d'adrénaline et de peur rétrospective pour Marion. Il tape au carreau de la Renault. Les yeux remplis d'effroi, Marion sort à toute vitesse du véhicule et se jette dans ses bras. Georges ne peut ignorer ceux pleins de jalousies et d'envie du gendarme qui en sort à sa suite. Des journalistes accourent de partout et ils se trouvent bientôt cernés par une forêt de micros et pressés de questions sans queues ni têtes.

— Janin faites-moi respecter les distances de sécurité, entend-il le lieutenant interpeller son sous-off.

Marion le lâche enfin, encore tremblante.

— Tu m'as sauvé la vie.

Il la regarde, se demande tout à coup si l'homme a voulu vraiment la tuer. Le gendarme a peut-être raison, il a voulu l'éloigner. Mais dans quel but ?

— Ça va aller, lui demande-t-il, inquiet.

— Oui, je crois. C'était le tueur ?

— C'est bien possible.

— Mais pourquoi moi ?

— Je l'ignore. Tu es en état de conduire ou veux-tu que je le fasse ?

— Je veux bien que tu conduises.

— D'accord, attends une seconde.

Il cherche le Lieutenant du regard, il est en train de remonter les bretelles à Janin. Il attend quelques instants que l'orage s'éloigne de la tête du malheureux sous-off. En voyant un cameraman filmer en panoramique depuis le trottoir opposé, une idée lui vient. Il se dirige vers le journaliste, ce dernier se jette sur lui et l'apostrophe violemment.

— Commissaire ! dites-nous pour e télé ce qui s'est passé, cela a-t-il un rapport avec les meurtres de la maison de retraite de Pin-Muralet ?

— Je ne suis pas en mesure de vous répondre pour l'instant, dit-il prudemment. Je ferais une déclaration tout à l'heure. Il fait mine de s'éloigner, attendant le moment propice. Le cameraman baisse sa caméra un instant pour vraisemblablement vérifier l'état des batteries. Il profite de l'instant pour s'adresser au journaliste.

— Vous pouvez peut-être m'aider, je voudrais juste jeter un œil sur vos vidéos et en échange, je…

— C'est hors de question.

— Non, attendez, écoutez-moi d'ab…

— Vous ne me parlez que devant la caméra, vous avez compris ! lui réplique méchamment le type.

Sans un mot de plus, et refrénant l'envie de faire avaler son micro à ce nabot plein de morgue, Georges fait demi-tour, le type déjà à ses trousses et se dirige vers le véhicule de Marion. D'un signe discret, il hèle le Lieutenant Mathieu. Après une dernière remontrance, celui-ci s'approche de Georges.

— Je suis sûr que les gars dans le fourgon de la télé ont des images du motard. Cet imbécile de baveux vient de m'envoyer promener.

Mathieu comprend immédiatement et se retourne aussitôt vers Janin. Celui-ci désireux de se racheter l'écoute avec attention. Georges le voit appeler deux autres gendarmes. L'un deux fait le tour d'une file de véhicules et se rapproche subrepticement du fourgon de la télé. Sous l'œil inquiet de son chauffeur, il en fait le tour. Le gendarme sort son carnet à souches de contravention, lui désigne un panneau. Cela arrache un sourire à Georges, ce crétin s'est garé juste sous un stationnement interdit, du pain bénit pour les gendarmes, de plus le carnet à souche n'est plus en service, au profit de l'informatique triomphante. Mais cela ils semblent l'ignorer, étonnant pour des gens censés être à la pointe de l'info. Le journaliste et son cameraman s'en mêlent, des insultes pleuvent, les militaires n'attendant que cela. Le Lieutenant hoche la tête discrètement à l'attention de Georges. Quelques minutes plus tard, le journaliste, son cameraman, le chauffeur se retrouvent menottes aux poignets, malmenés par les gendarmes et poussés manu militari vers les véhicules. Le journaliste se débat comme un forcené, pousse des cris aigus, attirant les autres médias qui se détournent de la scène du crime et filme à tout va. Cela n'arrange pas Georges qui envisage d'abandonner son idée première. La manœuvre du journaliste atteint son but, il sait bien qu'on ne l'arrêtera pas pour si peu. La France étant tout de même un pays libéral ou la liberté d'expression et l'injustice ne sont pas prises à la légère. Et les médias tout puissants, donc forcément pas impartial du tout. De nouveau cerné par les caméras et une forêt de micros, Georges entend le journaliste en question l'interpeller, c'est son heure de gloire. Il se fraye péniblement un chemin vers la Renault de Marion.

— Boudu ! dit-elle décoiffée et rouge de colère en grimpant dans la voiture, ils sont barges ces pisse-copie !

Sans un mot, il prend la direction de la gendarmerie en étant certain d'y retrouver le journaliste à qui il entend bien en dire deux, et même plus. Pour une fois, Marion ne parle pas, elle est occupée à se refaire une beauté devant le miroir de courtoisie.

— Même meurtrier ? demande Georges après quelques minutes de silence.

— Indubitablement.

Son smartphone vibre au fond de sa poche. Il jette un œil dessus, c'est un SMS. Le numéro s'affiche, cela veut donc dire qu'il n'est pas enregistré dans son répertoire. « Vous réagissez vite, félicitations ! Je n'en attendais pas moins de vous… » Qu'est-ce que cela veut dire ? Qui peut lui envoyer çà ? Il se range rapidement sur un arrêt de bus.

Marion interrompt son maquillage, se tourne vers lui, légèrement étonnée, le voyant concentré sur son smartphone, elle lui dit alors :

— Mauvaise nouvelle encore ?

— Hum… répond-il sans se tourner.

— Mauvaise nouvelle je disais.

— Non, enfin je ne sais pas.

Il relance la voiture, le cerveau bouillonnant. Quelque cinq minutes plus tard, ils arrivent devant la gendarmerie, le portail s'ouvre immédiatement. Le Lieutenant Mathieu l'accueille.

— Venez, ils sont tout à vous, dit-il avec un grand sourire.

— Merci, bien joué. Tu m'attends là, Marion ? Cela ne devrait pas être long.

— Mais oui mon cœur je t'attends.

Georges, un peu interdit devant ces mots tendres, se demande si c'est toujours de l'humour.

Le journaliste, l'air mauvais, le toise.

— J'étais sûr que vous étiez derrière cela ! Vous savez que vous allez avoir des ennuis. La presse est libre dans ce pays.

Sauf que, vous ne débitez que des conneries morbides qui font vendre, je n'appelle pas ça de l'info, pense-t-il très fort, mais inutile de mettre de l'huile sur le feu. Georges s'efforce de rester impassible, ce type le débecte.

— Ne me menacez pas si vous voulez quelques infos. J'ai besoin de visionner quelques images tournées tout à l'heure par votre cameraman, après nous vous relâchons.

— Et pourquoi je ferais ça ? Ces images nous appartiennent.

— C'est juste que cela peut, que nous pouvons coincer le tueur. Je vous demande juste de nous aider dans notre enquête.

— C'est hors de question, vous nous relâchez et après vous verrez les images à la télé comme tout le monde, bandes de fachos !

— Écoutez, soyez sympas, ce type risque de tuer encore, la vie d'une femme est en jeu et…

— Allez vous faire foutre.

Sans un mot, Georges saisit son smartphone, cherche dans le journal d'appel et met le haut-parleur.

— Allo Commandant Rigacci, dit une voix après quelque sonnerie.

— Monsieur le Procureur, je suis en ce moment même à la gendarmerie de Muret. Nous venons d'interpeller un journaliste de e télé et son équipe, que je soupçonne de détenir des images qui pourrait m'aider à identifier un individu, seulement, ils ne veulent pas coopérer. Vous êtes sur haut-parleur, ils vous entendent.

— Ah très bien. Je suis Ronan Duchêne, Procureur de la République. À qui ai-je l'honneur de m'adresser ? demande-t-il fort poliment.

— Julien Sartan, journaliste à e télé, répond le type un peu interloqué. Mais comment suis-je certain que vous soyez bien le procureur ?

— Mon petit bonhomme je vous connais bien et surtout je connais très très bien votre directeur, André Marquey. Vous allez me faire le plaisir de collaborer avec le Commandant Rigacci.

— Tout ça, c'est du bluff !

— Bon très bien. Vous entravez volontairement l'enquête du Commandant Rigacci. Vous allez le regretter amèrement dans les minutes qui suivent. Vous confondez infos et sensationnel. Je contacte le juge en charge de l'affaire. Commandant, vous avez carte blanche. Dans 3 minutes, vous allez recevoir la commission rogatoire.

— Merci Monsieur le Procureur ! dit Georges avant de raccrocher. Votre carrière de journaliste est finie et quand vous sortirez de prison, dans 2 ou 3 ans vous n'aurez plus qu'à vous reconvertir. Vous croyez toujours que c'est du bluff ? Mon pauvre ! je crois que je vous rends service.

— Attendez, moi je ne veux pas aller en taule pour ce crétin, s'exclame soudain le cameraman visiblement effrayé par la tournure des évènements et la froide détermination du Procureur et surtout de Georges.

— Moi non plus, rajoute le deuxième homme, sans doute le chauffeur. Je suis aussi le régisseur et le producteur adjoint, moi je vous crois. Accompagnez-moi dans le camion, je vous montre ce que vous voulez. Tu es vraiment trop con ! dit-il à l'adresse du journaliste.

— Je vous dis que c'est un coup monté, vous ne comprenez pas !

— Et un coup monté pour quelles raisons ? Tu devrais arrêter de regarder X-Files ! Je comprends surtout que le Commandant a raison, on te rend service, espèce d'égocentrique ! Et toi tu ne comprends pas qu'ils ont été sympas avec toi et ils pouvaient aller visionner les vidéos sans notre autorisation, ils l'ont demandé gentiment ! Et voilà !

— Mais…

— Le Procureur a fait vite, le juge aussi, dit un gendarme en tendant un papier à Georges.

Il le lit rapidement puis il le tend au journaliste. Celui-ci d'abord incrédule, s'effondre d'un coup.

— Pauvre naze ! dit le cameraman en se levant de sa chaise brusquement. Il lui assène une gifle derrière la tête. Ça fait 2 ans qu'on se supporte ce… ce…

— Allons du calme, montrez-moi les images rapidement, la vie d'une femme est en jeu. C'est ce que vous n'avez pas compris, vous ne m'avez même pas écouté, nous ne sommes pas en Russie ! dit Georges en s'adressant à nouveau à Julien Sartan et en pensant à Gohare. En plus si vous aviez été sympa je vous aurais donné des infos exclusives, c'est bien de cela que vous êtes friand, n'est-ce pas ? Comme tout journaliste. Je trouve ça normal, mais la vie des personnes passe avant votre petite personne. Ce sont les gens comme vous qui tronquent et trichent sur les infos, pas nous. Votre réputation de fouteur de merde vous a desservi, je vous mets en garde à vue pour non-assistance à personne en danger, obstruction à une enquête de police, trouble à l'ordre public, et pour le moment cela sera tout. Les autres vous êtes libres.

Il s'adresse alors au cameraman.

— Allez montrez-nous, ça urge.

Sur la route du retour vers la maison de retraite, Georges a le crâne qui bouillonne. Il est frustré, après avoir visionné les images, il n'a rien appris de plus que ce qu'il avait vu, la plaque d'immatriculation de la moto, il fallait s'y attendre, étant celle d'un tracteur routier du Haut-Rhin. En revanche, la silhouette du motard lui rappelle indéniablement et indubitablement quelqu'un, mais qui ? Une affaire précédente ? Marion a retrouvé son entrain habituel, son bavardage incessant évoque la rumeur de la circulation d'une autoroute, bruit permanent auquel le cerveau s'habitue par force, mais qui lorsqu'il s'interrompt apporte un soulagement de tout l'organisme.

— Tu m'écoutes ?

— Hum… euh non désolé, j'étais absorbé par mon enquête.

— Ah ces hommes, toujours dans leur monde. Je disais que l'on pourrait se faire un petit week-end sympa tous les deux ?

— Hum… je ne sais pas si j'en ai vraiment envie. Désolé Marion.

— Tu as rencontré quelqu'un ?

Est-ce une affirmation ou une question ? s'interroge-t-il.

— Non. Dit-il sans mentir. Il omet volontairement la jolie Directrice. Puisque c'est le cadre professionnel et que toute la prudence s'impose quant à la suite. Au fond de lui, un petit quelque chose, une intuition lui dit qu'elle n'y est pour rien dans ces meurtres. Veut-il se persuader lui-même ?

— Alors pourquoi ?

— Je… je crois que nos caractères ne sont pas compatibles, dit-il calmement, en réponse à la crise qu'il sent monter.

— Tu ne peux pas le savoir. Passons un week-end ensemble et nous le saurons.

— Non, cela sera encore plus difficile pour toi s'il se passe quelque chose pendant ce week-end.

— Et pas pour toi ?

Elle est au bord des larmes. Il ne répond pas, tout simplement parce qu'il ne sait pas quoi lui répondre.

— Réponds-moi !

— Je ne sais pas quoi te répondre.

— Ah tu vois ! dit-elle en s'engouffrant dans la brèche.

Il vaut mieux mentir parfois, se reproche-t-il in petto. Il n'a pas envie de se lancer dans une dispute pour une relation plus qu'hypothétique. Cette fois-ci, elle pleure, cela le touche, car elle semble vraiment affectée.

— Je suis amoureuse de toi, reprend-elle quelques secondes plus tard entre deux sanglots.

La révélation lui cause un choc supplémentaire. Il ne sait comment prendre la chose, mais il se sent impuissant, désarmé, dépité même, lui ne l'est pas, amoureux, c'est juste de l'affection qu'il a pour elle, en dehors de l'attirance physique que tout hétéro normalement constitué peut éprouver pour la séduisante légiste. De plus, bien que ne connaissant pas son âge exact, il l'estime à 35 ans maxi, alors que lui a passé allègrement les 50. Connaissant l'attrait que peuvent avoir les hommes dans sa tranche d'âge pour les jeunes femmes, la recherche du père, de la sécurité, etc., etc., il ne pourrait se résoudre, ne serait-ce que sortir juste un week-end, à avoir une relation avec une jeune femme. Question d'éducation peut être, de respect aussi sans doute. Il est trop facile de craquer pour une belle jeunette aux formes encore intactes, non altérées ou modifiées par une ou des grossesses, ou l'âge tout simplement.

— Nous en reparlerons plus tard, dit-il en passant le portail de la maison de retraite, après que le policier chargé du filtrage des véhicules et des personnes l'ait reconnu.

Elle reste prostrée sur son siège, ne sachant quelle attitude tenir pendant un court instant, il ouvre sa portière, la prend doucement par la main.

— Allez viens, lui dit-il doucement. Tu as du travail.

— Oui, tu as raison, excuse-moi.

— Il y a les sanitaires du personnel, juste là, à côté.

— Merci.

Après avoir saisi sa mallette de travail, elle se dirige vers la porte qu'il lui désigne de la main, brusquement elle fait volte-face.

— Je n'ai pas dit mon dernier mot, dit-elle pleine de défi, tu finiras bien par dire oui.

5
11 heures 30 – 12 heures 30

Il a tout juste mis un pied dans le couloir desservant le secrétariat, que Dimitri se précipite sur lui.

— Ah Patron, je viens de recevoir le mail des gars d'e télé. Comment vous avez réussi ce tour de force ? Avoir des infos de ces gens-là !

— Facile, je les ai embastillés !

— Em… quoi ?

— Embastillés.

— Qu'est-ce que ça veut dire ?

— Oh là là ! La culture générale se perd. Embastillés comme à la Bastille.

— Et…

— Et quoi ?

— Tu te fous de moi ?

— Non.

— Je t'expliquerais en détail un autre jour. Quoi de neuf depuis mon départ ?

— Eh bien, l'attaché de presse du proc est là.

— L'attaché de presse ? J'ignorais qu'il pouvait avoir un attaché de presse ! Il m'a parlé de son assistant. C'est lui qui va faire la conférence de presse ?

— Elle. Non, elle prépare tout avec les journaleux d'abord.

— Elle, ah d'accord ! Et le proc il n'est pas arrivé ?

Il était écrit que cette enquête le verrait entouré de femme, ce qui n'est pas pour lui déplaire.

— Non, mais il ne devrait pas tarder, dit-il en consultant sa montre.

— Il se la pète un peu quand même ce type.

— Ah ça ! peut-être est-ce notre futur président.

— Hum. Je ne sais pas si les Français vont y gagner quelque chose. Bon, tu as pu tirer quelque chose des images ?

— Non, mais j'ai mis un gars au bureau dessus, j'ai encore des employés à voir, sans compter les familles qui affluent en masse.

— Pourquoi ?

— L'attrait du sang peut-être.

Georges fixe son jeune adjoint quelques secondes, afin de voir s'il plaisante.

— Je suis sérieux patron, en croisant son regard. Nous avons dû les laisser passer aux compte-gouttes, enfin c'est la dirlo qui a pris en charge tout ça. Elle est très compétente et beaucoup plus autoritaire qu'il n'y paraît. Elle s'est vite aperçue que la plupart ne venaient jamais en temps normal.

— D'accord.

— Elle veut vous voir au fait.

— Tout à l'heure, faisons le point d'abord. Allons au bureau du docteur.

Devant le hall d'entrée règne une atmosphère de guerre, des journalistes tentent de forcer le passage, des familles crient, demandant à voir leurs parents sans délai. Le policier en faction a bloqué les portes vitrées automatiques, la foule est agglutinée contre, au point que les plus proches sont collées, telles des mouches, aux vitres, par une tapette géante.

Le policier se tourne vers lui, implorant de l'aide du regard.

— Il y a longtemps que c'est comme ça ? lui demande Georges.

— Non, quelques minutes à peine.

— Bon ! SILENCE S'IL VOUS PLAÎT. Je suis le Commandant Rigacci de la PJ de Toulouse. Veuillez reculer s'il vous plaît, la première personne qui enfreint cet ordre je la fais arrêter. EST-CE

QUE C'EST CLAIR ? Il hausse la voix pour dominer les cris et traverser les vitres, personne ne bougeant. Il cherche la commande des portes, appuie sur le bouton d'ouverture. Reculez, je vais ouvrir ! Il se place devant la foule qui a reculé imperceptiblement. Personne ne rentre.

— Vous n'avez pas le droit, lui crie une femme.

— Qui êtes-vous, Madame ? lui envoie-t-il sèchement.

— Ma mère est résidente ici, répond-elle en pâlissant.

— Est-elle au plus mal ?

— Heu… non, je ne crois pas. Mais…

— Alors vous attendrez un petit peu avant de la voir. C'est valable pour toutes les familles. Laissez-nous travailler s'il vous plaît. Les journalistes c'est pareil, et éteignez ces caméras.

— Et la liberté de la presse ?

— Il y aura une conférence de presse dans peu de temps.

— Vous n'avez pas le droit, répète un journaliste.

— J'ai tous les droits alors que vous vous trouvez sur une scène de crime sans y être autorisé.

À cet instant, plusieurs policiers arrivent suivis de Dimitri.

— Tout le monde présente ses papiers d'identité ! Et en silence ! je ne sais pas si vous êtes conscient que vous vous trouvez actuellement dans une maison de retraite, les résidents ont droit au calme.

— Nazi ! dit quelqu'un.

— Je vous ai vu. Damien, les menottes à ce Monsieur. Puisque nous sommes des nazis, autant agir comme eux ! Je suis exaspéré par votre comportement inconséquent, Messieurs Dames. Il y aura des sanctions, je peux vous l'assurer. Que diriez-vous si l'assassin commettait un meurtre en plus ? De votre fait ? Toutes les identités des personnes présentes vont être notées, nous allons les examiner et le Procureur prendra la suite. Qui me dit que l'assassin n'est pas parmi vous ?

Le silence se fait, pesant, oppressant. Impassible, le visage de marbre, Georges fait un dernier tour d'horizon des visages présents, lentement, comme pour les mémoriser, s'attardant parfois sur l'un d'entre eux, certains baissent les yeux devant le regard pénétrant et froid comme la glace. Puis il fait demi-tour sans un mot de plus, Dimitri lui emboîte le pas.

— Waouh Patron, vous m'impressionnez ! Vraiment.

— Alors, raconte-moi un peu sans entrer dans les détails pour l'instant, nous nous attarderons sur certains si nécessaire, dit-il sans relever la remarque. D'abord, est-ce que Véronique est arrivée ?

— Oui, elle est dans le bureau avec la Directrice.

— D'accord. Fais-la venir s'il te plaît, demande à Damien de la remplacer le temps de notre réunion. Ah oui, Madame Garnier voulait me voir aussi. Demande-lui de venir également si elle peut.

— Et Damien ?

— Eh bien je préfère qu'il soit associé à sa surveillance. Fais-le venir lui aussi. Nous parlerons ensuite.

Il est plongé dans ses réflexions quand la Directrice fait son entrée, suivie comme son ombre par Damien et Véronique, cette dernière, âgée de 35 ans, ancienne militaire des forces spéciales pour les opérations extérieures, de constitution plutôt mince, mais toute en muscles et souplesse, est spécialiste en krav maga, la technique de défense de l'armée israélienne, sans compter tout le reste, capable de tuer un homme à mains nues, autrement dit une aide de choc. Ce qui la fait souvent affecter à la protection des personnes, c'est toutefois une excellente enquêtrice avec un regard différent sur les affaires.

— Salut Patron, lui dit-elle avec un sourire chaleureux.

— Salut Véro, merci d'être venue rapidement. Asseyez-vous tous, s'il vous plaît.

Tous ont tiré une chaise vacante vers le bureau, ils attendent en silence.

— Bon, nous allons faire un petit point ensemble. Damien, tu informeras tous tes collègues par la suite. Madame Garnier, vous avez déjà fait la connaissance de Véronique, elle ne vous lâchera pas d'une semelle, même bien entendu à votre domicile.

— Bien sûr, nous avons déjà bien fait connaissance, approuve-t-elle avec un sourire dévastateur à l'adresse de Georges.

— Damien sera associé à cette protection, mais de plus loin, reprend-il en tentant d'ignorer la tentative de séduction (?) et en restant de marbre. Tu vas te mettre en civil pour cela s'il te plaît. Donc pour les collègues, tu n'es plus policier. Grime-toi un peu, mets des lunettes par exemple pour changer d'apparence. Nous avons affaire à un type dangereux et retors. Il surveille tous nos faits et gestes. Soyez sur vos gardes en permanence. Peut-être a-t-il un complice, ici même. Nous ignorons ses motivations, mais si c'est un psychopathe ou au mieux un manipulateur pervers comme je le subodore depuis peu, il est par conséquent imprévisible, suit sa propre logique, donc très difficile à repérer.

— Vous pensez que c'est un membre du personnel ? demande la Directrice avec effroi.

— Je ne crois pas. (Il ne veut pas l'alarmer, mais les présomptions semblent très fortes.) Un proche peut-être, préfère-t-il lui dire.

— Un visiteur régulier ? suggère-t-elle.

— Quelqu'un qui connaît bien l'établissement en tout cas. Ou comme je le disais précédemment, il a un complice dans la place. Vous ne devez à aucun moment rester seule, je suis désolé, mais je suis de plus en plus convaincu que vous êtes visée.

— Mais pourquoi ?

— À vous de me le dire.

— Vous pensez toujours que je suis une espionne russe ?

— Je ne l'ai jamais pensé. (Il sourit intérieurement, se demandant si c'est vraiment le cas !)

— Ou que je suis suspecte ?

— Je l'ai pensé à un moment.

— Ah ?

Elle semble désarçonnée, perdue. Georges la scrute intensément, cherchant une faille, il a appris à interpréter le moindre signe de faiblesse ou de trahison dans les tics de langages ou du corps lui-même, véritable révélateur pour celui qui sait y lire. Sans compter tous les stages avec les criminologues, les profileurs et les spécialistes, ou soi-disant spécialistes. On lui en envoyait régulièrement, en stage, en immersion, en formation, il pense soudain qu'il est étonnant de ne pas en avoir vu la queue d'un ! Il se tourne vers Dimitri, s'apprête à lui poser la question, mais se ravise d'instinct, il aura toujours le temps de le voir arriver, s'il doit arriver. L'enquête avant les sentiments et les impressions personnelles, l'instinct et le flair du flic font l'essentiel du boulot, lui disait toujours le vieux Louis, son mentor et premier patron. À moins qu'elle soit très forte, ou dotée d'une double personnalité, ce qui est toujours possible, chez les criminels c'est même récurrent. Il ne croit toujours pas en sa culpabilité, lui dit son flair au creux de l'oreille, mais son flair peut aussi le tromper. La séduction dont elle fait preuve à son égard le brouille, comme du poivre sur la piste odorante d'un chien de chasse.

— Euh Patron ?

— Oui Damien.

— Le type que j'ai menotté ?

— Oui, où l'as-tu collé ?

— Attachés à un radiateur dans les sanitaires, les collègues le surveillent.

Il réfléchit un instant, la maison grouillant désormais de policiers, les priorités doivent être réorientées.

— Laisse-le mijoter, j'irai lui parler dans quelques minutes.

— OK, d'autant plus qu'il m'a méchamment insulté.

— Tu fais bien de me le dire.

Sourire du jeune flic, ravi de se sentir soutenu, les insultes faisant partie de leurs quotidiens.

— Excusez-moi de vous interrompre ; j'ai frappé, mais personne n'a entendu.

Julie, la jolie secrétaire, est sur le pas de la porte.

— Vous n'avez pas dû frapper très fort ma pauvre petite, l'apostrophe gentiment la Directrice, retrouvant son autorité naturelle.

— Je ne voulais pas vous déranger, reprend Julie.

— Bon, qui y a-t-il ?

— Monsieur Bozarelli veut absolument parler au Commandant, il fait le pied de grue devant mon bureau. Il insiste vraiment, dit que c'est très important.

— Qui est-ce ? demande Georges à la secrétaire.

— Un résident. Excusez-moi, je dois revenir rapidement au secrétariat. Que dois-je lui dire ?

— Est-ce que se résident à toute sa tête ?

— Oh oui, Monsieur Bozarelli est quelqu'un de passionnant à écouter, très lucide, un des rares dans l'établissement.

— Ah bon, mais que fait-il ici alors dans ce cas, cet établissement n'est-il pas réservé aux personnes dépendantes ?

— Il est dépendant, mais pas dans le sens dans lequel vous pouvez l'entendre, il a besoin d'une surveillance médicale permanente, et il se plaît ici, il aime la compagnie de certains autres résidents, répond la charmante secrétaire.

— D'accord. Bon, je le recevrais dès que j'aurais 5 minutes.

— Je vais lui dire, il va être ravi, dit alors Julie avec un sourire qui veut dire merci.

Elle disparaît dans un souffle parfumé. Dimitri est sous le charme.

— Reviens sur terre gars, plaisante Véronique.

— Mais j'y suis M'dam ! Patron, j'ai eu des infos du QG. Il consulte ses notes sur son calepin, fan absolu de la série américaine Columbo, qu'il connaît sur le bout des doigts, il aime en placer les répliques, il s'évertue aussi à utiliser des carnets identiques à ceux du célèbre Lieutenant. Alors… première chose, il s'interrompt tout à coup, conscient de la présence de la Directrice. Mais peut être que je vous ai coupé, Patron, excusez-moi.

— Oui Columbo, dit Georges avec un sourire de connivence, il a compris qu'il ne voulait pas révéler des infos devant elle. Bon, Madame Garnier, je vous laisse quelques minutes à la charge de Damien, le temps de notre briefing.

Je t'écoute, dit-il à Dimitri.

— Oui merci Commandant, d'autant plus que le Docteur doit m'attendre dans mon bureau.

Elle s'éloigne rapidement.

— OK. Il a attendu que les deux sortent du bureau. Alors première chose donc, concernant le suspect principal, le mari de la première victime, José Ortega. Son alibi téléphonique a été vérifié, aucun appel n'a été passé depuis son bureau, que ce soit sur ses différents appareils fixes ou portables ! Il a donc menti, j'ai appelé l'équipe qui le surveille d'être encore plus vigilant en attendant de vous en parler Patron.

— D'accord. On ne perd pas une seconde ! Rappelle les gars immédiatement, qu'ils l'embarquent et qu'ils commencent à l'interroger. Et demande un mandat de perquisition d'urgence pour son domicile et ses locaux professionnels.

Pendant que Dimitri téléphone, Georges réfléchit. Pourquoi avoir menti sur un point aussi facile à vérifier ? Ce type n'est pas net, c'est une évidence, il l'a flairé très tôt. Mais pour un meurtre aussi affreux, même sur une impulsion, voire un coup de colère, il aurait préparé un alibi qui tient la route. Non, non, il ne croit toujours pas en sa culpabilité, ou alors il voulait se faire arrêter.

— C'est bon, ils ont le gars en visuel à travers la fenêtre de son bureau, ils vont le coincer facilement. Affaire résolue ?

— J'aimerais bien.

— D'après votre tête, vous n'êtes pas convaincu qu'il soit notre tueur ?

— Hum… effectivement.

— Peut-être que le gars attend qu'on le coince, qu'il a des remords et a agi sous le coup… de la colère, disons, en apprenant que sa femme le trompait ?

— Je ne crois pas. Il y a trop de zones d'ombres. Si c'est lui, qui est le gars à moto ?

— Son complice ?

— Il est évident maintenant qu'il y a un complice.

— Et c'est lui qui aurait commis les autres meurtres ?

— Peut-être. Mais je ne crois pas à ce scénario.

— Pourquoi ?

— Hum…

— Votre fameux flair.

— Appelle ça comme tu veux.

— Et le gars qui s'est échappé du placard, qu'est-ce qu'il viendrait faire là-dedans ? demande brusquement Véronique qui se contentait d'écouter jusqu'à présent ?

— Ah oui, alors je reprends. Deuxième chose, le fameux Houdini-Bordato. Il est toujours introuvable, personne ne l'a vu, sa voiture n'a pas bougé, étant donné le physique du gars, il n'a pu partir ni à vélo ni à pied. Peut-être à moto lui aussi ?

— Il pouvait avoir un autre véhicule en prévision ? suggère Véronique.

— En prévision de quoi ? De tous ces meurtres ? C'est du délire ! s'exclame Dimitri.

— Je cherche une explication, répond-elle. Et ce motard, vous l'avez vu, vous, Patron ?

— Oui, mais seulement sa silhouette, c'est un gars très mince, assez grand.

— Donc ça ne peut pas être Bordato, je comprends, continue Dimitri. Et si je suis votre raisonnement, le motard serait le tueur et Bordato, son complice !

— Disons que cela serait… plus logique… mais continue Dimitri.

— Oui bien sûr. Alors troisième point, la Directrice, elle a travaillé au consulat de Russie à Marseille en arrivant directement de Moldavie, un petit pays de… Dimitri lève la tête de son carnet surpris par le bruit de la chaise que Georges a écartée brutalement de son chemin pour sortir en trombe. Eh Patron ! vous allez où ? Véronique, toujours aussi prompte, lui a emboîté le pas en sortant son arme de son étui de ceinture. Dimitri les suit sans savoir quelle mouche a piqué son patron.

Georges arrive en trombe dans le secrétariat, effrayant Julie et l'autre secrétaire blonde. Damien est devant la porte fermée du bureau de la Directrice.

— Où est-elle ? lui demande-t-il abruptement.

— Dans son bureau avec…

Il n'attend pas la fin de la réponse et ouvre brusquement la porte. Véronique et Dimitri arrivent à leur tour, l'arme au poing, et finissent d'effrayer les deux secrétaires.

Georges réapparaît devant Damien alors que celui-ci entrait à son tour dans le bureau pour épauler éventuellement son patron, le regard froid et pénétrant le cloue sur place.

— Elle est passée par la fenêtre, tâchez de retrouver sa trace. Interrogez les gars dehors. VITE !

Sans demander son reste, le jeune policier enjambe la fenêtre et se précipite vers ses collègues présents dans la cour.

— Qu'est ce qui se passe Patron, demandent en chœur Véronique et Dimitri.

— La Directrice, elle a filé.

— Mais… il voit Georges penché sur un homme allongé sur le sol, au milieu des objets renversés et des dossiers épars, inanimé, il lui prend le pouls avec deux doigts au niveau de la gorge.

— Il est juste KO, trouve une infirmière, dit il a Dimitri.

— Qui c'est ce gars ?

— Le Docteur. Va chercher une infirmière.

Le regard du Patron lui enlève toute velléité de questions supplémentaires. Georges n'a rien vu venir, cette femme l'a roulé dans la farine avec son corps de rêve et son sourire ensorceleur. Après avoir enjambé la fenêtre facilement, elle fait à peine 50 cm de hauteur et donne sur le gazon qui sépare le bâtiment du parking de l'établissement, il se dirige à grands pas vers le grand portail d'entrée.

— Qui a vu la Directrice partir ? demande Georges aux policiers regroupés devant.

— Moi Patron, dit un petit blond, visiblement mal à l'aise. Je l'ai dit à Damien.

— Où est-il passé ?

— Il est monté avec Cambus en voiture à l'instant à sa recherche, elle ne doit pas être bien loin.

— Bon.

Sa colère retombe, Damien n'y est pour rien, ne sera pas le dernier à se faire rouler par la belle blonde. Tout est sa faute, il a agi trop légèrement, faisant passer ses hormones avant son boulot.

— Envoyez son signalement et celui de son véhicule au central et aux patrouilles du secteur.

— C'est déjà fait Patron.

— Bien. Que vous a-t-elle dit ?

— Rien, elle nous a juste souri. On ne pouvait pas savoir. Personne ne nous a prévenu qu'elle ne devait pas sortir.

— Je le sais, vous n'avez commis aucune faute. Le responsable c'est moi.

Il préfère retourner au bureau du Docteur afin de se poser et réfléchir. Perdu dans ses pensées, il voit soudain Véronique et Dimitri assis face à lui. Ils l'ont l'air inquiet.

— Ça va Patron ? lui demande Dimitri.

— Oui. Cette femme m'a mystifié, elle n'est pas ce qu'elle a prétendu être.

— Mais cela fait à peine, il consulte sa montre, 4 heures que vous la connaissez ! Tout ce que vous avez eu à gérer depuis ce matin... c'est dingue ! Vous êtes trop exigeant avec vous-même.

— Il a raison, reprend Véronique. Pour ne pas répéter ce qu'il vient de dire, c'est une affaire de dingue.

Georges les regarde tour à tour, heureux d'être soutenu par ces jeunes flics dynamiques et compétents.

— Oui, vous avez raison. Reprenons notre briefing dans ce cas.

— Oui, dit Dimitri en souriant. Alors, j'en étais donc à la directrice, elle a travaillé au consulat de Russie de 98 à 2012 et avant c'est l'inconnu ! Nous savons juste qu'elle vient de Moldavie. J'ai réussi à avoir au téléphone un secrétaire, c'est tout ce qu'il a consenti à me dire. C'est dingue ça, répète-t-il, on se croirait à l'époque de la guerre froide ! Vous croyez que c'est une espionne soviétique ? demande-t-il avec délectation et humour.

— Tu es courant que l'Union soviétique n'existe plus mon gars, lui dit Véronique, mi-figue mi-raisin, les yeux écarquillés d'incrédulité ?

— Mais oui ! Bon, une espionne russe, pardon.

— Pour espionner quoi ? Les petits vieux Français ?

— C'est peut-être un agent dormant !

— Tu lis trop de polars ! Vous en pensez quoi Patron ?

— Je n'en sais rien. Elle m'a dit qu'elle avait fait ses études à Strasbourg et qu'elle ne connaissait pas la première victime, Irina.

— Deux mensonges ? Enfin, surtout pour Irina, cela a de l'importance pour notre affaire, non patron ? s'interroge Véronique.

— Oui, je pense qu'elle la connaissait. Elle aussi vient de Moldavie et elle a aussi mis le bazar dans son bureau volontairement.

— Elle la faisait chanter, et elle l'a assassinée pour qu'elle ne révèle pas son passé, continue Dimitri.

— C'est une possibilité, répond Georges.

— Mais pourquoi mentir pour des faits aussi facilement vérifiables ?

— Pour gagner du temps, préparer sa fuite, suggère Véronique.

— Peut-être ! dit Georges sans trop s'avancer.

Une hypothèse commence à germer dans son esprit.

— Vous Patron, vous avez une idée qui pousse, s'exclame Dimitri.

— Hum, je dois y réfléchir. Mais continue à nous dire ce que tu as appris.

— Oui. Donc, pour la dirlo, c'est tout ce que les gars à Toulouse ont pu glaner.

— Il faut vérifier immédiatement son adresse. Contacte Damien, Cambus et lui sont partis avec une voiture de patrouille. Surtout s'ils ont perdu sa trace.

— Oui de suite. Ah, Damien, c'est Dimitri. Vous en êtes où, et vous êtes où ? Bon, d'accord, alors, je te donne l'adresse de la blonde.

Véronique, prompte comme l'éclair, a trouvé le dossier du personnel sur le bureau, le tourne dans la direction de son collègue.

— C'est 826, chemin de la Briqueterie à Verdel, d'accord. Soyez prudents les gars surtout. OK. Bon, ils ne l'ont vu nulle part.

— C'était prévisible, dit Georges. Il faut d'abord essayer de la retrouver. Bon, en attendant, continue tes infos.

— Oui. Donc, pour la dirlo, rien de plus. J'en étais au… quatrième point, Bordato l'homme d'entretien, casier vierge, il n'a jamais fait parler de lui, pas de casier, a été serrurier dans une grosse entreprise à Toulouse, où il n'a pas laissé un souvenir impérissable. Pas sympa, peu travailleur, tire au flanc, fouteur de merde, se disputait souvent avec ses collègues, homophobe, raciste, misogyne, macho, enfin le vrai con infréquentable quoi. Sa femme aussi est spéciale, alcoolique a priori, une vraie conne, elle m'a envoyé bouler, je n'ai rien pu en tirer, je suis allé y faire un saut, ce n'est pas très loin d'ici, a Verdel, 128, chemin de la Briqueterie, mais merde ! j'étais juste à côté, je me disais aussi que je connaissais ce nom, c'est la même adresse que la dirlo !

— D'accord, rappelle Damien, dis-leur d'aller à Verdel, nous les y rejoignons immédiatement.

La petite route est bucolique, elle serpente entre les arbres, domine une petite vallée orientée nord-sud, avec une vue directe sur la chaîne des Pyrénées, à l'aplomb du village de Verdel, parsemée de belles demeures construites à flanc de coteaux.

— Ouah, ça en jette, le panorama est superbe ! Vous êtes d'ici Patron, il me semble ?

— Pas très loin en effet.

Ils ont emprunté des petites routes, voire parfois des chemins de terre pour rejoindre en toute discrétion le chemin de la briqueterie. Georges connaît très bien le coin, sait même à quoi ressemble la maison de la Directrice, pour avoir connu les anciens propriétaires et y être entré à plusieurs reprises. il a reconnu l'adresse lorsque Dimitri a parlé du chemin de la briqueterie. Mais c'était il y a longtemps lorsqu'il était jeune, un de ses grands-oncles habitait la maison voisine, à l'actuel 770, les numéros correspondants à des mètres depuis la mairie, c'est à peine à une cinquantaine de mètres, la seule différence résidant dans le fait qu'à l'époque il n'y avait pas de numérotation. La maison de Bordato étant au 128, elle se trouve bien plus bas. Les lieux ont changé depuis sa dernière visite, qui remonte à plus ou moins trente ans, les maisons ont poussé comme des champignons. Ils roulent à présent sur un petit chemin gravillonné qui surplombe parallèlement ledit chemin de la briqueterie, celui-ci est resté identique à ses souvenirs, Georges sait que c'est une servitude pour les agriculteurs travaillant les champs alentour, et surtout qu'il est invisible depuis les niveaux en dessous, celui où se trouvent toutes les maisons dominant la vallée. Il cache son véhicule dans un champ tout proche, derrière une haie d'aubépine et repère rapidement la maison, la végétation a poussé, des travaux ont été réalisés depuis, tels une belle piscine et de petits bâtiments la ceinturant, qui abrite sans doute la maintenance de celle-ci. Tout est calme, les abords de la maison et des dépendances sont déserts, aucun bruit ne parvient à leurs oreilles, aucune activité.

— Quel type de voiture a la directrice ?

— Une New Beatles jaune décapotable, répond Dimitri en consultant ses notes.

— Bon Dimitri, tu vois ce bâtiment là-bas, derrière la maison, au bord de la route, cela doit être un garage. En longeant la haie, tu dois pouvoir aller vérifier discrètement si elle se trouve à l'intérieur. Tu vois la petite fenêtre sur le côté, personne ne doit te voir normalement. Il s'adresse alors également à Véronique. Nous communiquerons par texto, vérifiez qu'il soit bien en silencieux.

— OK Patron.

— Véro tu vas te glisser de l'autre côté, fais d'abord le tour des dépendances, ensuite de l'habitation, essaie de jeter un coup d'œil à travers les fenêtres, elle m'a dit qu'elle avait un fils, peut-être se trouve-t-il à l'intérieur.

— OK Patron.

Il observe ses deux jeunes adjoints, caché par la végétation abondante. Les arbustes derrière lesquels il se dissimule lui évoquent irrésistiblement la ferme de ses parents, l'odeur entêtante qui s'en dégage lui fait monter une bouffée de nostalgie de sa jeunesse, pourtant pas si heureuse que ça. Depuis le promontoire au-dessus, on peut distinguer la forme caractéristique des parcelles, qu'il connaît sur le bout des doigts. Sa dernière visite remonte à plusieurs mois maintenant, dire qu'il ne s'entend pas très bien avec ses parents est un euphémisme, surtout avec son père, qui a un caractère plutôt abrupt. Son smartphone bourdonne. « La voiture est bien là » « OK, reste caché, je vais aller frapper à la porte d'entrée », tape-t-il rapidement. L'appareil vibre à nouveau, cette fois-ci c'est Véronique. « Je n'ai vu ni entendu personne » « OK, reste vigilante, je vais taper à la porte », répond-il.

Rien ne bouge dans la maison, après qu'il ait tapé à plusieurs reprises sur la porte d'entrée, aucune sonnette n'étant visible. Il tente alors de tourner la poignée, c'est verrouillé. En faisant le tour, Véronique s'avance vers lui.

— Essayons de trouver une façon d'entrer, sinon on crochète la serrure.

Tout est fermé, sauf une toute petite fenêtre située à environ trois mètres de hauteur. Elle n'a pas de grille de défense.

— Je peux passer par là, si je monte sur vos épaules.

Georges n'est pas surpris, il connaît ses étonnantes capacités physiques. Elle ôte ses chaussures avant de grimper lestement sur ses épaules, elle se glisse dans l'étroite ouverture sans effort. Quelques secondes plus tard, elle apparaît à l'angle de la maison. Georges lui tend ses chaussures.

— Tu pourrais te reconvertir dans la cambriole, lui dit-il en souriant.

— Ah, mais qui vous dit que je ne le fais pas toutes les nuits…

— Bon, restons vigilants.

Ils pénètrent dans la maison par la porte de service située à l'arrière que la jeune femme vient d'ouvrir de l'intérieur. Sans un mot, il indique l'étage de son index levé à la jeune monte-en-l'air. Toutes les pièces du rez-de-chaussée sont inspectées sans y déceler de présence.

— PATRON ! Venez voir !

Il se précipite à l'étage, manque de glisser sur les marches en bois, se rattrape de justesse.

— Ici, au fond du couloir.

La jeune femme l'attend devant le lit, de la tête, lui désigne une salle de bain attenante à la chambre sur sa gauche. Francis Bordato baigne dans son sang sur le sol en carrelage. Il s'accroupit et après avoir mis un gant en plastique, touche la peau de l'homme d'entretien de la maison de retraite au niveau de la carotide. Plus de pouls, bien entendu, sa peau est froide. Il examine le corps, aucune trace de lutte visible, à première vue on lui a tranché la gorge, l'assassin l'ayant eu par surprise par-derrière. Il fait quelques photos du corps avec son smartphone et de l'ensemble de la salle de bain. Puis de la chambre.

— Fouille partout, cherche le moindre indice. Fais venir Dimitri afin qu'il t'aide. J'appelle l'identité judiciaire et la légiste.

— Qu'est-ce que je dois chercher en priorité ?

— Eh bien… il regarde autour de lui. Cette chambre me paraît être une chambre d'ami, concentre-toi sur la chambre de la Directrice quand tu l'auras trouvée pour commencer, un bureau ou un meuble contenant des papiers. Essaie de voir si tu trouves des documents, des photos sur le passé de cette femme. Fais confiance à ton instinct.

— OK Patron, dit-elle avec un sourire.

— Marion ? Encore du boulot pour toi, oui c'est ça, la série continue, non pas une Russe, cette fois-ci c'est un homme. À Verdel, Chemin de la Briqueterie, au 826. Où es-tu ? Bon très bien je t'attends.

Il passe ensuite un coup de fil au poste, demande que l'identité judiciaire vienne sitôt qu'elle aura fini à Toulouse, où a eu lieu le dernier meurtre. On le prévient que cela risque d'être long, les homicides se succédant, ils ont dû faire appel à des équipes d'autres villes.

— Ah d'accord, je comprends bien sûr. Bon alors, laisse tomber Ronan, je vais voir avec les gendarmes. Il cherche dans son journal d'appel le numéro de l'officier de gendarmerie.

— Allo Lieutenant Mathieu ? Commandant Rigacci. Est-ce qu'il serait possible d'avoir votre équipe de l'identité ? Oui encore un meurtre, l'homme d'entretien qui s'était fait la belle, chez la Directrice, qui elle aussi nous a faussé compagnie. Eh bien oui, vous pouvez venir, avec plaisir. Je vais rester un bout de temps ici encore, j'attends la légiste. OK à tout de suite.

Dimitri arrive sur ces entrefaites.

— Ah, donc voilà le fameux Bordato, ou du moins ce qu'il était av…

— Un peu de respect veux-tu, lui dit Georges sèchement.

— Oui Patron, pardon. Il rougit. Euh, je pense qu'il y avait un autre véhicule dans le garage. La dirlo l'a peut-être utilisée pour fuir. Je fais faire une recherche ? Patron ? Euh Patron ?

— Oui, dit Georges perdu dans ses pensées.

— Je fais faire une recherche, pour le deuxième véhicule ?

— Oui. Mais d'abord, cherche des papiers, carte grise, certificat d'assurance, etc. le concernant.

Une fois seul, Georges examine attentivement la chambre, décorée avec soin et un certain goût. Les tiroirs des différents meubles ne contiennent que du linge et nécessaires pour les éventuels occupants, rien de personnel qui pourrait lui donner une idée ou une piste.

Il retourne dans le couloir, s'attarde sur chaque photo, objet ou peinture. Les deux autres chambres de l'étage, sans salle de bain, celles-ci, qui se trouve entre les deux, sont aussi froides d'émotions, sans souvenirs de famille qui remplissent en général les armoires, placards et tapissent les murs dans la majorité des maisons. « On dirait un hôtel, cette baraque ».

Georges redescend l'escalier, Dimitri a entrepris de vider une grande armoire remplie essentiellement de linge de table, déplie et secoue méthodiquement chaque serviette, nappe ou torchon. Véronique quant à elle, accroupie devant un petit bureau, s'emploie à chercher une éventuelle cache en passant tour à tour sa main à plat et son index dans chaque rainure et interstice. Georges observe avec soin chaque photo disposée dans des cadres sur le mur ou posée sur des consoles dans le grand salon qui occupe plus de la moitié du rez-de-chaussée. Un petit bout de corridor, le guide vers trois portes fermées au bout de la grande maison, il ouvre avec précaution la première, comprend qu'il est enfin dans la chambre de la Directrice. Cette pièce est indéniablement plus féminine, la décoration plus soignée, les rideaux sont assortis au coloris du lit et à la moquette épaisse qui couvre le sol. Mis à part une garde-robe conséquente dans un grand dressing qui occupe tout un pan de mur, cela dégage une impression étrange, comme dans les chambres du haut, la salle de bain ne déroge pas à la règle de la maison. La chambre de l'autre côté du corridor est quasi identique à celles du haut. Tous les tiroirs sont absents de tous objets personnels, et ce dans les deux chambres. Pour finir, un petit cabinet de toilette et une salle de bain attenante lui font dresser le même constat.

Perplexe, il rejoint ses deux acolytes dans le grand salon. Véronique fouille à présent les placards de la cuisine, Dimitri se gratte la tête, pensif, en plein milieu du linge éparpillé.

— Ah Patron, s'exclame-t-il. Cette baraque, elle est bizarre, je n'arrive pas à la définir, on dirait que… qu'elle… on dirait…

— Un hôtel ou un gîte.

— C'est ça ! C'est exactement ça ! Ouah, vous m'impressionnez !

— Oui, c'est ça, renchérit Véronique. Même les photos paraissent fausses.

— Je pense que c'est le cas, dit Georges.

— Il n'y a rien, ni factures, ni papiers perso, ni, ni… ni rien quoi. Je n'ai rien trouvé, rien, même sur la cox jaune qui est dans le garage. On dirait que personne n'habite ici. C'est étrange.

— Oui, j'ai la même impression. Elle m'a dit qu'elle vivait avec son fils. Il n'y a aucune trace de lui nulle part.

— Mais pourquoi, j'avoue que je pige que dalle. Cette femme est un mystère.

— Va relever le numéro de la coccinelle et interroge le fichier.

— OK.

Il se précipite dehors. Véronique a sorti plusieurs boîtes de thé des placards, elles les vident toutes sur le plan de travail de la cuisine. L'une d'elles attire son attention, elle l'examine attentivement.

— Il y a un double fond. Regardez, très mince, à peine un demi-centimètre.

— Tu es sure ? Je ne vois rien.

— Si si je connais ce truc. Mais ! c'est un truc d'espion ça !

Georges, d'abord dubitatif, la regarde s'escrimer sur la boîte. Soudain, elle trouve le système d'ouverture.

— Il y a des papiers pliés au fond. Je les sors ?

— Oui, bien sûr, sors-les.

— C'est du russe, dit-elle en les parcourant. On dirait des papiers d'identité. Regardez, il manque juste la photo dans ce coin. On est tombé sur une véritable espionne !

— Non je ne crois pas. Je pense plutôt qu'elle se cache de quelqu'un.

— Mais je ne comprends pas… cette maison… pourquoi ?

— Elle doit avoir un autre pied à terre.

— Pour brouiller les pistes.

— C'est possible.

— Et Bordato ? Qu'est-ce qu'il vient faire là ? Et qui l'a tué ? Elle ?

— Je ne pense pas. Il a dû venir se planquer ici puisqu'il n'habite pas loin. Et en voyant son cadavre, elle a filé. Ou alors elle ne l'a pas vu, a juste changé de voiture sans entrer.

— Comment il serait rentré ?

— Son passé de serrurier l'aura aidé ? Ou il n'était pas seul !

— Comment savait-il que la maison était vide… et… mais ça veut dire que le tueur est venu ici si ce n'est pas elle !

— Oui, tu comprends mes précautions pour venir ici. Le type est futé, très futé, et très dangereux, Bordato lui n'a rien vu venir. Pour l'instant, elle lui échappe, mais ceci prouve qu'il l'a dans son collimateur. Nous devons tout savoir sur elle pour l'attraper, lui. Tu vas aller à sa banque, éplucher ses comptes, à la sécu, aux impôts, enfin la recherche habituelle, tout ce que tu peux trouver sur elle. Sois prudente, surveille tes arrières, fais attention aux motos. Je sais que tu sais te défendre, mais nous avons affaire, je le répète, à un tueur, un psychopathe sans doute. Il surveille tous nos faits et gestes, peut-être a-t-il d'autres complices.

— OK, j'y vais. Je serais prudente. Mais je demande que l'on vienne me chercher ?

— Oui… ou non, j'attends le Lieutenant Mathieu, prends mon véhicule, dit-il en lui tendant les clefs.

Son téléphone vibre au fond de sa poche. C'est un texto. Un numéro non enregistré. Le même que tout à l'heure « Bravo, encore une fois vous ne me décevez pas ! »

Il vérifie rapidement son journal d'appel, le SMS précédent reçu sur la route de la gendarmerie provient effectivement du même numéro. « Qui êtes-vous, que me voulez-vous ? » tape-t-il, rapidement, sur son smartphone. « Cela serait trop facile, cherchez… » « Donnez-moi un indice » « Tatata, non non non ! » Il réfléchit un instant. Est-ce une farce ou est-ce le tueur ? « Avez-vous des informations à me communiquer ? » « En temps voulu, peut-être… » « Je répète, qui êtes-vous ? »

Plus aucune réponse. Il appelle Ronan.

— C'est Georges. Essaie de localiser le numéro que je vais t'envoyer par SMS. Priorité numéro un.

— OK. Mais on est surbooké ici, tu le sais.

— Je m'en doute bien. Fais ce que tu peux.

Alors qu'il raccroche, un bruit de moteur met tous ses sens aux aguets. Il regarde discrètement à travers les rideaux de la cuisine, c'est la Renault de Marion. Il sort à sa rencontre tout en se disant qu'elle aurait encore pu être la cible du tueur. Non, je ne crois pas, à Muret c'était pour m'attirer. Mais pourquoi précisément là-bas ? Pour s'approcher discrètement de la Directrice ? Possible encore. Mais s'il avait vraiment voulu l'avoir.

— Je suis ravie de te revoir mon bel italien, s'exclame la légiste avec un sourire éclatant. Elle semble avoir totalement récupéré.

— Ne m'appelle pas comme ça s'il te plaît, répond Georges avec un sourire qu'il veut chaleureux. Je suis à côté de la plaque avec les femmes, pense-t-il, encore honteux de n'avoir rien vu venir avec elle et la Directrice.

— Tout ce que tu veux, surtout si tu me souris toujours comme ça. Tu ne peux plus te passer de moi, j'en suis toute chamboulée !

— C'est à l'étage que cela se passe.

— Ah chouette, il y a une chambre, donc ?

— Oui, mais avec un cadavre.

— Oh là là ! Boulot boulot hein ! s'amuse-t-elle.

— Eh oui, répond-il sur le même ton.

Comment réagir avec cette tornade ? Il n'ignore pas que ses sous-entendus ne sont pas seulement de l'humour. Avec les hommes, il sait comment agir, mais avec une femme, amoureuse de lui de surcroît…

— Bon, je te suis dans ce cas, dit-elle malicieusement, sans se départir de son sourire.

Ils entrent dans la chambre lorsqu'un nouveau bruit de moteur se fait entendre. Georges redescend précipitamment. Le Lieutenant Mathieu émerge en civil d'une Volkswagen noire.

— Ah mon Commandant ! Merci de m'avoir rappelé. L'équipe scientifique arrivera d'ici une heure.

— Merci Lieutenant. Appelez-moi Georges s'il vous plaît.

— D'accord Georges, avec plaisir. Et je m'appelle Rémi.

— D'accord Rémi. Nous avons trouvé Bordato là-haut, quelqu'un lui a tranché la gorge.

— Ah… vous pensez que c'est le même tueur ?

— Oui, il y a de fortes chances. Bordato était son complice, du moins à la maison de retraite.

— Il l'aura tué pour qu'il ne parle pas ?

— Oui. Il l'aura utilisé et éliminé.

— Et la Directrice ?

— Je pense qu'elle se cache pour échapper au tueur. Mais nous venons de découvrir également que cette maison, qui est censée être l'endroit où elle vit, n'est qu'une façade, une adresse bidon. Elle doit vivre ailleurs. Elle a menti sur son passé.

— Cette affaire est beaucoup plus complexe qu'elle n'y paraît et…

Soudain, des coups de feu retentissent, venant de la route. Les deux policiers s'y précipitent l'arme à la main, ils sont dans la cour à en chercher la provenance, quand ils voient Dimitri en train de ranger la sienne dans son étui de ceinture. Il s'approche d'eux à pas rapide.

— Un type à moto m'a tiré dessus ! s'écrie-t-il encore essoufflé et les traits tendus.

— Tu es touché ?

— Non non ça va je n'ai rien.

— Comment était ce motard ?

— Eh bien, une combinaison en cuir noir, un casque noir a visière sans tain, une moto noire. Je n'ai pas vraiment eu le temps de le voir. Je viens de prévenir toutes les voitures de patrouille.

— Un homme plutôt mince ?

— Il me semble, dit-il après s'être concentré un instant.

— Bon, appelle aussi Véronique. Comment ça s'est passé ? Tu l'as touché ?

— Non, je ne pense pas. Eh bien, il est arrivé à allure normale, et est passé devant moi à petite vitesse, a regardé dans ma direction, d'une façon qui m'a paru bizarre, cela m'a mis en garde. J'étais là-bas, au bord de la route, je téléphonais. Il montre du doigt avec le bras tendu la direction du portail d'entrée. Il a alors brusquement pilé et viré sur place en dérapant d'un coup de gaz, puis il est repassé en trombe tout en me frôlant, il a pivoté le buste comme ça, il mime le geste de la rotation du tronc, il avait déjà l'arme à la main, il devait être à environ vingt ou vingt-cinq mètres quand il a tiré, trois fois, il me semble. Je me suis aplati au sol par réflexe, le temps de sortir mon arme et de riposter deux fois il avait déjà accéléré comme un fou. Barjot ce mec, mais un vrai pilote. Ça m'a donné les crocs, cette histoire !

— Ah oui, il est déjà si tard, constate Georges en consultant sa montre, ne sachant pas s'il parle de faim ou de vengeance. Descends au village nous chercher des sandwiches ou ce que tu trouveras.

— OK. Mais je n'ai pas de voiture.

— Ça vous ennuie de descendre avec lui ? demande-t-il au gendarme.

— Pas du tout. Je n'ai pas déjeuné non plus.

— Très bien, il vous briefera par la même occasion.

Il regarde la Volkswagen s'éloigner. Les deux semblent déjà s'entendre comme larrons en foire. Pensif, il retourne dans la maison.

Tout en remontant à l'étage, il examine soigneusement chaque objet, cherchant un indice ou tout autre signe pouvant lui donner une idée ou une direction à suivre.

— Ah te revoilà enfin ! Qu'est-ce que c'était tous ces coups de feu ? Indiens attaquer caravane ! Toi protéger femme blanche contre sauvage.

6
13 heures 30 – 14 heures 30

Ses pensées tournent en rond. Sans cesse, en boucle, comme un leitmotiv, la même question, lancinante, lui taraude l'esprit ; mais qu'est-ce qu'il m'arrive, que se passe-t-il, où suis-je, comment suis-je arrivée là ? À son réveil, douloureux, angoissant, comme un cauchemar qui se prolonge, elle s'était aperçue avec effroi qu'elle ne voyait absolument rien, après quelques instants de panique absolue, elle c'était enfin rendu compte qu'un bandeau très épais recouvrait ses yeux, que sa bouche aussi était bâillonnée, ses mains attachées dans son dos, que ses chevilles également étaient entravées. Coincée dans ce qui lui semble être un placard, si étroit que ses épaules touchent les cloisons. Mais pourquoi, pourquoi elle ? Si elle comprend brusquement, c'est le diable ! Elle n'est qu'une modeste femme de ménage sans histoires. Qui peut avoir fait ça, lui vouloir du mal ? Elle ne comprend pas. Elle tente de ne pas céder à la panique, tente de bouger, de se lever. Peine perdue, c'est impossible, les liens sont beaucoup trop serrés. Ses efforts n'ont fait qu'augmenter la douleur qu'ils lui causent aux poignets et aux chevilles. Elle sent un liquide chaud couler entre ses jambes, elle ne s'est même pas rendu compte qu'elle s'était fait pipi dessus. Elle pense à ses enfants. C'est trop pour elle, elle fond en larmes, de gros hoquets la secouent longuement.

— Un type à moto a tiré sur Dimitri.

— Non !? Le même qu'à Muret ?

— D'après la description que m'en a faite Dimitri, je pense.

— Le tueur ?

— Sans doute.

— Ce type t'en veut personnellement, dit-elle après un court instant de réflexion.

— Hum… Premières constations ?

— Ah oui. Elle redevient professionnelle en une seconde. Bon, il a été égorgé par-derrière, c'est un droitier. Elle mime le geste. Il ne l'a même pas touché. Il devait être caché dans la douche, je pense. Elle désigne de son doigt ganté de latex une superbe douche à l'italienne, entièrement carrelée de mosaïque, fermée d'une vitre opaque. Même arme, une lame très fine et tranchante, un cutter. Ou un scalpel peut-être. L'autopsie en dira sans doute plus. En parlant d'autopsie, j'ai mis tout le monde sur le coup, je ne peux en faire aucune si ce type décime tout le personnel de la maison de retraite.

— Oui bien sûr, je te remercie.

— C'est mon boulot, réplique-t-elle en haussant les épaules. J'attends l'identité, je suppose ?

— Oui. C'est la gendarmerie qui va venir en renfort.

— Bien bien. J'ai l'estomac dans les talons. Il doit bien y avoir un resto dans ce joli coin ?

— Oui, mais Dimitri va nous ramener des sandwiches.

— Ah ! de mieux en mieux ! Sandwiches et heures supplémentaires !

— Dès que c'est possible, je te promets de t'inviter à une ferme auberge toute proche. Ce sont des amis qui la tiennent, le menu est simple, mais excellent.

— Aaaah ! voilà une excellente nouvelle. Ils ont des chambres donc, puisque c'est une auberge ?

— Non, pas de chambres. C'est une obsession les chambres chez toi ?

Sourire entendu de la jolie légiste.

— Bon, tu dois bien connaître un hôtel dans le secteur, alors, non ? dit-elle d'une voix langoureuse.

— Tu ne lâches jamais.

— Jamais !

Elle s'avance doucement, se blottit contre lui. L'entoure de ses bras ; un sourire qu'il ne connaît pas la transforme. Il la laisse faire, impuissant. Son parfum l'envahit. Jamais elle n'a été aussi entreprenante. La tête levée pour pallier la différence de taille, elle lui susurre d'une voix douce,

— S'il te plaît. Je meurs d'amour pour toi. Laisse-toi aller, laisse-moi t'aimer. T'aimer pour deux. S'il te plaît.

Son timbre de voix est allé crescendo.

— S'il te plaît, implore-t-elle maintenant d'une toute petite voix, se rendant compte brusquement qu'elle allait crier. S'il te plaît.

Ce n'est plus qu'un murmure. Des larmes coulent sur ses joues.

Georges est ému, troublé malgré lui. Jamais personne ne lui avait fait une déclaration d'amour aussi forte, prenante, surprenante, déchirante.

— Bon, dit-il enfin après un long silence.

Marion le scrute intensément, guettant, haletante dans son immobilité de cire, attentive à l'infime signal qu'il pourrait lui donner malgré lui.

— Nous allons tenter le coup.

Il ferme ses bras autour d'elle.

— Oh, mon amour, merci, merci, merci.

Elle le couvre de baisers, des vannes se sont ouvertes, elles déversent des torrents de larmes.

— Doucement, doucement. Tu vas polluer la scène de crime.

Il sourit.

— Oh, j'adore ton sourire. Tu ne peux imaginer depuis combien de temps j'attends ce sourire.

Leurs lèvres se rencontrent, se pressent, s'entrouvrent pour un baiser, une étreinte passionnée.

— Redescendons j'entends les jeunes flics arriver. Mais…

— Oui ?

Son visage exprime brusquement l'inquiétude.

— De la discrétion s'il te plaît. Surtout au boulot.

— Bien, chef. Mon Commandant, pardon.

Elle lui adresse un salut militaire. Il ne peut s'empêcher de sourire à nouveau.

— Ouah ! Un deuxième sourire ! Mais c'est super mon Commandant.

Elle se jette sur lui et l'embrasse fougueusement.

— Patron ? PATRON ?

— Oui, je suis en haut. Je descends. Il y a une autre salle de bain ici, dit-il à Marion.

Elle le lâche à regret. Sans un mot, mais avec un sourire joyeux, elle le salue à nouveau en portant sa main bien droite au-dessus de son front, en un salut militaire comique. Elle roule des fesses, lui fait un clin d'œil en se dirigeant vers la salle de bain. Arrivée devant la porte, elle lève brusquement sa jupe, lui dévoilant des fesses sublimes, puis disparaît à l'intérieur.

« Quel clown ! J'espère qu'elle saura se tenir, se retenir plutôt. »

— Voilà la bouffe, dit-il en posant un grand sac en papier sur le plan de travail de la cuisine.

— Merci Dimitri. Tu as pu interroger quelques personnes qui auraient vu le motard.

— Oui. La boulangère notamment, son témoignage est intéressant, elle habite à la sortie du village, devant l'Intermarché, pour rentrer chez elle, elle emprunte la route de droite, là en bas, au carrefour. Au début, elle pensait qu'il attendait quelqu'un, puis elle l'a vu à plusieurs reprises, aujourd'hui, assis sur sa moto, juste devant le cimetière. Elle ne le connaît pas, mais son comportement l'a intriguée. Toujours casqué, immobile.

— Il devait donc surveiller l'arrivée de la Directrice. ? Dans quel but ? Et que faisait Bordato ici à l'intérieur ? demande le gendarme.

— Nous supposons que c'est son complice, il lui avait peut-être demandé de l'attendre et de la neutraliser, suggère Dimitri.

— Et elle lui a échappé, il s'en est donc débarrassé, continue le Lieutenant Mathieu.

— Qu'en pensez-vous Patron ?

— Peut-être. Dimitri envoie une équipe interroger les habitants du coin.

— Vous pensez qu'il l'est ? Du coin ?

— Difficile à dire. Ce ne sont que des suppositions, nous n'avons rien de concret. À part les meurtres.

Il s'interrompt, Marion vient de descendre, toute fraîche et pimpante. Les femmes ont cette faculté, et surtout cet avantage, avec le maquillage, de se refaire une beauté quasi instantanée.

— Alors les gars, on papote, dit-elle toute joyeuse.

Elle semble tout à fait à son aise sous le regard des trois hommes. Dimitri, toutefois, porte son regard sur son chef après l'avoir reluquée. Georges se dit que ce jeune a un sens très aiguisé de l'observation. Presque un sixième sens. Il ressent les choses plus qu'il ne les voit. Il a des intuitions, des ressentis, c'est évident.

— Personne n'a rien vu d'autre ? continue Georges à l'adresse de Dimitri.

— Non.

Marion capte toujours l'attention du jeune policier, il a peine tourné la tête vers son chef. Il faut dire qu'elle est canon, se dit Georges. Bien qu'elle soit habillée de façon plutôt sage, juge-t-il, sa façon de se mouvoir et son sourire carnassier font tourner les têtes.

Son smartphone interrompt ses pensées en vibrant au fond de sa poche. C'est un nouveau texto du correspondant anonyme. « J'ai été gentil avec votre jeune adjoint, j'ai tiré à côté, pour cette fois. La jolie légiste est amoureuse, dirait-on ? » « Que voulez-vous ? Est-ce vous qui avez tué ces femmes ? » tape Georges. Pas de réponse.

Il reste dubitatif. Cela se précise, l'homme a avoué avoir tiré à côté ? La jolie brune c'est Marion, mais comment fait-il pour savoir que nous sommes devenus proches ? Il nous a épiés ? Une chaîne hi-fi trône sur un meuble, il se dirige vers elle et l'allume, monte le volume suffisamment fort. Attrape son carnet dans sa poche, écrit une ligne et le fait lire tour à tour a Dimitri, Rémi et Marion en le gardant serré contre sa poitrine. Il les rejoint dehors au milieu de l'allée.

— Il doit y avoir une ou plusieurs caméras à l'intérieur, peut-être aussi à l'extérieur. Cherchez discrètement.

Le policier et le gendarme se répartissent les rôles d'un geste et d'un hochement de tête puis entament les recherches. Marion s'apprête à remonter dans sa voiture, Georges la retient.

— Ce type nous a vus tout à l'heure. Tu ne me décolles pas.

— Tu m'en vois ravie, déclare-t-elle avec un grand sourire.

Georges cherche le numéro de Véronique dans son répertoire.

— Oui Véronique. Où es-tu ? Bon, très bien. Soit vigilante, extrêmement vigilante, le motard a tiré sur Dimitri, il est peut-être à tes basques, non non il n'a rien, bon d'accord, tiens-moi au courant.

— Je laisse tomber mes autopsies si je comprends bien.

— Oui. Ce type est dangereux, imprévisible, et je tiens à toi.

— Ah merci mon cœur. Mais qu'est-ce que je viens faire là-dedans ?

— J'ai bien l'impression que c'est moi qu'il vise. Et mes proches.

— Mais pourquoi ? Tu ne connaissais pas ces femmes ?

— Disons que c'est un moyen qu'il a trouvé pour, pour me défier peut-être, défier l'enquêteur, le policier, me provoquer.

— Tu as une idée de la raison ?

— Non. Il peut y en avoir tout un tas, de raisons.

Dimitri revient vers lui, le sourire aux lèvres.

— J'en ai trouvé deux, une en haut de l'escalier, pointée sur la chambre, et l'autre dans la salle de bain. Une webcam. Connexion wifi.

Le gendarme revient à son tour.

— Il y a une webcam sur un arbre, là-bas.

Il montre la direction d'un léger mouvement de tête.

— Est-ce qu'elle peut prendre le son ?

— Je ne pense pas, répond Dimitri.

— Donc il nous surveille, dit Rémi.

— Il a toujours un temps d'avance sur nous. Tu as envoyé des gars questionner les gens du coin, Dimitri ?

— Oui.

— Bon très bien. Est-ce que l'on peut trianguler si l'on trouve l'adresse IP des caméras ?

— Je n'en sais rien. Il faudrait demander à la scientifique. J'ai un pote qui y bosse. Je l'appelle tout de suite.

Pendant que Dimitri téléphone et que Remi continue ses recherches, Georges se dit qu'il faudrait essayer de faire tomber le bonhomme dans un piège. Mais comment ? Il est intelligent et a dû écrire un scénario qu'il suit scrupuleusement. Non, pas forcément, il doit avoir prévu des solutions de rechange pour chaque situation. Comment pouvait-il imaginer que nous viendrions ici ? Se pourrait-il également qu'il ait placé des webcams sur ses autres scènes de crimes ? Il compose le numéro de Damien.

— Damien, tu es à la maison de retraite ?

— Non, nous faisons du porte-à-porte avec Lionel à Vernel.

— OK, j'appelle Morin. Soyez prudent, je ne le répéterais jamais assez.

— Oui oui bien sûr.

— Oui Patron, répond Morin instantanément.

— Tu vas aller inspecter les scènes de crimes. Peut-être que le tueur a placé des webcams. Tu fais ça discrétos, je ne veux pas que le type sache qu'on les a trouvés. Tu ne me rappelles que si tu en trouves. Demande à un gars de faire pareil pour l'extérieur. Tu regardes également dans tous les coins. Il nous surveille, donc, vigilance extrême.

— D'accord, j'ai compris.

Georges est satisfait des policiers qui l'entourent, Morin et Damien en particulier. Il compte bien demander leur avancement à sa hiérarchie après cette affaire, ces gars-là méritent des encouragements. Il ne sait que trop bien comment se passe la politique générale, économies économies, surtout pour les humbles et les sans grades. Les politiques raflent tout, au niveau médiatique, cela serait sans importance si cela s'arrêtait là, mais pour eux et surtout pour eux seuls c'est le jackpot. Souvent, il avait eu envie de tout plaquer quand il voyait la corruption endémique des hommes publics, les passe-droits, les non-lieux. Tout ça l'écœurait au plus haut point. Il se servait de sa réputation de bon enquêteur pour naviguer dans ses eaux troubles parce qu'il estimait de son devoir d'arrêter les assassins de tous poils. C'était un moindre mal, mais il détestait ces gens-là, aux dents qui rayaient le parquet et au (x) compte(s) en banque bien rempli(s) par les détournements et autres marchés et appels d'offres truqués. Il en avait dénoncé quelques-uns au fisc, sans aucun scrupule ni état d'âme. Mais la plupart étaient blanchis par la justice ou des magouilles aux plus hauts niveaux. Certains avaient essayé de se venger, de le descendre en flèche, mais lui aussi avait des appuis. L'heure viendrait, il en était sûr, de se venger de ces pourritures. La roue tourne, comme disait sa mère chaque fois qu'il lui rendait visite et qu'elle lui parlait de son père, comme à chaque fois qu'il allait chez ses parents.

Son smartphone vibre dans sa main, le tirant de ses pensées. Le numéro de Ronan s'affiche.

— Bon, Geo, j'ai tout un tas d'infos pour toi. Tu ne vas pas passer au GQG ?

C'est ainsi que tous appelaient le commissariat central de Toulouse. Georges y avait en principe un bureau, mais n'y allait quasiment jamais, il préférait être sur le terrain ou officiait depuis son domicile. C'est lui qui avait instauré cette façon de travailler, avec internet et un téléphone dans chaque poche, tout était possible. Ses adjoints et collaborateurs pouvaient faire comme bon leur semblaient, du moment que le travail était accompli, c'est ce qui lui importait. Bien sûr, cela avait provoqué des frictions en son temps, avec certains. Cela lui était égal, chacun pensait ce qu'il voulait. Seuls les résultats étaient importants à ses yeux et pas la présence devant un bureau.

— Je vais essayer de passer en coup de vent. Tu as pu localiser et identifier le numéro de téléphone ?

— Carte prépayée. Pour ce qui est de la localisation, je n'ai rien pu faire, je passe mon temps au téléphone et tout le monde court partout.

— Je comprends. À tout à l'heure. J'ai un double appel.

— Oui Morin.

— Patron, vous aviez raison, il y en a dans chaque cage d'escalier. Les gars en ont repéré plusieurs dehors aussi ! Même pas dissimulées !

Georges se souvient soudain en avoir vu, il maudit sa négligence, sur le moment il avait cru que cela faisait partie intégrante de l'établissement

— Bien. Pour l'instant, on fait comme si on ne les avait pas vues.

Dans la foulée, il appelle le secrétariat de la maison de retraite, mais ne parvient pas à l'obtenir. Eux aussi doivent être surbookés, tous les cinglés, mythos et autres curieux doivent appeler et bloquer la ligne. Il rappelle donc Morin.

— Va voir la secrétaire je n'arrive pas la joindre par téléphone. Demande-lui si l'établissement a un réseau de webcams.

— C'est fait. Désolé j'ai oublié de vous le dire.

— Non c'est moi qui ai raccroché trop vite, ne t'inquiète pas.

— Oui, merci. Il n'y a aucune, ou plutôt, il n'y avait aucune caméra il y a deux jours. Tout le monde a vu une entreprise les poser hier.

— Ah ! Et Julie n'a pas posé de questions aux poseurs ?

— Eh bien si justement. Connaissant le calendrier des travaux, elle a cherché le chef d'équipe et lui a donc demandé ce qu'ils faisaient là, que ce n'était pas prévu, etc. il lui a montré son document l'autorisant à faire les travaux, signés par le proprio, un certain Monsieur Tarik. Elle a pesté après lui parce que ça arrive régulièrement, et ça en est resté la parce qu'elle ne l'a pas revu depuis et n'a pas eu le temps de l'appeler ni d'en parler à la Directrice. Les meurtres sont survenus le lendemain.

— Bon boulot. Demande les coordonnées de l'entreprise et le numéro de Monsieur Tarik.

— C'est fait aussi, j'allais vous les envoyer par SMS.

— Parfait, tout ça, merci.

En attendant le SMS, il se dirige vers la cuisine. Marion l'y attend en souriant.

— Je t'attendais pour attaquer ce menu gastronomique.

Elle désigne la grosse poche de sandwich.

— Mais vas-y, je t'en prie.

Elle ne se le fait pas dire deux fois et mord avec appétit dans le pain croustillant.

— Hum, il est bon !

Georges l'imite et ne peut s'empêcher d'inspecter le contenu des placards et du réfrigérateur.

— Tu ne débranches jamais ?

Il ne peut répliquer, Dimitri et Remi font leur entrée dans la cuisine.

— Ah Patron, dit son jeune adjoint en attrapant un sandwich, imité par le gendarme, il y en a plusieurs disséminées un peu partout. Elles couvrent toutes les entrées possibles.

— Ça ne m'étonne pas. La maison de retraite est dans la même configuration.

Il narre brièvement ce qu'ont découvert les policiers présents sur place.

— Il avait tout prévu ce cinglé. Mon pote de la scientifique m'a dit que ça serait quasi impossible de retrouver les adresses IP. À son avis, il doit y avoir un relais wifi avec un modem caché quelque part. Indétectable, même avec du matériel pointu, du fait qu'il y a des modems partout aux alentours dans toutes les maisons avec les box des opérateurs. Il peut avoir piraté l'une d'entre elles à l'insu de son propriétaire. Il faudrait tomber dessus par hasard, ce n'est pas plus gros qu'une boîte d'allumettes.

— D'accord, d'autant plus que nous n'avons pas le temps et tout le personnel disponible est déjà surbooké. Le type a menacé Marion indirectement, donc elle reste avec moi. Je vais aller faire un tour au GQG, beaucoup d'infos m'y attendent. Tous les deux, vous attendez l'identité. J'aviserai de la suite en fonction de ce que je vais apprendre. Si je ne donne pas de nouvelles d'ici deux heures, vous revenez vers la maison de retraite, on s'y retrouvera. Nous allons essayer de le coincer autrement, tout le monde commet des erreurs et peut être en a-t-il déjà fait une, le tout est de découvrir laquelle. J'ai le sentiment qu'il veut jouer avec nous et qu'ensuite il veut se faire prendre.

— OK Patron, lui dit Dimitri. Mais vous aussi, soyez prudents dans ce cas.

L'inquiétude qu'il lit dans le regard du jeune policier le touche sincèrement.

— S'il avait voulu me faire du mal, il l'aurait déjà fait, je pense.

La circulation vers la grande ville était plutôt fluide en cette heure creuse, ils roulent en silence, chacun perdu dans ses pensées. De temps à autre, il croise le regard de la légiste, ses grands yeux noirs semblaient le transpercer jusqu'au tréfonds de son cerveau. Il sent les questions se bousculer au portillon, par moment sa bouche s'entrouvre, puis elle la referme après quelques secondes, semblant se raviser sans cesse.

— Dis-moi ce qui te tracasse, lui dit-il enfin, alors qu'ils s'engagent le long du canal du midi. Le GQG étant très proche maintenant.

— Tu as cédé plus vite que je ne m'y attendais. Pourquoi ?

— Je me suis dit que tu me harcellerais sans cesse jusqu'à ce que tu arrives à tes fins.

— Non, sois sérieux veux-tu !

— Tu es irrésistible. Et tu m'as charmé.

— Vrai de vrai ?

— Vrai de vrai.

Contrairement à son habitude, elle ne répond pas, semblant totalement bouleversée. Georges engage son véhicule dans l'hôtel de police à son emplacement réservé. Il arrête le moteur et attend un instant. Il lui saisit la main, la presse plusieurs fois. Elle réagit enfin, tourne vers lui un visage baigné de larmes.

— Tu fais de moi la femme la plus heureuse du monde à cet instant. Mais que vont dire tes collègues en nous voyant ensemble ? En plus, je pleure comme une madeleine.

— Oui, il faut que ça cesse immédiatement.

Son expression change brusquement, tels les masques des acteurs de théâtre de l'antiquité romaine. Sa bouche s'arrondit pour une question angoissée.

— Mais…

— Je me moque complètement de ce que peuvent penser mes collègues. Et je veux voir la jolie Marion, souriante, qui plaisante, rayonnante.

— Oh oui, pardon mon amour.

Ses larmes redoublent. Il sort un paquet de mouchoirs jetables du vide-poche, lui en déplie un.

Elle le saisit en hochant de la tête, le flot ne s'interrompt pas pour autant.

— Tu dois te dire que je suis complètement folle, dit-elle entre deux hoquets.

— Mais non, dit-il très sincèrement. Juste très émotive.

— Je t'empêche de faire ton travail en plus et je me donne en spectacle.

— En l'occurrence, c'est plutôt moi qui t'empêche de faire le tien. Allez, calme-toi, respire un bon coup. Tout va bien.

— Oui, tu as raison, tout va bien. Ça fait des années que j'attends ce moment. Et quand il arrive, je n'assure pas.

Georges est stupéfait, il s'était aperçu bien entendu qu'elle lui tournait autour depuis longtemps, mais avait pris cela pour un jeu de séduction, jamais il n'avait pensé que tout cela était bien sérieux, puisqu'elle était en couple. Devant son air surpris, elle rajoute.

— J'ai rompu avec Vincent pour pouvoir me rapprocher de toi.

Ses larmes ont cessé, elle le scrute intensément.

— Je ne lui ai jamais dit que c'était pour toi, je lui ai simplement dit que je ne l'aimais plus. Il voulait des enfants, moi non. Pas avec lui en tout cas. Maintenant, je suis trop vieille pour en avoir.

— Trop vieille ?

— Eh bien oui, j'ai 42 ans. Tu oublies que j'ai fait des études de médecine et que je ne connais que trop bien les risques encourus dans le cas d'une grossesse tardive. Mais quel âge me donnais-tu ?

— Dix de moins.

— Oh, c'est trop mignon. Tout ce que tu dis me fait craquer mon cœur.

Elle se colle contre lui, le couvre de baisers. Mais la position est malaisée, les véhicules n'étant pas prévus pour les étreintes passionnées de légistes amoureuses, se dit Georges avec humour.

— Il faut que j'y aille.

— Oui oui, bien sûr, excuse-moi. Je vais passer par les sanitaires, encore une fois, tu me rends dingue !

Georges se sent désarmé face à cette tornade, n'ose lui demander des précisions sur sa dernière phrase. Il se dirige vers le planton, celui-ci le salue, Georges lui serre la main, il n'aime pas ce cérémonial militaire.

— Tu me surveilles particulièrement les motos noires qui pourraient stationner à proximité.

— Bien Patron, répond le tout jeune policier.

Il pénètre alors dans le GQG, passe par l'accueil, comme d'habitude c'est une ruche bourdonnante d'activité. Ronan sort de son bureau en quatrième vitesse.

— Ah Geo. Viens dans mon bureau s'il te plaît ; alors, il consulte ses notes après s'être assis d'une fesse sur son fauteuil ; il y a un type qui t'attend en haut, un criminologue. J'ai aussi des infos sur un certain Benoit Loisel, je l'ai contacté, il a accepté de se déplacer jusqu'ici, il habite dans l'Aude, à côté de Narbonne. Il sera là dans l'après-midi. Ensuite, Bordato, pas de casier, un citoyen lambda, a fait son service dans l'armée de l'air, un planqué, mal noté, fainéant, rien de particulier, même pas une contravention. Ortega en revanche, un drôle de loulou, on ne compte plus les plaintes contre lui, ses ex, pour non-paiement de pension alimentaire, violences conjugales, etc., etc., il en a 3 tout de même des ex, ses anciens employés, pour non-paiement des indemnités après être passé aux tribunaux, aux prud'hommes, etc. Il a employé des clandestins, des types au black, il n'a pas payé les charges sociales à l'Urssaf, j'en passe, la liste est longue comme le bras, il a cependant réussi chaque fois à remonter une autre boîte. C'est peut-être ton client. Il est au frais, les collègues l'ont interrogé, n'a pas sorti un mot. Alors, après… ah oui, l'Attaché de direction de la maison de retraite souhaite un rendez-vous avec toi, il dit qu'il n'arrive pas à te joindre ?

— Ah bon ?

Georges vérifie son journal d'appel, mis à part le numéro inconnu, il n'a aucune trace d'un autre appel.

— Bon ensuite. Nous avons quelques infos sur les victimes, quelques gars les épluchent et cherchent des recoupements. Pour l'instant, mis à part, le fait qu'elles étaient collègues et Russes rien de nouveau. Le mari de la deuxième victime, Tamara, qui a eu un malaise à la maison de retraite, tu étais présent, il me semble, est au plus mal, les toubibs disent qu'il a été empoisonné.

— Je croyais qu'il avait eu une crise d'épilepsie ?

— C'est ce qu'ils croyaient aussi au début.

— Allons bon ! Je m'ennuyais un peu !

— Comme tu dis ! Sacrée affaire ! Tu arrives à t'y retrouver ?

Georges est plongé dans ses notes, qu'il vérifie à chaque nouvelle info, en complète certaines.

— Les maris des autres victimes ?

— Alors, celle de Muret… son mari est en voyage dans son pays d'origine, en Russie donc, sa mère est décédée. Nous essayons de le joindre. Pas facile ! La première victime de Toulouse, le gars est en déplacement, il est dans les travaux publics, nous avons joint l'entreprise parce qu'il ne répond pas à son téléphone. Il est dans les Pyrénées, il monte des canons à neige dans une station de ski, à Formigal, en Espagne. Quelqu'un doit aller le chercher, il n'a pas son permis.

— Bon.

— Comme tu dis, la deuxième victime de Toulouse, le mari a pu être joint, il devrait être ici dans peu de temps, il travaille dans une déchetterie vers les Sept Derniers. Après tout le monde continue le travail d'investigation, il nous faudrait des semaines et des dizaines de flics en plus pour abattre tout ce boulot.

— Oui, je le sais bien. Essaie de dresser des priorités. Je te fais confiance. Je vais voir le criminologue.

Marion est en grande conversation avec une fliquette de l'accueil, Georges fait un petit signe lui disant qu'il monte à son bureau. Il pense soudain à autre chose, qu'il doit demander à Ronan et retourne dans son bureau.

— Et l'Arménienne qui a disparu ?

— Divorcée, son mari serait au pays, on le cherche.

— Bon merci.

Négligeant l'ascenseur, qui vient pourtant de s'ouvrir devant lui, il franchit les marches quatre à quatre jusqu'au deuxième étage, où se trouve son bureau. Un homme plutôt replet l'attend sur les fauteuils mis à disposition des visiteurs dans le couloir. Il se lève avec un sourire cordial, lui tend la main.

— Commandant Rinaldi, enchanté de vous rencontrer, je suis Tristan Lambrecht, criminologue, expert auprès des tribunaux.

— Enchanté. Entrez. Il lui désigne un fauteuil devant son bureau. Asseyez-vous, je vous en prie.

— Merci Commandant.

— Appelez-moi Georges, je pense que nous devons avoir le même âge.

— Oui, je pense aussi oui, merci Georges. Appelez-moi donc Tristan.

L'homme est très sympathique et souriant, visiblement ravi d'être débarrassé du formalisme inhérent souvent à sa fonction dans les tribunaux.

— J'ai donc été contacté par le Procureur, il m'a transmis quelques éléments dans l'urgence la plus absolue. J'ai donc examiné les photos des scènes de crimes. Je peux déjà vous fournir une première indication. Le tueur est ce que les Américains appellent, un copycat, un imitateur. J'ai ici quelques photos qui étayent mon hypothèse.

Il sort de son attaché-case en cuir un dossier en carton, celui-ci contient une vingtaine de photos format A4. Ils les étalent sur le bureau en les tournant vers Georges. Leur contenu est particulièrement sordide, Georges ne les avait vues que sur son smartphone, malgré le fait qu'il en ait vu des centaines, voire plus dans sa carrière, il a un recul involontaire en voyant les détails horribles. Le criminologue l'observe et approuve en hochant la tête.

— Oui, elles sont dégueu, même moi dont c'est le métier et qui en ai vu des vertes et des pas mûres, comme l'on dit dans le langage courant, j'ai parfois du mal. Celle-ci en particulier. Mais je peux vous expliquer sans les photos si vous préférez ?

— Oui, sauf si c'est absolument indispensable.

— Oui sans problème. Bon alors, je vous disais donc que c'est un imitateur. Ce qui m'a frappé c'est que j'ai immédiatement reconnu des meurtres célèbres. Notamment le plus connu des meurtriers dans le monde occidental à ce jour, Jack l'Éventreur au 19e siècle. Pour ce qui est de son troisième pour être plus précis. Les deux mises en scène de Toulouse, parce que ce sont bien des mises en scène, dupliquent exactement les photos reproduites sur les livres traitant de la chose, il s'agit de deux copiés-collés, si je puis m'exprimer ainsi. L'assassin a exactement et précisément replacé les organes prélevés sur le corps, entre autres choses, il est inutile de rentrer dans les détails, je pense.

— Donc il n'a pas improvisé, il savait exactement ce qu'il allait faire.

— Oui.

— On a supposé que Jack l'Éventreur était médecin ou avait des connaissances anatomiques. Est-ce le cas de notre assassin ?

— Je ne peux pas être catégorique à ce sujet en l'absence des résultats de l'autopsie et à la simple vue de photos, aussi précises soient-elles.

— Donnez-moi juste votre impression.

— Je dirais que non. Encore une fois, l'autopsie nous en révélera davantage.

— D'accord.

Georges prend quelques notes au passage.

— Pour ce qui est du meurtre en bas de l'immeuble, il ressemble à l'assassinat d'une jeune infirmière par un schizophrène il y a quelques années dans la région. Le type sortait de l'hôpital psychiatrique local, l'hôpital…

— Marchant ?

— Oui, c'est ça Marchant. L'homme y faisait des allers-retours réguliers, était interné en phase de crise, puis comme souvent restriction de budget, les médecins essaient de faire de la place dans l'établissement, il a été déclaré non dangereux. Vous devinez la suite.

— Vous avez le nom du type et de son médecin ?

— J'étais sûr que vous me le demanderiez, j'ai donc préparé un petit mémo. Tout y est consigné.

— Ah parfait merci.

— Je vous en prie c'est mon boulot. Mais c'est très incomplet, il me faudra un peu plus de temps pour affiner.

— Je comprends, mais du temps nous en avons peu.

— Oui, je comprends également, dit-il avec un sourire. Pour ce qui est des 2 meurtres dans les cages d'escaliers… je suis un peu perplexe. J'ai retrouvé une scène semblable pour le second, mais c'est le premier qui m'intrigue…

— C'est-à-dire ? Précisez votre pensée.

— J'ai l'impression que ce n'est pas le même meurtrier. Des détails, mon expérience de ce genre d'affaires, des tueurs en séries, me font penser cela.

— Deux meurtriers ?

— Oui, j'en suis quasiment sûr.

— Le premier meurtre ne serait pas lié aux autres ?

— Si si, il est lié, incontestablement. Mais l'autopsie nous dira, j'en suis également certain qu'il y aura des différences subtiles.

— J'ai du mal à vous suivre.

— Oui pardon. Je crois que la première femme a été tuée par un proche. Son mari par exemple, ou son amant. Les autres sont l'œuvre d'un seul et même tueur, mais pas le mari ou l'amant. Cela serait un peu long à vous expliquer ou que vous compreniez mon raisonnement. Sans vous offenser.

— Il n'y a pas de problèmes, chacun son métier. Je fais confiance à votre expertise. Il faut que je tente de comprendre les motivations du tueur, des tueurs, pardon. Ça complique mon affaire, qu'il l'est déjà pas mal. Mais pourquoi cet enchaînement ? Le mari ou l'amant tue sa femme ou sa maîtresse. Comment et surtout pourquoi le second tueur va-t-il commencer sa série morbide ? Parce que le second, si j'ai bien compris, est un tueur en série, contrairement au premier ?

— Oui tout à fait. Pourquoi, c'est vous et l'enquête qui le révéleront. Comment ? Je vais tenter de vous l'expliquer, ou plutôt vous expliquer ce que les photos m'ont révélé, puisque pour l'instant je n'ai pu voir que ces preuves-là.

Georges est un peu désarçonné par l'homme. Il semble avoir une personnalité complexe sous sa bonhomie apparente. Il le faut sans doute, pour se mettre dans la tête de tous ces cinglés qu'il voit à longueur d'année.

— Je pense que notre tueur en série a dû observer, épier notre mari ou amant, être ami peut être même avec lui, ou alors il le connaît bien, un collègue ou une relation, avant de passer à l'acte. Vous n'êtes pas sans savoir que la science de la criminologie est comme une enquête de police, c'est lorsque nous le tenons, le coupable, que nous pouvons l'étudier pour avoir des réponses à toutes les questions que nous nous posons au préalable. Avant ce ne sont que des hypothèses.

— Oui, j'en conviens. Donc je dois chercher un proche du premier tueur ?

— Oui absolument. Encore faut-il que vous le trouviez ?

— Hum, j'ai ma petite idée.

Cela confirmait son idée première que c'était un meurtre passionnel. Les autres meurtres avaient brouillé les cartes. M'embrouillant à moi plutôt, se confirma-t-il.

— Voilà, j'espère avoir éclairé un peu votre lanterne.

— Oui merci.

— Avez-vous autre chose à me demander ? J'ai une audience au tribunal dans moins d'une heure.

— J'aurais des dizaines de questions. Mais d'abord, je vais lire votre mémo. J'ai un suspect à interroger.

— Le mari peut-être ?

— Oui.

— Je vous laisse, n'hésitez pas à me contacter. Sauf les deux prochaines heures.

— Oui merci Tristan.

Le criminologue rassemble ses affaires et se dirige vers la porte lorsque Georges l'interpelle.

— Attendez… pensez-vous que l'homme, le tueur, fait tout ceci pour attirer l'attention ?

— Oui, absolument.

Georges lui relate succinctement le contenu des quelques textos qu'il a reçus du numéro inconnu et les conclusions qu'il en a tiré.

— Ah, c'est intéressant. Je vais y réfléchir, mais il y a de fortes probabilités que le type s'intéresse à vous effectivement. Je regrette, dit-il en consultant sa montre, je n'ai pas le temps, mais après l'audience nous pourrions en parler plus longuement.

— D'accord, je vous rappelle.

Georges lit et relit le mémo, prend quelques notes en vue de l'interrogatoire du mari d'Irina, la première victime. Il est maintenant convaincu après avoir lu les théories du criminologue qu'Ortega est bien l'assassin de sa femme. Il fait quelques recherches sur internet, puis consulte des livres relatifs aux meurtres passionnels dans sa bibliothèque. Il y est mentionné que la jalousie ou la domination est le mobile le plus fréquent, cela il le savait déjà depuis longtemps, mais il cherchait en particulier pourquoi Ortega n'avait rien fait pour améliorer ou planifier son alibi. Surtout que l'homme est visiblement une crapule. Mais une crapule n'est pas forcément un assassin, d'autant plus que le meurtre de sa femme est particulièrement horrible, alors préméditation, coup de colère, ou autre chose. L'inconnue étant le tueur en série. Bon d'abord essayer de cuisiner le suspect. Il cherche sur le téléphone interne le numéro de Jean Louis, le « spécialiste » des aveux sur les suspects. Son numéro ne répond pas dans l'établissement, il essaie sur son téléphone portable.

— Oui mon ami Georges. Comment vas-tu ?

— Bien. J'ai un suspect qui t'attend.

— Ah super. J'arrive dans 15 minutes.

Jean Louis avait un don particulier, connu dans toute la région, spécialité officieuse, attaché au GQG, mais détaché régulièrement pour les interrogatoires de suspects. Il aimait ce rôle, qu'il prenait très au sérieux, rien chez lui n'effrayait le suspect, il endossait la plupart du temps le personnage du gentil, mettait les « clients » en confiance. Cela ne fonctionnait pas tout le temps, mais parfois cela éclairait les affaires compliquées. Perdu dans ses pensées, il sent brusquement une présence.

— J'ai frappé, Patron, mais vous n'avez pas fait attention, et comme la porte était ouverte.

Le policier qui était en faction à son arrivée attend timidement, debout devant son bureau.

— Ah, excuse-moi, il n'y a pas de soucis.

— Il y a une moto noire, avec un type assis dessus, à environ 100 mètres dans la rue.

Georges se précipite à la fenêtre, écarte doucement les stores. Le type est bien là, casqué, ganté, le regard braqué vers sa fenêtre, semblant le narguer. Il lève le bras, lui montre son téléphone dans la main, l'abaisse puis compose alors un texto après avoir retiré son gant. Aussitôt, son smartphone vibre dans sa poche, il le saisit et lit le message en le portant à hauteur de son regard, pour ne pas quitter des yeux le motard.

« C'est bien, vous vous rapprochez ». Dans l'instant, la moto démarre et passe à petite vitesse devant le GQG avant de disparaître à sa vue.

— Mais qui c'est ce type ? lui demande le policier qui a suivi toute la scène.

— Un sacré cinglé. Va inspecter le coin et regarde s'il y a des caméras de surveillance dans la rue et celles alentour. Tu visionnes toutes les vidéos et retransmets tout ce qu'il peut y a voir d'intéressant sur ce motard à Ronan. Fais-toi aider.

— Oui Commandant, répond le jeune flic, visiblement ravi de la mission qui lui est confié. Il disparaît en un éclair.

7
14 heures 30 – 15 heures 30

Véronique surveille la grande porte. Situé dans une avenue tranquille de la banlieue sud de Toulouse, l'immeuble banal et même plutôt tristounet devant lequel elle est garée est plutôt calme en ce début d'après-midi. Orientée, après des recherches infructueuses dans toutes les administrations et des dizaines de coups de téléphone, vers cette adresse, elle attend depuis une vingtaine de minutes dans son véhicule, à cette heure et dans la région toulousaine, qui plus est en zone urbaine, couverte de béton et de goudron, il commence à faire sérieusement chaud malgré les vitres ouvertes. En citoyenne responsable et écoresponsable ; elle ne veut pas laisser le moteur allumé pour avoir la clim, qu'elle déteste en plus, préférant avoir chaud. Elle voit enfin la personne qu'elle espérait, sortir, s'engager sur le trottoir et rejoindre l'arrêt de bus le plus proche. Quelque trois minutes plus tard, un bus s'arrête et à cette heure creuse elle se trouve être la seule occupante. Véronique le suit sans difficulté. Après environ une dizaine d'arrêts qui lui ont semblé interminables, elle la voit avec satisfaction descendre du bus et se diriger vers un café en bordure de l'avenue. Elle entre et disparaît derrière les vitres opaques de l'établissement. Véronique hésite quelques secondes, mais préfère attendre dans la voiture, a priori le café n'a pas d'autres sorties que celle qu'elle voit en façade. Elle repense à son idée d'aller chercher sur les réseaux sociaux russes. Un soir, invitée chez un ami de longue date, elle avait la connaissance de Véra, une Russe venant tout droit de la lointaine Sibérie, baragouinant un français très approximatif. En fin de soirée, elle parvenait enfin un tout petit peu à la comprendre grâce aux quelques mots et expression de russe qu'elle connaissait, elle avait fini par lui montrer son appartement sur un réseau social russe, genre Facebook. Les Russes étaient, semble-t-il, fans de déco très kitch, c'est à celui qui en ferait le plus dans la démesure. Mais c'était aussi un moyen pour la diaspora russe de communiquer entre elles. C'est à cela qu'elle avait pensé, se disant que la Directrice n'avait peut-être pas totalement coupé ces liens nationaux. La chambre dans la maison de Vernel l'avait fait pencher vers cette hypothèse, contrastant avec le reste de la maison. Quelques minutes à peine lui avaient suffi pour entrer avec le mot de passe de Vera. Elle avait une bonne mémoire photographique, et excellente quant au mot de passe et autre code. La déformation professionnelle et son passé d'agent d'infiltration de la DST l'avaient fait machinalement mémoriser le mot de passe de Véra. Et bingo ! En cherchant un peu au hasard, elle trouva des photos de la chambre, elle n'avait pas pu résister à dévoiler cette partie de sa personnalité ! Tout le monde fait des erreurs, même les mieux entraînés à la vie clandestine, il suffisait de chercher un peu. Bien entendu aucune photo d'elle ni de renseignement précis, mais des conversations avec une certaine Maia de Toulouse.

C'est cette Maia qu'elle a décidé de suivre. La Directrice étant aux abois, elle pouvait très bien demander de l'aide à celle avec qui elle semblait si proche. Et là encore re bingo ! Elle reconnaît malgré une perruque et des vêtements trop grands, la Directrice suivant son amie vers l'arrêt de bus. Véronique se remet en filature du transport en commun et les voit toutes les deux entrer dans l'immeuble. Que faire dans l'immédiat ? L'arrêter immédiatement ? Non, je vais la surveiller et prévenir le Patron, si pour une raison ou une autre je la perds de vue, je ne la retrouverais plus. Elle appelle Georges.

— Patron ?

— Oui.

— J'ai retrouvé la blonde.

— Ah parfait ! Où est-elle ?

— À Toulouse, elle entre à l'instant dans l'immeuble d'une de ses amies russes.

— Très bien. Pour l'instant, tu la surveilles. Dès que je peux, j'arrive. Envoie-moi l'adresse par SMS.

— OK.

— Bon boulot Véro.

— Merci Patron.

Satisfaite, elle raccroche. Le Commandant étant plutôt avare de compliments et de paroles tout court, ne parlant que pour l'essentiel, à savoir le boulot. Jamais un mot sur la vie privée, la politique, la religion, les tendances sexuelles des uns et des autres. Un type bien. Si je ne préférais pas les femmes, cela aurait pu être un mari idéal. Gentil, humble, discret. Les qualités qu'elle préférait dans le genre humain. Elle se remémore sa première rencontre avec lui, deux ans auparavant.

Le bâtiment de police en impose, accroché au bord du canal du midi, en plein centre de Toulouse. Il est tout de même laid ce truc, se dit Véronique, elle stoppe sa marche quelques secondes pour le regarder. Plein d'angles biscornus et d'arêtes vives, il doit effrayer les prévenus, peut-être l'effet voulu par l'archi. Non ce n'est pas possible, le type a dû gagner le concours, non, mieux, filer une enveloppe a un élu. Comme dab. Tous les bâtiments modernes sont semblables à celui-ci, le béton apparent, brut, très moche je trouve, du verre et des barres d'aciers. Esthétique dans un certain sens, mais pas du tout bio climatique. Tout ça, c'est écœurant, avec le réchauffement climatique, les clims et autres appareils électriques, soi-disant économiseurs d'énergies, se multiplient. Économies d'énergies, tu parles ! Énergivores plutôt ! Juste bon à enrichir les actionnaires de l'EDF, ces boîtes en fer qui en plus ressemblent à des verrues disgracieuses à l'extérieur des bâtiments et sont bruyantes. Que du bonheur tout ça !

Après avoir demandé où était le bureau du Commandant Rigacci, montré sa convocation et sa carte de police à l'accueil, elle monte par l'escalier jusqu'au deuxième étage. Un bruit de lutte, des cris étouffés, la met immédiatement en garde, il se passe quelque chose d'anormal au bout du couloir, précisément à l'endroit que lui a indiqué le flic de l'accueil, où se trouve le bureau du Commandant. Elle déverrouille son arme de service, enlève la sécurité, la replace dans son étui, mais garde la main dessus, prête à dégainer. Elle s'approche à pas de loup, jette un œil rapide dans le bureau, un gros type rougeaud, sanguin, dans la cinquantaine, renverse tous les meubles en criant des obscénités. Elle ne voit pas le Commandant, en revanche des menottes sont accrochées à un seul poignet du gros type. Sans hésiter elle se précipite sur lui, un prévenu qui s'est libéré et est hors de contrôle, c'est dans ses cordes. En une fraction de seconde, le type est au sol, une clé de bras l'immobilise, elle croise son regard incrédule d'abord, puis rapidement fou de colère.

— Vous allez me lâcher espèce de cingl… il ne peut en dire plus, une pression sur son bras et un genou sur la gorge lui fond lâcher un gargarisme comique. Elle le change de position sans effort malgré les quelque 130 kilos du type, estime-t-elle, et le remenotte, lui arrachant des plaintes.

Satisfaite, Véronique regarde autour d'elle, examine la pièce. Elle a la stupéfaction de voir le Commandant Rigacci, le reconnaissant d'après des photos, appuyé au mur de droite, un sourire aux lèvres.

— Belle démonstration. Véronique Roussel, je suppose ?

— Euh… oui. Bonjour Commandant. Ça… ça va ? J'ai cru que vous étiez en difficulté avec un prévenu ? Ce n'était pas le cas peut-être ?

Elle commence à avoir un sérieux doute. Nouveau sourire énigmatique du policier.

— Je gérais la situation, effectivement. Je vous présente le Commandant Mangin, du grand banditisme.

Véronique, bouche bée à présent, regarde le gros type au sol, puis le Commandant Rigacci, à nouveau le gros type menotté.

— Ah… mais je… je ne pouvais pas savoir qui c'était… il avait des menottes et…

— Ne vous inquiétez pas, le Commandant Mangin s'est un peu énervé tout simplement.

— Ah.

Elle ne sait que dire, la situation devenant ubuesque.

— Enlevez-lui les menottes.

Elle obtempère, se disant que cela risque fort d'être son premier et dernier jour avec le légendaire Commandant. Mangin se relève péniblement, son premier réflexe est de se jeter sur la jeune femme avec l'intention évidente de l'étrangler. Elle l'évite avec souplesse, vient se coller contre Georges.

— Dites-lui d'arrêter s'il vous plaît Commandant, je ne veux pas lui faire mal.

— Ça suffit Mangin, sors de mon bureau.

— Rigacci, un jour je te réglerais ton compte.

Le type en bave de colère, ses yeux sont exorbités.

— Tu vas avoir un AVC, c'est tout ce que tu vas y gagner. Sors.

Il est d'un calme olympien, seule une de ses paupières frémit légèrement. À regret, le gros policier se retourne, envoie néanmoins le fauteuil valser contre le mur. Il sort du bureau, mais reviens une seconde plus tard, le doigt pointé vers Véronique.

— Toi sale goui…

— Ferme la Mangin, dit Rigacci d'un ton sec. Et ferme aussi la porte en sortant.

Mangin s'exécute, mais avec un regard de haine intense. Ébahie, Véronique fixe le Commandant qui commence à remettre de l'ordre dans son bureau, calmement.

« Ce n'est pas vrai, c'est la réincarnation de bouddha ce type ! »

— Redressez le fauteuil et asseyez-vous s'il vous plaît, demande-t-il à Véronique d'une voix posée.

— Mais Commandant, expliquez-moi ce que voulait ce… cet homme.

— Ça fait des années qu'il me cherche des noises. Mais pas seulement à moi. Vous n'aurez aucun ennui, ne vous inquiétez pas. Il faut rester calme avec lui, c'est la seule solution, tout le monde le connaît.

— Vous n'allez pas faire de rapport ?

— Bien sûr que si, il est allé trop loin cette fois-ci.

— Ah bon. Mais qui lui avait mis les menottes ? Vous ?

— Non, lui-même.

— Mais pourquoi ?

— Il voulait me faire sortir de mes gonds.

— Pour que vous le frappiez ?

— Oui.

— Il savait que j'avais rendez-vous avec vous ?

— Oui.

— Mais, vous saviez donc que j'allais sans doute agir.

— Oui, vous avez été efficace.

— C'était un test ? Vous vous êtes servis de moi ?

— C'est ce que vous pensez ?

— Eh bien, ça m'en a tout l'air.

— Encore une fois, vous réagissez positivement. Je n'aime pas la langue de bois. Non, je ne me suis pas servi de vous, c'est un concours de circonstances. Vous étiez en avance, j'espérais qu'il se calme avant votre arrivée. Bon, l'incident est clos, je vous prends dans mon équipe. Vous aurez sans doute la visite de l'inspection générale pour l'enquête. Nous travaillons tous à faire mettre Mangin en retraite anticipée. Depuis qu'il a perdu sa femme, il est hors contrôle.

Deux ans s'étaient écoulés depuis cet incident et elle travaillait en étroite collaboration avec le Patron, comme tout le monde l'appelait. C'était un plaisir de faire un boulot qu'elle adorait, avec des collègues qu'elle appréciait. Tout le monde savait qu'elle était homosexuelle, elle ne s'en était jamais caché, elle était acceptée en tant que telle et elle était épanouie. Bref, tout allait bien, et cela grâce à Georges. Véronique aurait aimé avoir un père tel que lui, ayant malheureusement perdu le sien très jeune. Pour combler ce manque affectif, elle s'était lancée dans les études à corps perdu, certains se noyaient dans l'alcool ou la drogue, ou toute autre forme d'autodestruction. Plus tard, l'armée, les forces spéciales, lui avaient apporté ce frisson qu'elle recherchait en permanence. Depuis son arrivée dans la police, les poussées d'adrénaline étaient plus espacées, mais le plaisir d'enquêter apportait une alternative intéressante. Son profil faisait qu'on lui confiait des missions plus risquées que ses autres collègues, en solo la plupart du temps. Bref, c'était le pied !

Georges descend en trombe l'escalier, se précipite dans la rue. Évidemment, la moto n'est plus en vue. Deux policiers à moto discutent sur le trottoir, ils le saluent en le reconnaissant.

— Les gars, il y a une moto noire avec un motard tout noir des pieds à la tête également, qui vient de passer, il faut que vous essayiez de me la retrouver. Le type est dangereux et armé.

— Doit-on l'arrêter ?

— Si vous pouvez oui.

— OK, on y va.

— Je vous suis dès que j'ai trouvé un véhicule.

Il revient en courant et traverse le hall pour se retrouver derrière le bâtiment où est situé le parking et le garage des véhicules de patrouille. Il entre en trombe dans le bureau du préposé aux différents véhicules.

— Geo ? lui dit Roland, un ancien, proche de la retraite.

— Qui est dispo, là de suite ?

— Alors, il consulte son registre. Sylvain est en attente. Il doit être proche de sa voiture en principe. SYLVAIN, crie-t-il en faisant deux pas pour se trouver ainsi dans le garage attenant.

— Oui, répond une voix toute proche.

— Urgence avec le Patron.

— OK.

Une voiture de patrouille s'avance en trombe quasi instantanément.

— Tu as de la chance Geo, c'est un as au volant ce jeunot, lui dit Roland avec un sourire.

— Très bien, allons-y Sylvain, dit Georges en montant côté passager. Merci Roland.

En passant sous le porche qui traverse l'hôtel de police, le jeune policier est sorti dans la rue et les regarde arriver.

— Attends, stoppe une seconde. Monte derrière gars, lui dit Georges. Tu es équipé ?

— Oui Patron.

Le jeune est radieux en s'installant dans le véhicule de patrouille.

— Allez, on y va.

Il saisit le micro.

— Ici véhicule de patrouille 387, Commandant Rigacci au micro. Où en êtes-vous les gars, de la recherche de la moto ?

— Ici Brigadier Lucas. Rien pour l'instant. Non, pardon, attendez… oui, je viens d'apercevoir une moto noire, elle remonte l'avenue de la Gloire. Je tente de me rapprocher, elle ressemble à celle que vous m'avez décrite. Oh ! Je crois qu'il nous a repérés, il vient d'accélérer comme un fou. Nous tentons de le suivre.

Georges consulte l'écran routier du tableau de bord.

— Allume tout et fonce, on remonte vers le boulevard des crêtes.

— OK Patron, accrochez-vous.

Commence un gymkhana effréné dans les petites rues, le jeune sait effectivement tenir un volant, la voiture, une Mégane toute neuve, rugit comme un fauve à chaque sollicitation de son conducteur, visiblement très à son aise.

— Tu es pilote ?

— Oui, je fais des rallyes en amateur.

— Je comprends mieux.

Georges essaie d'envoyer un texto à Marion, chose peu aisée avec les secousses du véhicule. Il profite d'un petit répit alors que Sylvain trépigne d'impatience en attendant que la voie se dégage à un feu.

« Reste avec Ronan dans son bureau stp » « À vos ordres Monsieur le Commandant » Réponse ironique et pleine d'humour de l'intéressée, fidèle à elle-même, qui lui arrache un sourire.

— Ce type est fou, annonce le Brigadier à moto. Il prend des risques insensés. Et sa moto doit avoir un moteur gonflé, dès qu'il accélère, il nous met 300 mètres dans la vue. Et ce n'est pas un amateur sur une bécane.

— C'est-à-dire ?

— J'ai rarement vu un motard aussi bon. On dirait un pro.

Georges appelle le poste de Ronan, qui, miraculeusement, n'est pas occupé.

— Ronan, fais-moi une recherche sur un ancien employé de la maison de retraite qui serait un ancien pilote de moto, ou encore en activité.

— Geo, tu sais qu…

— Priorité absolue.

— C'est toi le patron.

— Passe-moi Marion, elle devrait être avec toi.

— Oui Commandant, répond-elle d'une voix très professionnelle.

— Tu restes avec Ronan n'est-ce pas ?

— Mais bien sûr Commandant, ajoute-t-elle sur le même ton.

Georges raccroche et songeur, se dit qu'elle est irréprochable, suit ses directives à la lettre, sans broncher, ni protester. Une Marion sérieuse ? Est-ce possible ? Serait-ce parce que nous sommes ensemble ?

— Il rejoint le périphérique, direction Narbonne. Avec cette bécane il va nous semer c'est sûr. Non ! Il y doit y avoir un accident sans doute, la circulation est arrêtée. Oh là là ! Il rase les voitures à 200, facile !

— OK, ralentissez, c'est trop dangereux pour les usagers. Nous sommes presque sur le périph. Tâchez de nous ouvrir la route.

— Nous l'avons perdu de vue.

— Ici Commandant Rigacci. Toutes les patrouilles se trouvant au sud de la ville, convergez hauteur Langlade pour tenter d'intercepter une moto noire roulant à vive allure.

Il appelle ensuite le Lieutenant Mathieu.

— Ici Georges Rigacci. Pouvez-vous m'avoir un hélico de la gendarmerie immédiatement ? Peut-être l'obtiendrez-vous plus vite que moi ?

— Je vais essayer.

Tandis que la voiture de police se fraie difficilement un chemin entre les milliers de voitures à l'arrêt, le motard semble se diriger vers le sud. Peut-être revient-il dans le secteur de la maison de retraite, se dit Georges tout en envoyant un texto à Dimitri.

« Le motard nous a échappé, il semble venir vers toi »

Il reçoit un appel du Lieutenant Mathieu.

— Georges, j'ai réussi à joindre un hélico qui venait de décoller pour une mission de surveillance au-dessus de l'autoroute direction Tarbes. Pour l'instant, ils n'ont rien vu. Je leur ai dit de vous joindre directement sur votre téléphone…

— Merci. Je serais là dans peu de temps et…

La radio de bord l'interrompt.

— Ici, patrouille 152, venons d'apercevoir la moto noire filant à toute allure sur la rocade direction Muret à hauteur de l'embranchement de Cugnaux.

Ils viennent de passer le lieu de l'accident, deux voitures se sont percutées, simple bris de verre et tôle légèrement froissée, mais bouchon monumental. Sylvain appuie sur le champignon, les bas-côtés défilent à toute vitesse, scotchés à leurs sièges par la puissante accélération, Georges s'étonne de la puissance du véhicule, ce n'est pas lui qui s'occupe de l'intendance, mais il lui semble bien que les modèles utilisés sont des voitures de série.

— Elle est d'origine cette voiture ? demande Georges au conducteur qui a le sourire aux lèvres.

— Eh bien… j'ai demandé à un copain de reprogrammer les voitures du parc.

— Ah ! Efficace. Mais c'est légal ?

— Tout à fait Patron. Le moteur fait maintenant 260 chevaux. C'est un peu juste, mais c'est mieux que la puissance d'origine, avec ce genre de moteur on ne peut avoir guère plus. Pour l'instant.

— Un peu juste ? Pour l'instant ?

— Oui, mon pote va avoir un nouveau logiciel. On devrait gratter 20 ou 30 chevaux de plus.

— Mais Roland sait tout ça ?

— Bien sûr, je lui ai demandé l'autorisation, puis il a demandé à sa hiérarchie, qui a accepté.

— Il va falloir former les gars à cette puissance.

— C'est en cours. Tout le monde prend des cours de pilotage.

— Ah bon ? C'est encore toi qui l'as demandé ?

— Oui… il ne fallait pas ?

— Si si, excellente initiative.

Ces jeunes sont vraiment motivés, après on dit du mal des fonctionnaires, se dit-il, enthousiasmé par l'entrain et la conscience professionnelle de son équipe.

— Et quel est le coût de cette opération ?

Il sait que les budgets sont souvent serrés et est également surpris que cela ait été accepté par les instances supérieures.

— Eh bien, normalement c'est 500 euros par véhicule. Mais comme mon pote en a fait une douzaine, il a fait un prix à la police. 250 seulement.

— Très bien. La mécanique va tenir ?

— Disons qu'il ne faut pas rouler à ce train-là en permanence. Sur une voiture préparée pour les rallyes ou les courses de côte, on améliore aussi le refroidissement, les suspensions, le freinage.

— Donc tout cela est en prévision.

— Euh… oui. Comment vous ? Non, ne me dites rien. Vous êtes officier.

Son téléphone sonne.

— Commandant Rigacci. Ici la brigade héliportée. La moto recherchée vient de sortir de la rocade direction Roqueserres. Nous l'avons perdu de vue à l'entrée de l'agglomération. Devons-nous rester sur zone ?

— Oui, je vais faire bloquer la commune.

Il appelle immédiatement le Lieutenant Mathieu.

— Rémi, j'ai besoin de vous pour faire établir des barrages routiers à Roqueserres. Toutes les routes doivent être bloquées et surveillées.

Contrôle d'identité et des allées et venues également, fouille des véhicules, etc., etc., la totale.

— Bien, je m'y mets immédiatement.

— Arrête-toi-là, Sylvain, dit-il en lui désignant un petit chemin qui dessert un champ. Non à la réflexion, mets-toi en travers de la route. Sortez vos armes lourdes et contrôlez tous les véhicules.

Pendant que les deux policiers se mettent en place, il descend du véhicule. Il n'a pas choisi l'endroit par hasard, à environ 7 ou 800 mètres, il peut apercevoir tous les bâtiments de la maison de retraite. Un grand champ seulement sépare les dernières maisons de Roqueserres de cette dernière. Tout est calme, aucune activité à l'extérieur, la chaleur est maintenant intense et tous les résidents sont au frais à l'intérieur. C'est l'arrière de l'établissement qu'il aperçoit, sur le côté gauche, il voit la maison vide avec sa petite clôture qu'il est allé voir de près ce matin. De nombreux sentiers serpentent jusqu'à la banquette en herbe sur lequel il se trouve. Se pourrait-il que le tueur soit passé par là ?

Un brusque coup de frein le fait sursauter. La voiture, arrivant de la commune, s'arrête in extremis devant la voiture de police.

— Non, mais c'est quoi ce bordel ? Je vais être en retard avec vos conneries, crie le type en baissant sa vitre côté passager.

— Calmez-vous Monsieur s'il vous plaît. Simple contrôle d'identité, lui dit Sylvain.

— Je me calme si je veux. Laissez-moi passer.

Avant que Sylvain s'agace et que la situation ne dégénère, Georges s'approche, montre sa carte tricolore à l'excité sans faire le tour.

— Police Monsieur. Descendez du véhicule et montrez-nous vos papiers d'identité s'il vous plaît.

Le type hésite, son attitude montrant plus de peur que de surprise. À regret, il finit par ouvrir sa portière, les deux jeunes policiers ont levé leurs armes, Sylvain a fait le tour côté conducteur et braque maintenant l'homme qui n'est toujours pas descendu de son véhicule, pendant que le policier plus jeune le tient en joue à travers le pare-brise.

— Levez les mains, sortez et mettez-les sur le capot !

— Et attendez, vous faites quoi là ?

On perçoit maintenant de la peur et de l'affolement dans son attitude et sa voix.

— Sortez vite !

Voyant les canons des fusils d'assaut dirigé vers lui, l'homme obtempère, et tremblant lève les mains.

— Arrêtez, arrêtez, regardez je sors.

Pendant que son collègue le surveille, Sylvain fouille l'homme. Son hochement de tête signifie à Georges qu'il n'est pas armé.

— Vos papiers s'il vous plaît, lui répète Georges. En s'approchant, il le détaille des pieds à la tête, vêtu d'un short crasseux et d'un vieux tee-shirt tout troué, il repère dans son regard fuyant un petit quelque chose que l'homme veut cacher.

— Ils sont dans la voiture.

Il a détourné la tête tout en parlant. Georges comprend alors que l'homme est certainement ivre et qu'il ne veut pas qu'il sente son haleine.

— Où allez-vous ? Monsieur ?

— Jardel. Christian Jardel A mon boulot à Pin-Muralet.

— Quelle sorte de travail Monsieur Jardel ?

— Je suis cariste chez le marchand de matériaux, Rizzo, là, pas loin.

Sylvain a trouvé son portefeuille dans le vide-poche côté conducteur, il le tend à Georges qui immédiatement le rend à son propriétaire.

— Sortez vos papiers s'il vous plaît.

Jardel obéit, les mains tremblantes. Visiblement, c'est un alcoolique, se dit Georges en lisant sa carte d'identité.

— Votre permis ?

Georges suppose qu'il ne l'a plus.

— Je ne l'ai pas, répond-il la tête basse, confirmant ses soupçons.

— Suspendu ?

Il hoche la tête. Dépité ou honteux, se demande-t-il.

— Je ne peux pas vous laisser repartir, en voiture du moins, vous roulez à vitesse excessive, ivre et sans permis qui plus est. Et agressif de surcroît. Il faut vous faire soigner Monsieur Jardel. Vous comprenez ?

— Je vais perdre mon boulot.

— Pas forcément. Georges est pris de commisération devant cet homme. Allez-y à pied. Vous direz que votre voiture est tombée en panne.

Jardel relève la tête, surpris de la tournure des évènements.

— Merci, dit-il simplement.

Il file à toute vitesse, sans demander son reste.

— Gare sa voiture dans le champ, Sylvain. Ferme-la à clef et donne-les-moi ensuite. Vous restez là tous les deux, je vais passer par le champ pour aller à la maison de retraite. Quand les gendarmes vous auront relevés, vous viendrez m'y rejoindre, dit-il aux deux jeunes flics.

Georges suit alors un petit sentier qui longe le champ, les côtés sont jonchés de déchets en tout genre, cela l'irrite comme à chaque fois qu'il constate ce genre d'incivilité. Lorsqu'il était enfant, et même plus tard dans ces jeunes années, on ne voyait pas toutes ces saletés, cette pollution visuelle, intolérable à ses yeux. Le phénomène a environ dix à quinze ans. Mais pourquoi les gens font-ils cela ? C'est si simple de garder ses papiers ou autres emballages dans ses poches et de les jeter ensuite dans une poubelle. Tout en se disant cela pour la millionième fois, il inspecte méthodiquement chaque mètre carré à la recherche d'un quelconque indice. De temps à autre, il promène un regard circulaire, mémorisant chaque détail de son environnement. Il longe maintenant l'arrière du lotissement le plus proche de la maison de retraite. Une dizaine de maisons plus tard, il pénètre sur l'aire enherbée de l'établissement sans avoir rien vu qui aurait pu attirer son attention. L'assassin a dû entrer par la grande porte, se dit-il. Ce matin, quand il m'a échappé, il a dû rester dans l'établissement. Le personnel étant composé à 99 pour cent de femmes, les deux gars de la maintenance n'étaient pas arrivés, les peintres ne sont pas venus travailler non plus, les kinés sont aussi des femmes, il ne reste que les visiteurs, les intervenants extérieurs. Mais il est facile d'entrer sans être vu en passant par les cuisines, mais les portes sont fermées la nuit par les veilleurs, les issues de secours ne s'ouvrent que de l'intérieur, à moins bien sûr, que Bordato ait donné une clef au type. S'il est passé par l'arrière comme je le fais en ce moment, personne n'a pu le voir.

Tout en réfléchissant, il ouvre la porte de service et entre dans les cuisines, désertes à cette heure-ci. Les fenêtres donnent sur le parking des employés, une grande cour goudronnée et sur le champ qu'il vient de longer. Les femmes des cuisines commencent tôt le matin, si quelqu'un d'inconnu était passé par là, il y a de fortes probabilités qu'elle l'ait vu. Leur plan de travail faisant face à la cour, il avait pu les voir le matin même lever la tête de leurs taches alors qu'il inspectait les abords. L'une d'entre elles, vraisemblablement curieuse, l'avait longuement observé. Son témoignage n'avait rien apporté, comme la totalité des témoignages, personne n'avait rien vu d'inhabituel. L'assassin était donc un habitué des lieux, connaissant parfaitement l'emploi du temps de ses occupants, employés et intervenants compris.

Soudain, il pense aux webcams. L'homme a très bien pu s'en servir pour se déplacer sans être vu de quiconque, en mettant une application sur un smartphone par exemple, il sait que ça existe pour la surveillance des jeunes enfants. Il doit faire relever leurs positions exactes, de la sorte peut-être arrivera-t-il à retracer les horaires et déplacements du tueur. Il se dirige alors vers le secrétariat pour tenter de retrouver Morin.

C'est l'heure du goûter pour les résidents, ils sont tous attablés dans un silence quasi religieux devant leurs chocolats au lait, yaourts et autres madeleines, l'affaire paraît sérieuse. L'un d'entre eux est déjà dans le couloir, visiblement plus rapide et alerte que les autres, il s'aperçoit soudain de la présence de Georges non loin de lui.

— Ah, vous êtes sans doute le policier ? lui demande-t-il avec un sourire.

— Effectivement. Commandant Georges Rigacci.

— Ah, enchanté mon Commandant, André Bozarelli pour vous servir, répond-il en lui tendant la main. Georges lui sert, il a une poigne plutôt ferme. Grand et encore solidement bâti, il a un regard franc et lucide, pour autant qu'il puisse en juger.

— Commandant suffira.

— Ah oui, bien sûr. Je voulais justement vous parler.

— Oui Julie, la secrétaire me l'a dit ce matin. Mais désolé, j'ai dû partir en urgence.

— Aaaah ! la charmante Julie. Oui oui bien sûr je comprends que vous soyez très occupé avec cette sale affaire. Avez-vous quelques minutes à m'accorder dans ce cas ? Je pense que ce que j'ai à vous dire est important concernant les assassinats de ces pauvres filles.

— D'accord, suivez-moi, dans le bureau du Docteur Doussart dans ce cas.

— Alors voilà, commence André, la petite Irina, avec qui je m'entendais très bien, était une jeune femme belle, intelligente, très très charmante. En plus, son accent était délicieux.

Ses yeux pétillent, l'homme semble être un amateur de femmes.

— Lorsqu'elle travaillait le dimanche, elle venait faire le ménage dans ma chambre ; c'est moi qui lui avais demandé. Bien entendu, elle n'avait pas le droit, je lui donnais un billet, voyez-vous. Cela restait entre nous. Je dois vous avouer que je prenais du plaisir à la regarder, rien de plus, je la respectais, elle le savait et c'est aussi pour ça qu'elle avait accepté de venir dans la chambre d'un vieil homme comme moi. Je suis à un âge, voyez-vous, ou on n'a plus que le loisir de regarder les belles femmes. Et peu à peu, nous nous sommes liés d'amitié. À la fin, elle ne faisait même plus le ménage, nous buvions du thé en mangeant des biscuits et tout en parlant de choses et d'autres. Enfin bref, un jour j'ai osé lui poser la question.

— Comment une femme belle, intelligente et visiblement cultivée telle que vous en est arrivée à faire le ménage dans une maison de retraite ?

— Mes diplômes d'infirmière ne sont pas reconnus en France et cela me fait du bien d'échapper à mon mari.

— Ah ? Il vous maltraite ?

— Non, mais il est bizarre par moment. Et puis un de ces amis vient parfois à la maison. Celui-là il me fait peur, il est poli, gentil, mais son regard me fait froid… froid dans… corps ? Comment vous dites en français ?

— Froid dans le dos ?

— Oui, froid dans le dos.

— Qui est cet homme ?

— Il vient ici, je le vois, il…

— Et là, je n'ai jamais su qui c'était, puisque quelqu'un est venu taper à la porte. Elle a sursauté et a filé se cacher dans la salle de bain. C'était juste l'infirmière qui me portait mes cachets puisque je n'étais pas descendu au goûter. Quand l'infirmière est repartie, je suis allé taper à la porte de la salle de bain, elle n'a pas répondu, je l'ai appelé plusieurs fois puis j'ai fini par ouvrir tout doucement, je ne voulais pas la surprendre, voyez-vous, dans une situation délicate. Elle était debout au milieu de la salle de bain, terrifiée, elle tremblait comme une feuille. J'ai tenté de la rassurer, lui disant que ce n'était que l'infirmière, qu'elle était venue seule et qu'elle était repartie. À contrecœur, elle a fini par sortir, et est partie en oubliant ses affaires. Qui sont encore dans ma chambre, je n'en ai parlé à personne.

— L'avez-vous revue entre temps ?

— Hélas non la pauvre ! Cela s'est passé dimanche dernier, elle n'est pas revenue pendant quelques jours.

Ses yeux deviennent humides, il ne peut contenir son émotion, sort un grand mouchoir à carreau de sa poche et s'essuie les yeux avec.

— Veuillez m'excuser, j'aimais beaucoup cette petite Russe. Elle va me manquer.

— Je vous en prie.

Il attend quelques minutes avant de lui poser une nouvelle question.

— Vous a-t-elle parlé d'autre chose qui pourrait m'intéresser ?

— Eh bien… rien de vraiment important, je pense… ah si, peut-être. Un jour, elle m'a dit en parlant d'Hélène.

— Cette femme ne dit pas la vérité.

— Ah bon, à propos de quoi ?

— De son passé.

— C'est tout ce qu'elle a voulu me dire. Je pense que ça lui a échappé, elle s'en est voulu par la suite. Comme à son habitude, elle fuyait après la conversation.

— Vous a-t-elle parlé des relations avec son mari, autre que ce que vous venez de me dire ?

— Non, elle parlait très peu d'elle. De la pudeur, je pense. Voyez-vous, elle n'était pas appréciée par la majorité des autres femmes. Comme je vous l'ai déjà dit, c'était une très belle femme, beaucoup étaient jalouses, elle l'appelait Barbie. Elle était plutôt timide et certaines prenaient ça pour du dédain.

— C'est elle qui vous l'a dit ?

— Non, c'est ce que je ressentais. Il y a une histoire notamment, qui illustre bien mes propos. Un homme du premier, complètement gâteux, mais les mains baladeuses, a un jour touché les seins d'une femme qui s'occupe d'elle, une Malgache, disons, pas très jolie et plutôt bête, voire complètement idiote. Elle a fait un scandale, est allée voir Hélène, etc., etc., Irina n'a pas, disons, compatis, quand elle l'a interpellée pour lui crier sa colère, en plein milieu du couloir, elle a plutôt essayé de minimiser, lui disant que Rambo, c'est ainsi que toutes surnomment Monsieur Romboloni, parce qu'il casse tout le mobilier de sa chambre, n'avait pas conscience de ce qu'il faisait. Mais l'autre est tellement bête et faiseuse d'histoire, qu'elle s'en est offusquée, elle a, et heureusement pour elle dans un sens, la naïveté, dirais-je, de croire qu'elle est attirante. Cela se passait dans le couloir, les deux peintres qui travaillaient dans la chambre à côté, avaient entendu ses propos et se tordaient de rire. Il la surnomme la guenon.

— Ce n'est pas très gentil ça, s'amuse Georges.

— Oui surtout pour le singe.

Ils rient tous les deux.

— Nous avons parlé un jour de cet incident, quelques semaines après. Dans le couloir, on entendait la Malgache, Marie José, invectiver quelqu'un, faisant des histoires pour des queues de cerises, comme chaque fois qu'elle était présente.

— Elle n'a pas été très gentille avec vous l'autre jour à propos de Monsieur Romboloni, je l'ai entendue. Difficile de ne pas l'entendre, d'ailleurs. – Cette femme est très bête, une prise débranchée et elle crie pour faire changer le lit, sa cousine est l'infirmière-chef, sinon elle n'aurait jamais été embauchée, m'a-t-elle répondu. Puis sur le ton de la confidence et très sérieusement, elle a ajoutée. – Qui à part Monsieur Romboloni a envie de toucher sa poitrine ?

J'ai compris plus tard qu'en Russie, la beauté est un fonds de commerce, si on est belle on a un avantage, sinon on se trouve un mari et on fait profil bas.

— C'est quand même de la discrimination.

— Disons qu'il faut lire entre les lignes. Quand on est moche, on se tait.

Georges commence à comprendre le point de vue des autres femmes côtoyant la belle Russe. Le diktat de la beauté. Une certaine arrogance due à son physique. Le vieux séducteur avait été amoureux et n'était pas du tout objectif.

— Est-ce qu'elle avait une amie dans le personnel ?

— Elle s'entendait bien avec Joséphine, une Africaine, très belle.

Bien évidemment, se dit Georges, on ne mélange pas les torchons et les serviettes.

— Vous a-t-elle parlé de sa relation avec Benoit, l'ancien employé à la maintenance ?

— Non, pas du tout.

Hum, jaloux le vieil amoureux ? Il a répondu d'un ton plutôt sec.

— Pouvez-vous me montrer les affaires qu'Irina a laissées dans votre chambre ?

— Mais bien sûr. Suivez-moi.

Georges suit le vieux monsieur, à son grand étonnement, il ouvre la porte qui donne sur l'escalier. Il le monte à un rythme plutôt soutenu, sa chambre est au second et dernier étage.

— Voyez-vous je suis cardiaque, et malgré mon âge avancé, j'ai 91 ans, j'emprunte toujours l'escalier, mon médecin m'a dit que c'était excellent pour le cœur.

— Je vous félicite, vous êtes la preuve vivante que l'exercice est salutaire.

— Merci. Eh oui, il faut faire attention à tout âge. J'ai entendu souvent Hélène gronder certaines employées parce qu'elles utilisent les ascenseurs, et seulement pour aller au premier étage. Mais, dites-moi, à propos de la belle Directrice, j'ai entendu des rumeurs disant que vous la recherchiez ?

— C'est exact. Mais cela doit rester entre nous.

— Ah, vous pouvez me faire confiance, je ne suis pas comme certaines ici qui ne vivent que des ragots et autres potins.

Tout en devisant, ils arrivent dans la chambre de Monsieur Bozarelli. Il farfouille un moment dans une commode, puis finit par sortir un petit sac en toile.

— Je comptais lui rendre à son retour… la pauvre. Tenez, regardez, c'est elle là, avec moi dans le jardin.

Il lui montre une photo au milieu d'autres, affichées sur le mur au-dessus de la commode. Georges l'examine de plus près, Irina était sans nul doute une très belle femme, une blonde russe typique, mince, plutôt de petite taille, semble-t-il, de beaux yeux verts, la peau très pâle, un sourire dévastateur. Sur une autre photo, sans doute en dehors de l'établissement, elle porte une minijupe et un tee-shirt très échancré, la poitrine libre de tout soutien-gorge, dévoilant un corps splendide, dans une pose aguichante, presque vulgaire. Elle paraît sortir d'un magazine type play-boy. Il comprend qu'elle ait déchaîné les passions. Il s'arrache à la photo de la pin-up et examine le contenu du sac. Quelques produits de maquillage, des sous-vêtements de rechange, un foulard transparent, un petit calepin avec des annotations russes. Dans une poche fermée par une fermeture éclair, il trouve un petit porte-carte, il est garni de photos, la plupart anciennes, quelques-unes en noir et blanc datant de l'époque soviétique, d'après les vêtements. L'une d'elles attire son attention, il chausse ses lunettes, l'examine de plus près. C'est un groupe de jeunes filles qui posent au milieu de vignes, il distingue un tracteur de l'époque soviétique, derrière elles, avec une remorque benne emplie de raisins. Deux d'entre elles se tiennent par les épaules, collées l'une à l'autre, semblant très proches, comme deux sœurs, où ? Deux amantes ! C'est Irina et Hélène, la Directrice !

8
15 heures 30 – 16 heures 30

Georges redescend l'escalier, perplexe. La Directrice, Hélène Garnier, ou, quel que soit son nom, aurait-elle assassiné son ancienne maîtresse ? Il ne croit pas à ce scénario. Il comprend maintenant sa défaillance à la vue du corps d'Irina. Cela explique certaines choses, mais pose davantage de questions. Il doit absolument entendre sa version. Immédiatement, il appelle Véronique.

— Véro. Je vais t'envoyer une équipe. Vous emmenez la Directrice au GQG en toute discrétion ainsi que la femme qui l'héberge et tous ceux qui pourraient être présents ou propager la nouvelle. Nous ne savons pas comment le type obtient ses infos, alors prudence prudence. Tu restes en retrait, tu observes ce qu'il y a lieu d'être, tu n'interviens que si ça tourne mal. Envoie l'adresse par SMS à Ronan.

— OK, bien compris.

Dans la foulée, il appelle Ronan. Son poste ne répond pas, il essaie sur son portable.

— Geo, si c'est pour le motard nous recherchons toujours et…

— Non ce n'est pas pour ça. Envoie une équipe en civil arrêter une femme à l'adresse que va t'envoyer Véro par SMS. Elle reste en couverture. L'arrestation doit se faire sans tambour ni trompette et personne ne doit voir la femme être embarquée. Et qu'ils embarquent aussi les personnes qui pourraient être présentes dans l'appart.

Il raccroche immédiatement pour ne pas lui laisser le temps de protester et surtout pour continuer sa réflexion. À hauteur du premier étage, des coups ébranlent le sol de tout l'étage. Il s'approche, cela provient d'une chambre au milieu du couloir, intrigué, il ouvre la porte, un nuage de poussière flotte au milieu de la pièce, visiblement en réfection, il n'y a aucun meuble et encore moins de résidents. Le bruit sort de la salle de bain, il y découvre stupéfait, Clément, blanc de poussière, environnée d'un tas de gravats, il tape comme un sourd avec une massette et un gros burin sur le sol en ciment. Il est affublé de gros gants de travail en cuir, de grosses lunettes de protection, d'un casque antibruit et d'un masque pour la poussière. Il recule rapidement et retourne dans le couloir tant la poussière est épaisse dans la salle de bain. L'atelier des hommes de la maintenance est à deux portes, il s'y rend. Jean Pierre, le « survivant » de l'équipe est devant son établi en train de réparer une lampe de chevet.

— Ah ! Vous avez entendu Clément.

— Difficile de ne pas l'entendre. Je vois que vous lui avez trouvé une occupation.

— Ah oui. Ça vous ennuie ?

— Qu'il soit occupé non. Mais c'est un peu dur comme travail peut-être ?

— Eh bien, c'est moi qui étais en train de le faire, il a voulu absolument m'aider et essayer. Ça ne fait que 5 minutes, je vous rassure, qu'il tape comme ça. Il s'en sort très bien et je devais absolument arranger cette lampe avant la fin de ma journée.

— À quelle heure finissez-vous ?

— 17 heures.

— Bon d'accord. Je dois vous avouer qu'avec tous les événements de la journée, je l'avais complètement oublié. Tout s'est bien passé avec lui ? Je suis désolé de vous l'avoir collé involontairement dans les pattes.

— Oh très bien. Il m'a suivi partout, m'a bien aidé. Il est très volontaire. Bon pas très malin, mais si on lui donne des choses à faire très simple. Il s'en sort très bien, répète-t-il, visiblement ravi d'avoir un manœuvre à disposition.

— Bon, ça va alors. J'ai une mauvaise nouvelle à vous annoncer, concernant votre collègue.

— Francis !

— Oui. Nous l'avons retrouvé il y a quelques heures. Mort. Assassiné.

— Ah merde ! Mais ? vous l'aviez arrêté il me semble ce matin !

— Oui, mais il a réussi à s'échapper. Nous pensons qu'il avait un complice.

— Un complice, mais pourquoi ?

— C'est ce qu'il nous reste à découvrir. Ces derniers temps, était-il comme d'habitude ?

— Eh bien, il était plus souvent en retard le matin, encore plus que d'habitude, et le soir il traînait. Maintenant que j'y pense, il se débrouillait toujours pour que je parte avant lui. Et il disparaissait pendant des heures parfois. Impossible de le retrouver dans la maison.

— Vous savez pourquoi ?

— Non.

— Lui avez-vous posé la question ?

— Oui, mais il ne me répondait pas.

— Et la Directrice qu'en disait-elle ?

— Rien du tout. Elle avait renoncé, je crois.

— Parlait-il à quelqu'un en particulier ?

— Un de ses amis venait de temps en temps. À part lui, personne en particulier.

— Vous dites venait, il ne vient plus ?

— Non, il venait voir sa mère, elle est décédée il y a quelque temps.

Le téléphone accroché à sa ceinture sonne. Il regarde le numéro qui s'affiche.

— Ah, excusez-moi, c'est la secrétaire, je dois répondre.

— Bien sûr, faites.

— Oui, je l'ai presque fini, je vais lui emmener, ah et bien justement il est devant moi. Julie veut vous parler.

Il lui tend le téléphone.

— Commandant Rigacci ?

— Oui.

— Il y a ici Monsieur Tarik ; l'Attaché de direction. Il souhaiterait vous voir.

— Bien. Je descends dans un petit moment.

— Francis avait-il un téléphone interne comme celui-ci ? lui demande Georges en lui rendant le combiné.

— Oui, normalement il aurait dû. Mais il ne voulait pas le porter. Il doit être dans un coin ici.

— Pour quelle raison ?

— Pour ne pas être emmerdé, ne pas avoir à bosser.

— Je vois. Je viens de parler à Monsieur Bozarelli. Il connaissait assez bien Irina. Il m'a dit qu'elle avait des relations un peu tendues avec ses collègues. Et avec vous ?

— Eh bien, normale je dirais. Comme avec les autres femmes, juste pour le boulot.

— C'était une très belle femme, elle ne vous attirait pas ?

Jean Pierre rougit un petit peu. Il semble embarrassé.

— Oui, c'est vrai, elle était canon. Mais je suis marié et elle ne s'intéressait pas à moi. Enfin, je veux dire en tant qu'homme. Juste comme un collègue de travail.

— Que pensez-vous d'elle ?

— Eh bien, je crois qu'elle préférait les femmes.

— Qu'est-ce qui vous a fait penser à ça ?

— Une impression. Quelques fois, on ressent les choses sans pouvoir les expliquer.

— Vous connaissiez Benoit Loisel ?

— Non, très peu, je ne l'ai vu qu'une fois seulement.

Cette fois-ci, c'est le smartphone de Georges qui vibre. Il regarde l'écran, c'est un texto de Dimitri. « Où êtes-vous Patron ? Nous sommes en route pour la maison de retraite ». « Je suis sur les lieux, je vous attends », répond-il immédiatement.

— Bon très bien, je v… une sonnerie stridente l'interrompt. Qu'est-ce que c'est ?

— C'est l'alarme du couloir ! répond Jean Pierre en sortant précipitamment.

Georges le précède, Clément est au milieu du couloir, l'air benêt. Il voit arriver les deux hommes sur lui, affolé, lâche ses outils qui tombent à ses pieds, se protège instinctivement avec ses deux bras le visage.

— J'ai rien fait, j'ai rien fait, crie-t-il, ne s'entendant pas, le casque antibruit atténuant son audition.

Jean Pierre se tourne vers Georges en lui désignant le détecteur de fumée juste au-dessus de lui.

— Ce n'est rien, il a ouvert la porte et la poussière a déclenché l'alarme. Je dois descendre au secrétariat la désactiver. Pouvez-vous ouvrir deux portes s'il vous plaît ? Pour faire courant d'air.

Pendant qu'il part en courant, Georges va ouvrir la baie vitrée de la chambre en travaux dont la porte est encore ouverte. Il frappe à la porte en face et ouvre doucement pour ne pas surprendre son occupant. La pièce est vide, il se dirige vers la fenêtre et l'ouvre, ainsi que les volets. La poussière, aidée par le vent d'autan, se dissipe rapidement. Dans le même instant, l'alarme s'éteint.

— Quesquya ? Quicépassé ? bafouille Clément. Pourquoi tu ouvres tout ?

Il est gris de poussière, toujours affublé de ses protections. Georges le ramène dans la chambre en travaux en le tirant par le bras. Clément, complètement perdu, se laisse faire. Il lui enlève le casque antibruit.

— Secoue-toi, tu es tout sale.

Après quelques secondes d'inertie, il s'exécute. Georges revient dans le couloir pour éviter le nuage de poussière qui se dégage de son corps, il s'ébroue tel un chien sortant de l'eau. Un détail lui revient en mémoire, le faisant revenir dans la chambre d'en face. Elle est nue, aucune décoration ou objet personnel, juste le mobilier standard de l'établissement, seule une photo épinglée sur le mur à côté du lit, tranche avec le dénuement de la pièce. Il suppose que c'est la personne qui occupe la chambre présente sur le cliché, assise sur un fauteuil roulant, la femme a le regard éteint, à ses côtés Hélène Garnier pose, souriante, le regard braqué vers l'objectif, les jambes légèrement fléchies pour étreindre plus facilement la vieille dame, elle entoure affectueusement un bras autour de ses épaules. À l'arrière-plan, les poignées du fauteuil sont tenues par Irina, elle jette un regard oblique et pénétrant à la Directrice. Soudain, il sent une présence derrière lui, c'est Clément qui attend, les bras ballants, ses vêtements sont moins poussiéreux, mais chiffonnés et déchirés à plusieurs endroits, il est encore tout rouge de l'effort fourni dans la salle de bain. Il décroche la photo du mur et le pousse dans le couloir. Jean Pierre remonte le couloir vers eux, l'air confus.

— Je suis désolé, je n'aurais pas dû le laisser seul et...

— Ce n'est pas grave, lui répond Georges, c'est moi qui l'avais en charge. Tenez, récupérez vos équipements ! Je descends et je l'emmène avec moi. Merci de vous en être occupé.

Suivi comme son ombre par Clément, il entre dans le secrétariat, un homme d'une quarantaine d'années, vêtu simplement d'un jean et d'un tee-shirt, chaussé de basket, se lève et vient lui serrer la main, il jette un regard étonné sur Clément.

— Commandant Rigacci, je suppose. Simon Tarik, je suis l'Attaché de direction.

— Bonjour. Venez avec moi au bureau du Docteur Doussart, nous avons beaucoup de choses à nous dire.

En passant, Georges voit José en faction devant les portes automatiques.

— José, s'il te plaît, fais-toi remplacer, trouve des vêtements propres pour ce garçon et tâche de lui faire prendre une douche.

— Si je peux me permettre, allez à la lingerie, vous y trouverez ce qu'il faut et vous y trouverez également, à la porte située en face, une douche destinée au personnel, lui dit Simon Tarik.

— C'est très aimable à vous. Ce jeune m'a été confié par son père, le Préfet, pas vraiment le bon jour.

Ils prennent place dans le bureau, Georges examine l'Attaché de direction, son visage exprime l'inquiétude, l'angoisse même.

— Je suis désolé, je n'arrivais pas à vous joindre, j'étais dans l'avion quand j'ai eu l'affreuse nouvelle. Le temps d'arriver.

— Le principal est que vous soyez là. Je vais résumer en deux mots les évènements.

— C'est inutile j'ai entendu les infos.

— Les infos ne disent jamais toute la vérité. Seulement ce qui peut les arranger.

— Les arranger ?

— Vendre du papier.

— Ah… bon alors je vous écoute.

— Que savez-vous ?

— Que plusieurs veilleuses ont été assassinées !

— Avez-vous parlé de cette affaire avec quelqu'un d'étranger à la maison de retraite depuis que vous avez appris tout cela ?

— Non. C'est à l'aéroport d'Orly, où j'arrivais de l'étranger avec ma femme et mes enfants, que j'ai vu les infos sur une télévision. Et à part avec ma femme, je n'en ai parlé à personne. Ah si, ma mère et mon frère m'ont appelé, ils venaient eux aussi d'apprendre la nouvelle par la télé également.

— Votre mère, votre frère et vous êtes propriétaires de plusieurs maisons de retraite, c'est ça ?

— C'est ma mère qui est propriétaire, mon frère et moi en gérons la moitié chacun.

— Combien ?

— Six chacun.

— Personne d'autre ne vous a prévenu ?

— Non.

— C'est étonnant, une affaire de crime de cette ampleur ? Vous apprenez cela dans les médias ?

L'homme est surpris, il est toutefois courtois et poli. Il ne sait à priori que répondre, il paraît juste embarrassé et encore plus angoissé. Georges consulte sa montre.

— Il est presque 17 heures et vous êtes le seul à vous manifester. Je trouve cela plutôt surprenant.

— Ma mère et mon frère sont à l'étranger, j'étais avec eux.

— En vacances ?

— Oui. Mais Hélène aurait dû nous prévenir et elle ne l'a pas fait. J'ai demandé à la secrétaire, elle s'est mise à pleurer. Où est-elle ? Que lui est-il arrivé ? Je n'arrive pas à la joindre au téléphone non plus.

— À cette heure-ci, elle doit être logiquement dans nos locaux à Toulouse, en état d'arrestation.

— Non ! C'est elle qui… qui a tué toutes ses femmes ?

— Je ne pense pas.

— Mais alors, je ne comprends pas, pourquoi l'arrêtez-vous ?

— Je vais donc commencer par le commencement. Ce matin, une employée a découvert le corps d'Irina, une femme de ménage, une heure plus tard ça été le tour de Tamara, puis les 3 veilleuses à leur domicile, ensuite Gohare, une autre femme de ménage a disparu, la Directrice a disparu à son tour, elle c'est différent, nous a filé entre les pattes et enfin pour terminer Francis Bordato a été assassiné au domicile de la Directrice.

L'homme est défait, blanc comme un linge, il ne s'attendait visiblement pas à ce déballage morbide. Georges se lève, va remplir un verre d'eau au lavabo de la petite salle de bain attenante.

— Tenez buvez un peu d'eau.

L'homme prend le verre qu'il lui tend, sous le choc. Georges patiente, attendant qu'il reprenne ses esprits. Son smartphone vibre. C'est un message de Véronique. « La Directrice est au GQG, ainsi que la femme qui l'hébergeait, rien vu de suspect. Est-ce que nous commençons l'interrogatoire ? » Après un instant de réflexion, Georges répond par l'affirmative. Il demande également si le mari d'Irina a parlé. « Je ne sais pas, je vais me renseigner », répond immédiatement Véronique.

— Quels étaient vos rapports avec Madame Garnier ?

— Normaux.

— Ce n'est pas ce que j'ai entendu.

— Qui vous a dit ça ?

Il est sur la défensive.

— Je ne suis pas ici pour vous juger, juste pour trouver un assassin. Vos réponses resteront confidentielles.

L'Attaché de direction est moins pâle, la question de Georges l'a ranimé. Sujet délicat visiblement.

— Nous n'étions pas toujours d'accord.

— Certes. Mais vous ne me révélez là rien de nouveau. Pour quelles raisons par exemple ?

L'homme hésite, il commence à se tortiller sur sa chaise, signe de nervosité.

— Je suis né avec une petite cuillère en argent dans la bouche, je n'en suis pas responsable. Je fais ce que je peux pour contenter tout le monde.

— Le gros quatre-quatre noir devant l'entrée est à vous, je suppose ?

De sa place, il a remarqué le véhicule de luxe qui n'y était pas à son arrivée. L'Attaché de direction est en jean et basket, mais se déplace avec un engin à soixante mille euros. Un paradoxe qui se lit sur son visage. L'homme n'y est pas bien dans ses baskets justement. L'endroit où il a garé son véhicule parle aussi de lui-même.

— Oui… mais pourquoi… c'est un véhicule de société ! dit-il avec brusquerie.

Georges a décidé de le provoquer un peu, puisqu'il lui a tendu la perche lui-même.

— Vous avez vu les véhicules des employés en comparaison ? C'est normal, vous les payez tout juste au SMIC. Savez-vous combien d'années de leurs salaires représente votre véhicule ?

— Cela n'a rien à voir, proteste-t-il.

— En êtes-vous vraiment sur ? Vos employés travaillent dur, pour un salaire indécemment bas, dans un métier ingrat. Cela finit par susciter des jalousies.

— Nous leur donnons des primes, des cadeaux de fin d'année, ils mangent gratuitement ici, nous choyons nos employés, contrairement à ce que vous pensez, nous ne sommes pas des exploiteurs.

— J'ai remarqué que vous employiez beaucoup de gens d'origine étrangère. Ils ne sont pas qualifiés, cela justifie de bas salaires. Quelqu'un de dérangé ou de frustré peut passer à l'acte et ainsi vouloir vous mettre au-devant de la scène médiatique pour se venger. Quelqu'un que vous auriez vexé par des paroles blessantes, injustifiées.

— Je n'ai jamais maltraité qui que ce soit. Eh oui, beaucoup de femmes étrangères. Est-ce ma faute si les Françaises ne veulent pas faire ce travail, difficile, je ne le sais que trop bien ? C'est une tâche qui peut être rebutante, effectivement, nous en tenons compte, et nous avons beaucoup de mal à trouver de bons employés. Ce n'est pas nous qui avons fixé la grille des salaires, c'est au niveau national.

— C'est ce que disent tous les employeurs pour justifier les bas salaires. Mais je m'égare, Benoit, l'ancien employé de la maintenance, on m'a dit que vous ne vous entendiez pas avec lui ? Que vous aviez eu des altercations ?

— Vous croyez que c'est lui ?

De la frayeur passe dans ses yeux.

— Répondez à mes questions.

— Oui, nous nous sommes accrochés quelques fois. Il s'énervait facilement.

— Vous l'avez renvoyé ?

— Non pas du tout, il est parti de lui-même.

— Saviez-vous qu'il avait eu une liaison avec Irina ?

— Oui bien sûr, tout le monde le savait ici.

— Quelque chose ne vous a-t-il pas sauté aux yeux concernant les victimes ? Mis à part Francis Bordato.

— Non.

— Vraiment ?

— Non je ne vois pas… ah si… maintenant que vous me le dites. Ce sont toutes des Russes, c'est ça ? Mais c'est terrible.

Il paraît sincèrement horrifié. Georges se rappelle brusquement un détail qu'il a lu sur un mémo préparé à son intention par ses adjoints et aussi qu'il a déjà dit à Monsieur Tarik que les victimes étaient toutes des Russes.

— Vous-même êtes marié avec une Ukrainienne ? C'est bien ça ?

— Oui.

Ses mains tremblent, Georges le voit vaciller sur sa chaise.

— Reprenez-vous. Appelez-la immédiatement.

Il s'y reprend à trois fois avant d'arriver à la joindre.

— Où est-elle ?

— À la maison.

— Qu'elle s'y enferme à clef tout de suite. J'envoie une voiture.

Il appelle Véronique.

— Oui Patron.

— Tu vas immédiatement à l'adresse suivante, votre adresse Monsieur Tarik.

Il met le haut-parleur, dirige son téléphone vers l'attaché de direction. Celui-ci énonce clairement et distinctement, sa voix est plus nette que quelques secondes auparavant.

— Bon, je sais où cela se trouve, c'est à environ 20 minutes. J'y vais. À propos, le mari n'a pas desserré les dents.

— Bien merci. Fonce. Je préviens la gendarmerie locale aussi.

Pendant qu'il cherche à se mettre en relation avec les gendarmes, il observe l'homme en face de lui, celui-ci a raccroché, ses yeux partent en tous sens. Un angoissé de nature, se dit-il, pas sûr de lui, je comprends ce qu'a voulu me dire l'homme qui rendait visite à son père ce matin.

— Ne vous inquiétez pas, j'ai toute confiance en la jeune femme que je viens d'y envoyer. C'est juste une précaution, nous avons un suspect que nous essayons de localiser dans le secteur. Je ne pense pas qu'il y ait un danger quelconque.

L'homme se détend un peu, range son téléphone dans sa poche, il ne cessait de le tripoter.

— Je ne comprends pas, pourquoi les femmes russes ?

— C'est ce que nous essayons de comprendre nous aussi. Il n'y a pas que mon équipe habituelle et moi, nous avons mis tous nos effectifs sur l'affaire, ainsi que la gendarmerie. Mais peut-être pouvez-vous nous aider ?

— Moi ? Mais comment ?

— Vous avez rencontré votre épouse par l'intermédiaire d'une agence matrimoniale spécialisée d'après mes renseignements ?

— Oui… mais quel est le rapport avec les autres ?

— Justement, nous le cherchons. Votre épouse connaissait elle les victimes ?

— Non pas du tout.

— Et Hélène Garnier ?

— Elles ont dû se croiser quelques fois.

— À quelles occasions ?

— Aux fêtes organisées pour le Noël des enfants des employés, je pense. Mais je ne suis pas sûr qu'elles se soient parlé, juste saluées.

— Pour quelles raisons ?

— Bien qu'elles ne m'en aient jamais parlé, j'ai bien senti qu'il y avait incompatibilité entre les deux.

— Pourquoi selon vous ?

— Honnêtement, je l'ignore. Cela arrive parfois.

— Pouvez-vous m'expliquer pourquoi autant de Slaves travaillent… travaillaient dans cet établissement ? Qu'en est-il dans les autres ?

— Je pense qu'elles se la donnent entres elles, l'adresse de la maison de retraite je veux dire, pour venir y travailler. De toute façon, c'est Hélène qui les embauche, nous n'intervenons d'aucune façon dans le choix des employés.

— Et Francis Bordato ?

— C'est elle aussi.

— Elle m'a dit que les propriétaires lui avaient imposé cet homme. Que c'était l'une de vos connaissances.

— C'est totalement faux. Pourquoi a-t-elle dit cela ?

Georges ignore la question, dont il ne connaît pas la réponse. Il enchaîne.

— Avez-vous quelque chose à me dire que je n'aurais pas pensé à vous demander, en rapport avec tous ces assassinats ?

— Je ne vois pas, non.

— Pouvez-vous me dire le nom de l'agence matrimoniale qui vous a permis de rencontrer votre épouse ?

Plissement de front de l'attaché de direction.

— Je ne m'en souviens pas. Mais je dois avoir cela retranscrit quelque part.

— Votre épouse s'en souviendrait-elle ?

— Peut-être.

— Bien. Je vais demander qu'elle soit conduite à Toulouse, à l'hôtel de police. J'ai de petites choses à lui demander.

Devant l'air soucieux de Simon Tarik, il ajoute.

— Ne vous inquiétez pas, elle n'est pas suspecte.

— Et nos enfants ?

— Vous devez bien avoir quelqu'un à qui les confier.

— Euh oui. Je vais passer quelques coups de téléphone. Avons-nous fini ?

— Oui. Je vous remercie de votre patience.

— Je vous en prie. Je serais au secrétariat si vous me cherchez.

Georges examine ses notes. L'homme lui paraît sincère, a l'air très sincèrement affecté par tous les évènements. Cependant, un détail l'intrigue, Simon Tarik est encore dans le couloir en train de téléphoner. En attendant qu'il termine, son attention se porte sur l'activité dans le hall du rez-de-chaussée. Tous les résidents sont regroupés dans cette pièce climatisée. En vieillissant, les personnes très âgées sont plus vulnérables, il est absolument normal que l'on prenne soin d'eux, ils ont droit à une retraite paisible. Il voit une employée faire le tour et enlever en douceur et en parlementant, des vestes à certains, ce qui provoque cris et récriminations. La plupart sont emmitouflés comme en hiver, alors qu'en ce mois d'août il fait 35 degrés à l'extérieur. Pourquoi mettre la climatisation aussi forte dans ce cas ? Cela le laisse perplexe. Certes, la machine humaine est particulièrement complexe, complètement déréglée pour les personnes présentes ici, en fin de vie, la plupart sont sur des fauteuils roulants, amorphes et sans réactions aucunes.

L'Attaché de direction a terminé sa communication téléphonique, il se dirige vers Georges, comprenant qu'il veut lui demander autre chose.

— Pourquoi mettre la clim aussi forte alors que visiblement ils ont tous froid ? lui demande-t-il.

— Très bonne question. Je vais la baisser, vous avez raison. La télécommande est au bureau, venez avec moi. Dites-moi Julie, qui a réglé la clim aussi basse ?

— Cela doit être Narivo !

— Elle est encore là ?

— Ah non, elle finit à 16 heures.

— Bon, allez écrire sur le tableau des transmissions de ne pas régler la clim aussi basse.

— Oui, mais vous savez, la plupart ne tiennent pas compte des consignes écrites.

— Que faire alors ?

— Leur dire.

— Bon… et je suppose qu'il faudra le répéter…

— Oh oui ! Tous les jours.

Julie affiche un sourire malicieux. Simon Tarik se tourne vers Georges, exaspéré.

— Vous voyez ! Après on m'accuse de rouspéter chaque fois que je viens.

Georges lui sourit en hochant la tête. Il ne connaît que trop bien cette situation. L'homme, toutefois, semble manquer d'autorité naturelle et de charisme pour être bien à l'aise dans ce poste.

Acquis à sa cause, le Directeur adjoint l'entraîne vers l'extérieur. Pour plus de discrétion ? se demande Georges. La chaleur leur tombe dessus comme lorsqu'on pénètre dans un sauna.

— Vous vouliez me demander autre chose ?

— Oui, vous ne m'avez pas répondu à propos des autres établissements. Y a-t-il aussi des employés en provenance des pays de l'Est ?

— À ma connaissance non.

— C'est étonnant qu'il y en ait eu autant ici. Comment l'expliquez-vous ?

— Peut-être la proximité de Toulouse. Les grandes villes ont davantage de population étrangère que les zones rurales.

— Très bien, je vous remercie, Monsieur Tarik.

— Avec plaisir Commandant.

Son téléphone vibre au fond de sa poche. C'est un texto de Véronique.

« Madame Tarik est avec moi, rien à signaler. »

— Bon, votre épouse est en sécurité avec mon adjointe.

— Ah merci Commandant.

— Je vous en prie, c'est notre rôle. Avez-vous trouvé quelqu'un pour vos enfants ?

— Oui, la personne ne devrait pas tarder à arriver à notre domicile.

— Très bien. J'ai quelques questions à poser à votre épouse, je vais donc la faire conduire à Toulouse.

Il prend congé de l'Attaché de direction, songeur, et tente de déterminer l'urgence. Aller interroger Hélène Garnier ou rester ici à coordonner les recherches et continuer d'interroger le personnel et les résidents ? Georges s'apprête à revenir vers le bureau, lorsque le véhicule du Lieutenant Mathieu dépose Dimitri devant l'enceinte de l'établissement, toujours surveillée et contrôlée par les policiers postés devant le grand portail coulissant. Il repart aussitôt en trombe dans la direction opposée.

— Ah Patron ! Le « Lieut » est parti rejoindre ses troupes pour la chasse à l'homme. Quoi de neuf ?

Georges le met au courant des derniers évènements. Dimitri émet un petit sifflement entre ses dents.

— Vous croyez que c'est la dirlo Patron ?

— Non, toujours pas. Elle nous a menti c'est évident, mais j'ignore encore les raisons qui l'y ont poussé.

— La trouille ?

— Oui. Mais pas seulement. Je vais aller l'interroger, peut-être va-t-elle craquer.

José s'avance vers eux, suivi de Clément. Vêtu d'un pantalon de ville gris, qui lui arrive à mi mollet, d'une chemise à carreaux jaune et noir et de mocassins en cuir marron, les cheveux ébouriffés, un sourire béat accroché au visage, ce dernier ressemble à un humoriste entrant sur scène. Leurs mines ahuries devant l'apparition, fait sourire José.

— Désolé Patron, c'est tout ce qu'il y avait en rayon.

— Bon, il est propre au moins, lui répond Georges en réprimant un fou rire.

Dimitri, lui, ne peut se contenir et éclate de rire. Clément, ne comprenant pas l'hilarité soudaine du jeune policier, le suit dans son fou rire. Les deux secrétaires, étonnées, passent la tête à travers le guichet de l'accueil, suivies de près par de nombreuses femmes, aux diverses fenêtres de l'établissement, qui cherchent la raison de ces accès de joie après une journée morbide. Une femme vêtue, au contraire du simplet, de façon très austère, leur passe à côté, leur jetant au passage, un visage fermé et très réprobateur, visiblement contrariée par leurs éclats de joie. Cela ne fait qu'accentuer l'hilarité de Dimitri, qui s'en tient les côtes. La femme, encore plus outrée, les fusille du regard.

— C'est une honte, dit-elle, avec tous ses morts !

— La vie continue, vieille morue, ne peut s'empêcher de lui répondre Dimitri, souriez un peu, vous serez moins ridée !

— Oh ! s'exclame-t-elle. Elle rejoint néanmoins son véhicule, dont elle actionne l'ouverture à distance avec sa clef.

— Ça suffit Dimitri, lui dit Georges, amusé malgré l'irrespect de la réplique.

— Le spectacle est fini, Mesdames, annonce Dimitri, aux spectatrices attentives rivées aux fenêtres.

Clément continue à se bidonner, Georges le pousse à l'intérieur de l'établissement.

— José, je pense, à une chose brusquement, le type que Damien avait menotté, qu'en avez-vous fait ?

— Il a fait un scandale, a hurlé comme un dément, nous avons décidé de l'emmener au GQG.

— Ah bon. J'y vais alors, j'irai voir le bonhomme.

Un pâle sourire illumine son beau visage, il s'assied face à elle, sans parler, attend tranquillement. Il ne veut lui envoyer aucun stress, aucune contrainte.

— Vous avez beaucoup de choses à me dire, dit-il, simplement. Il sort la photo de sa poche, la pose sur le bureau en la tournant vers elle.

Elle regarde la photo, des larmes coulent. Elle cherche manifestement son sac à main, paraît étonnée de ne pas l'avoir. On ne lui a rien laissé. Il fait un signe au policier posté devant l'entrée de son bureau, l'homme a compris, sort et referme la porte. Le policier est de retour, il donne le sac à son supérieur. Après inspection, il est rendu à sa propriétaire.

— Merci.

Elle sort un petit miroir et s'essuie les yeux, se refait une beauté rapide. Georges est toujours agréablement surpris par cette facette féminine, certains hommes devraient les imiter et renvoyer une image plus positive et respectueuse vers leurs prochains.

— Jusqu'à présent, je vous ai préservée, normalement vous devriez être dans une salle d'interrogatoire, sans effets personnels, menottée. Donc vous me dites tout et peut être que vous ressortirez libre.

La phase de séduction semble être finie, elle l'a compris, hoche la tête.

— Je vais tout vous dire.

Elle fait une pause, reprend son souffle.

— J'ai reçu un texto, j'ai eu peur, j'ai paniqué.

— Que disait ce texto ? Vous savez qui vous l'a envoyé ?

Elle secoue la tête.

— Non. Il disait que j'allais être la prochaine, que vous ne pourriez pas me protéger tout le temps.

— Vous en aviez reçu d'autres ?

— Oui. Depuis plusieurs jours. Je… je les ai effacés au fur et à mesure, je suis désolé.

— Que disaient-ils en substance ?

— Toujours la même chose, des menaces de mort. J'ai cru à une mauvaise plaisanterie, jusqu'à ce matin…

— Parlez-moi d'Irina.

Hélène le fixe de ses beaux yeux verts, des larmes coulent à nouveau sur ses joues, elle ne les essuie pas.

— Nous nous sommes connues pendant nos études d'infirmière, en Moldavie. Nous sommes tombées amoureuses éperdument. Enfin… au début… sur cette photo, cela a été la période la plus heureuse de ma vie. Pour la première fois, nous n'étions pas surveillées, nous partagions la même chambre au kolkhoze, à l'école c'était différent, c'était de grands dortoirs, nous devions faire très attention. Une des élèves, une fille méchante et jalouse, nous a surpris un jour, elle est allée tout raconter à la Directrice de l'école. Irina a été renvoyée et moi comme j'étais la meilleure élève, on m'a laissé un sursis. Nous nous sommes retrouvées par hasard à ce kolkhoze. Mais au bout de quelques semaines d'un bonheur absolu, Irina a changé, elle est devenue jalouse, elle ne supportait pas que je parle aux membres masculins du kolkhoze, un garçon en particulier était très attiré par moi et je dois avouer que je n'étais pas indifférente à ses avances. Elle est même devenue tellement irascible et insupportable avec tout le monde, qu'un jour la milice est venue la chercher. Je ne l'ai revue que 25 ans plus tard, elle postulait à la maison de retraite. Elle m'a accusée de l'avoir abandonné à son sort, a passé 5 ans dans un camp de travail. Elle a commencé à me faire du chantage.

— Que voulait-elle ?

— Que je… je… que nous… nous reprenions notre relation. Et de l'argent aussi. Beaucoup plus que ce que je n'ai jamais possédé.

— Vous avez refusé ?

— Oui, et je ne suis plus attiré par les femmes depuis longtemps, c'était une erreur, non pas une erreur… je me suis aperçu que je préférais les hommes.

— Donc vous l'avez tuée pour la faire taire.

— NON.

Elle a crié.

— Non pardon, je ne voulais pas, hausser la voix, excusez-moi, je ne l'ai pas tuée. Jamais je ne pourrais faire une chose pareille, j'ai eu un choc terrible en la revoyant après toutes ces années, mais encore plus en voyant son corps, elle fond en larmes.

Elle a le contrôle d'elle-même. Manipulations ou vérités ? se dit-il.

— Pourquoi vous croirais-je, vous êtes manifestement très forte pour dissimuler vos sentiments.

— Je vous ai menti parce que j'avais peur. La façon dont elle a été assassinée m'a terrifiée.

— Vous ne risquiez rien entourée de policiers. Et Francis Bordato ?

Elle lève la tête, surprise.

— Francis Bordato ? Je ne comprends pas ? Oh ! il est mort lui aussi ? devine-t-elle.

— Oui, assassiné. Et dans votre maison, qui plus est.

— Sto ! Mais ce n'est pas moi, je… pourquoi l'aurais-je tué ?

— Il vous faisait chanter lui aussi ?

— Non ! Pourquoi m'aurait-il fait chanter ?

— À vous de me le dire.

— Ce n'est pas moi, et il ne me faisait pas chanter.

Sa voix est douce et ferme. Georges constate, encore une fois, qu'elle a plus de force de caractère qu'elle ne le prétend.

— Mais pourquoi dans ma maison ?

— Je vous retourne la question.

— Je ne sais pas du tout.

— Quand vous vous êtes enfuis, vous êtes allé à Vernel pour changer de voiture. Vous ne l'avez pas vu ?

— Non.

— La scientifique et l'autopsie vont sans doute nous donner des preuves. Vous ne pourrez plus nier.

Georges prêche le faux pour essayer de trouver le fil.

— Je n'ai pas tué cet homme, dit-elle calmement.

— Vous m'avez dit ce matin que Bordato vous avait été imposé par la direction ; or l'Attaché de direction affirme le contraire.

Elle ne répond pas, les yeux dans ceux du policier, semblant le sonder. Georges patiente, il espère qu'elle finira par parler, par lui dire ce qu'elle cache depuis tant d'années. À tout le monde. Devant le silence qui dure, il finit par rajouter.

— Je pense que vous comprenez que moi seul peux vous aider. Si vous vous obstinez à nier, vous allez endosser le meurtre d'Irina, celui de Tamara et de Francis Bordato.

— Vous n'avez aucune preuve.

— Il y a un juge particulièrement retors, et pas toujours compréhensif, ni logique, qui officie en ce moment. Peut-être que vous ne tomberez pas sur lui, je l'espère sincèrement pour vous. Si ce n'est pas le cas, vous allez passer de longues années en prison, si nous ne trouvons pas le coupable.

Je ne dis pas cela pour vous effrayer, c'est juste une réalité. Il s'apercevra vite, comme moi, que vos propos sont contradictoires. Et que vous mentez. Vous avez une double vie. Pour quelle raison ?

Elle élude la question.

— Si vous me relâchez, il va me tuer.

— Vous pensez que je vais vous relâcher ? Pour quelles raisons ferais-je cela ?

— Vous savez que je ne suis pas coupable. Et le mari d'Irina ?

— Il ne dit pas un mot. Si nous n'avons pas de preuves matérielles, il peut sortir.

— Il peut ? Pas il pourra ? Je ne comprends pas.

— C'est du conditionnel. Comme dans votre cas. Vous me cachez quelque chose sur votre passé. Je ne sais pas si je pourrais faire quelque chose pour vous aider, mais moins vous parlerez et plus la situation se compliquera pour vous. Nous avons trouvé des papiers d'identité russe à votre domicile de Vernel. Ils sont en cours d'analyse, en fonction des résultats, je devrais passer la main à la DST ou au contre-espionnage.

Cela la déstabilise une fraction de seconde. Georges comprend, à ce moment-là, qu'elle a dû subir un entraînement. Dans l'ancienne Union soviétique ? Dimitri a peut-être touché juste.

— Bon, libre à vous de ne plus parler, dit-il après quelques très longues minutes d'un silence pesant. Cela ne me concerne plus désormais. En prison, « il » ne pourra plus vous atteindre. Je vais vous mettre officiellement en garde à vue, il est 16 heures 30.

9
16 heures 30 – 17 heures 30

Dimitri arpente les couloirs de la maison de retraite, cherchant l'inspiration. Il a parlé avec toutes les employées qu'il a pu croiser. Elles ont déjà donné leurs versions dans les dépositions. Mais à l'instar de son chef, qui l'enthousiasme et le motive, il cherche une petite faille, un petit truc qui leur aurait échappé. L'une d'entre elles sort justement des vestiaires, sa journée finie, c'est une belle Africaine, grande et élancée.

— Ah, Madame, attendez. Vous êtes Joséphine n'est-ce pas ?

— Oui, dit-elle avec un sourire éblouissant comme seules les noires en ont.

— Je n'ai pas eu le plaisir d'entendre votre témoignage.

— J'ai déjà parlé à un de vos collègues en uniforme ce matin.

— Oui, je sais. Mais nous avons quelques éléments nouveaux. Vous étiez amie avec Irina, vous aurait-elle confiée quelque chose dont vous auriez oublié de nous parler ?

— À quel sujet ?

— Eh bien par exemple de sa vie en Moldavie avant d'arriver en France.

— Ah non. Elle ne parlait jamais de sa vie d'avant.

— Et pourquoi était-elle femme de ménage alors que son mari a une entreprise qui fonctionne bien ?

— Elle s'ennuyait chez elle. Son mari n'y était jamais, toujours au travail.

— Est-ce que le couple fonctionnait ?

— Non. Ils ne faisaient pas l'amour.

— Pourquoi ? Il est impuissant ? demande-t-il avec un sourire et un clin d'œil.

La jeune femme s'esclaffe. A priori, comme pour beaucoup d'Africaines, les choses du sexe sont très décomplexées et naturelles chez elle.

— Ah ça, je ne sais pas ! répond-elle avec un sourire égrillard. Elle me disait souvent qu'il n'était pas intéressé par le sexe. De toute façon, elle préférait les femmes, elle ne s'en cachait pas.

— C'est pour ça que vous étiez amie avec elle, dit-il un brin provocateur.

Grand éclat de rire de la jeune femme.

— Ah non non, moi je préfère les hommes.

— Ah oui ! les policiers blonds et minces par exemple ?

Nouvel éclat de rire.

— Oui, pourquoi pas.

— Ah bien bien, nous en reparlerons plus en détail un peu plus tard si vous le voulez bien.

Elle sourit.

— Oui, je le veux bien

— Revenons à Irina alors, ne mélangeons pas tout. Donc le couple ne fonctionnait pas. Son mari savait-il qu'elle était lesbienne ?

— Ah non, elle le lui cachait soigneusement et…

Dimitri perçoit soudain un mouvement au fond du couloir, les sens en éveil, lève la main et porte son index devant ses lèvres à l'attention de la jeune noire. Celle-ci ouvre grand les yeux d'effroi, Dimitri la pousse doucement dans les vestiaires et lui fait signe d'y rester. Puis sort son arme et se dirige en silence du fond du couloir. Plus aucun bruit ne lui parvient, il traverse la salle à manger déserte et s'approche du recoin de couloir entre la lingerie et les cuisines, toutes les portes sont fermées, sauf une qui est légèrement entrebâillée. Tout doucement, avec précaution, il l'ouvre.

Georges consulte tous les mots et notes calligraphiés posés sur son bureau, complète quelques informations sur son carnet. Puis il prend une grande page blanche et essaie de faire un résumé à l'aide d'un grand tableau qu'il dresse sommairement sur une deuxième page, consultant ses notes. Il est absorbé dans sa tâche quand des coups frappés sur l'encadrement de la porte de son bureau le sortent de sa réflexion.

— Patron, excusez-moi… il y a un type, un certain Benoit Loisel, qui est en bas, il dit qu'il a été convoqué et…

— Oui, fais-le monter s'il te plaît. Merci.

Benoit Loisel est un bel homme, il a une ressemblance certaine avec Brad Pitt, le célèbre acteur hollywoodien. C'était Ken et Barbie, ce couple, pense Georges.

— Monsieur Loisel, merci de vous être déplacé. Asseyez-vous.

— C'est normal. Que puis-je faire pour aider à trouver l'assassin ?

— D'abord, dites-moi où vous étiez le matin du meurtre. Je suis obligé de vous poser la question.

— Pas de problème. À Narbonne, j'y ai trouvé du travail dans une clinique. J'étais sur la route.

— Très bien, je vous remercie. J'ai cru comprendre que vos relations avec Irina étaient tendues. Pour quelles raisons ?

— Eh bien… nous avons flashé l'un sur l'autre. Je suis tombé raide dingue, mais je me suis rapidement aperçu qu'elle… simulait, puis qu'elle préférait les femmes. Entre nous, c'était juste sexuel.

— Donc cela s'est vite dégradé.

— Exactement.

— Vous a-t-elle parlé de son ancienne vie ?

— Non jamais. Quand j'essayais d'aborder le sujet, elle se transformait en furie.

— Hum… et de son mari ?

— En revanche de lui oui. Elle voulait que j'aille y casser une jambe. J'ai refusé tout net, je suis un sanguin quand on m'énerve, mais pas une brute ni un voyou. Elle l'a fait raquer tous les mois pendant leur séparation, le gars payait tout ce qu'elle lui demandait, une voiture, un appart à la mer, d'accord c'est un pauvre type, mais tout de même, je me sentais mal. Elle l'a poussée à bout, il a pété les plombs et l'a tuée.

— Je vois. Et vous a-t-elle parlé de la Directrice ?

— D'Hélène ! Non, jamais. Pourquoi ?

Georges soudain a une intuition, observe attentivement Benoit, ce dernier semble subitement mal à l'aise.

— Vous avez eu une liaison avec elle aussi n'est-ce pas ?

Il a touché juste, Benoit se décompose.

— Oui… mais…

— Mais ?

— Cela n'a rien à voir avec… avec la mort d'Irina, vous croyez que c'est Hélène qui… non ce n'est pas possible.

— Quand a eu lieu cette liaison ?

— Quelques mois avant l'arrivée d'Irina.

— Et quand a-t-elle pris fin ? Attendez, laissez-moi deviner, quand Irina est arrivée.

— Vous pigez vite vous. Oui, c'est exact.

— Qui était au courant ?

— Personne, nous étions très discrets. J'étais marié.

— Comment a réagi Helene ?

— Plutôt bien, je dirais.

— Aviez-vous des projets avec elle ?

— Des projets ?

— Vous multipliez les aventures avec des Russes, peut être aviez-vous prévu de quitter votre épouse ?

— Des Russes ? Irina est la seule russe avec qui j'ai eu une aventure, comme vous dites.

Le type a le physique de Brad Pitt, mais pas son intelligence, une ride d'incompréhension se creuse sur son front.

— Vous ne voyez pas ? Nous parlons d'Irina et de…

— De ?

— La Directrice, Hélène Garnier.

— Oui…

Il est très con ou très bon comédien, se dit Georges.

— Je reprends. Aviez-vous des projets avec elle ?

— …

— Vouliez-vous vous installer ensemble ?

— Ah ! Euh, moi oui, je voulais vivre avec elle. Elle n'a jamais voulu. Elle me disait… euh… que… euh…, il devient tout rouge, que j'étais un bon coup, mais que cela en resterait là.

Tu m'étonnes avec ton QI de poisson rouge, mon garçon ! Et puis peut-être qu'elle ne voulait pas divulguer sa double vie, pense Georges.

— Vous a-t-elle parlé de son passé ?

— Son passé ?

Incompréhension totale ! Exaspérant le garçon !

— De sa vie avant d'arriver à la maison de retraite, de ses parents, de son fils.

— Son fils ? Elle n'a pas de fils ! Ses parents sont morts alors qu'elle était enfant, elle est de l'assistance publique. Avant d'être Directrice, je ne sais pas, elle a dû faire des études.

— Où vous rejoignez-vous ? Pour ne pas être vu.

— On lui prêtait une maison à Vernel. Elle n'a jamais voulu me dire où elle habitait, à cause de son mari.

— Son mari ? Vous l'avez déjà vu ?

— Ah non jamais.

— Il ne venait pas à la maison de retraite ?

— Non ; elle disait qu'elle ne voulait pas mêler sa vie privée et sa vie professionnelle.

Facile ! Le gars gobe tout.

— Décrivez-moi la maison de Vernel ?

— Eh bien, une grande maison toulousaine, en brique foraine, avec une piscine, un grand jardin. Je m'y serais bien vu avec elle.

Georges a soudain une autre vision de l'affaire, il doit réinterroger Hélène Garnier. Non finalement il se ravise, d'abord le mari.

— Vous connaissez assez bien la maison de retraite. Pouvez-vous me parler de Francis Bordato ? Quelles étaient vos relations ?

— C'est un gros con. On s'est accroché plusieurs fois, il ne foutait rien et en plus, il parlait mal dans mon dos. J'ai foutu le camp, j'en avais marre de cette boutique.

— Parlait-il avec quelqu'un en particulier ?

— Pour parler, il parlait ! Il ne faisait que ça d'ailleurs ce con, lire la dépêche sur les canapés et parler avec les familles.

— Une en particulier ?

— Une quoi ?

— Famille.

— Ah ! Non pas vraiment. Avec ceux qui arrivaient à supporter son haleine. Vous savez comme dans les visiteurs. Jacquouille la fripouille.

— Oui, je vois tout à fait.

Georges ne peut s'empêcher de sourire, ayant eu la même expérience avec Bordato.

— On m'a rapporté que vous vous êtes disputé avec Monsieur Tarik.

— Ah oui. Bah, rien de bien grave. Je ne suis pas très patient et ce type il veut m'apprendre à tenir une perceuse ou monter un placard, ce blaireau. C'est un bras cassé ce mec, il ne sait rien faire, même pas diriger sa boîte.

— Je vois. Comment avez-vous été embauché ?

Nouvelle gêne de l'homme mal embouché et malpoli, irrespectueux aussi. Georges comprend tout de suite.

— Vous étiez déjà l'amant d'Hélène.

— Oui, avoue-t-il du bout des lèvres.

— Depuis longtemps ? Et comment vous êtes-vous connus ?

— À la maison de Vernel, j'étais alors artisan carreleur. C'est elle qui m'a reçu, ses amis étaient en voyage, elle s'occupait de leur maison. J'ai refait le carrelage autour de la piscine. Puis on est vite devenus amants, quand je lui ai dit que c'était dur comme boulot, que j'avais des impayés et des problèmes de genoux, elle m'a alors proposé de travailler à la maison de retraite pour remplacer un gars qui venait de partir, à cause de Bordato qui ne foutait rien. C'était un ou deux mois avant que j'y rentre.

— D'accord. C'est elle qui vous a payé ?

— Non, les proprios. Par chèque. Enfin, disons que c'est elle qui m'a donné le chèque.

— Vous vous souvenez de leurs noms.

— Euh, non. Mais je dois avoir ça dans ma compta de l'époque.

— Ah très bien, je voudrais que vous m'envoyiez leurs coordonnées complètes dès que vous serez rentré chez vous.

— Bien sûr. Je rentre ce soir. Je peux vous l'envoyer par MMS si vous voulez ?

— Oui merci.

— Est-ce que vous savez qui a embauché Bordato ?

— Je crois que c'est Hélène.

— Vous connaissez la raison ?

— Il me semble qu'il n'habite pas très loin de la maison de Vernel et que c'est lui qui y est venu changer une serrure, il cherchait du boulot. Après je n'ai pas tout compris, elle m'a dit qu'elle avait sympathisé avec lui ! Je lui ai alors dit : « Mais comment tu as pu sympathiser avec ce… ce… ce type ? »

Il est encore tellement suffoqué par la rencontre qu'il s'arrête de parler, les yeux exorbités.

— La belle et la bête, lui dit Georges en souriant, pour qu'il se rappelle les autres détails.

— C'est exactement ça !

— Il connaissait les propriétaires ?

— Je crois que oui.

— Vous avez déjà rencontré ces gens ?

— Non jamais, c'est elle qui s'est occupée de tout.

Georges peu à peu dénoue les fils. En trouvant le ou les propriétaires de la maison, on ne devrait pas être très loin de l'assassin.

— Bon Monsieur Loisel, je ne vais pas vous déranger plus longtemps, j'attends votre MMS rapidement, cela devrait faire avancer mon enquête.

Georges prend rapidement quelques notes, puis sur le téléphone interne il joint Ronan.

— Oui Geo, encore du boulot ?

— Eh oui. Essaie de me trouver le propriétaire de la maison située 826 chemin de la briqueterie à Vernel.

— Urgent comme dab.

— Prioritaire.

— Bien Patron, dit Ronan avec humour. Ah au fait, l'hosto vient de nous appeler, le mari d'une des victimes, qui a été empoisonnée, vient de décéder. À part ça, rien de neuf, tout le monde bosse.

— Ah ! bon, la liste se rallonge. Merci Ronan.

Georges complète son tableau. Il se rappelle brusquement qu'il doit aller voir le mari d'Irina. En chemin, il croise Jean Louis, « l'interrogateur ».

— Ah Geo, désolé je n'ai pas pu tirer un mot du type. Une tombe, muet comme une carte.

— Tu as fait ton possible. Justement, je vais essayer à mon tour.

— Bonne chance… mais attends, je viens avec toi.

Le mari n'a pas fière allure, ses vêtements de marque, tout chiffonnés, les cheveux en bataille, le teint pâle et les traits tirés. Il se laisse docilement emmener par deux policiers, jusqu'à la salle d'interrogatoire, qui lui enlèvent les menottes et le font asseoir face à Georges et Jean Louis.

— Alors Monsieur Ortega, toujours rien à dire ?

Devant le silence du type, Georges enchaîne.

— Vous ne saviez pas en ramenant Irina qu'elle était lesbienne, n'est-ce pas ? Cela a dû vous frustrer, c'est une très belle, c'était pardon, une très belle femme. Surtout quand elle a couché avec son collègue à la maison de retraite. Mais avec vous, niet !

— C'était une salope ! rugit-il en se levant brusquement.

Le policier présent dans la pièce intervient, le fait se rasseoir sans ménagement. Georges laisse faire pour une fois, l'homme le débecte. Il le provoque.

— Et vous, vous êtes un assassin

— Elle l'a méritée cette pute.

— Donc c'est bien vous qui l'avez tuée ?

— Oui et s'il fallait recommencer je la re saignerais comme une truie qu'elle était.

— Pourquoi l'avoir tuée à la maison de retraite ?

— J'étais en colère, elle venait de coucher avec l'autre pute. Je voulais les tuer toutes les deux.

— À Vernel ?

— Oui.

— Vous l'avez suivie ?

— Oui.

— Et pourquoi pas là-bas ?

Silence. Son expression a changé, il semble terrifié. Cela n'a duré qu'une seconde, mais Georges a compris.

— Il vous a obligé n'est-ce pas ?

L'homme lève la tête qu'il tenait baissée obstinément, même en parlant. S'apprête à dire quelque chose, puis se ravise.

— Il vous fait si peur que ça ? Dites-moi qui c'est et il ne vous effraiera plus jamais.

— Vous allez le tuer ?

— Non. L'arrêter et le faire juger.

— Alors je ne dirais plus rien. Je veux un avocat.

Quelquefois, il vaut mieux mentir, se dit Georges, mais je ne pouvais pas décemment lui dire ça. Vice de procédure et, il s'en tirerait.

— Il venait vous voir souvent. Nous avons un témoignage. Il effrayait votre épouse. Qui est cet homme ? Pourquoi vous a-t-il obligé à tuer votre femme ? Pour de l'argent ? Il vous faisait chanter ? Il vous a menacé ? Répondez ! il peut tuer encore. Si nous ne l'attrapons pas, vous serez responsable, vous allez endosser tous les meurtres. D'ailleurs, qui me dit que ce n'est pas vous qui aviez commis ses horreurs !

Le type ne répond plus, c'est renfermé dans son silence. De longues minutes passent. Jean Louis lui fait un signe discret. Ils se retrouvent à l'extérieur de la salle, derrière la vitre sans tain.

— Bien joué, il a avoué celui de sa femme au moins, lui dit Jean Louis. Tu penses que c'est lui qui a tué les autres ?

— Non, l'autopsie et les analyses scientifiques devraient le prouver. Il y a un autre assassin j'en suis sûr. J'ai d'autres choses à voir, continue l'interrogatoire en attendant son avocat.

— OK, je vais essayer.

Georges reprend le chemin de son bureau, lorsque se demandant soudain où peut bien être Marion, rebrousse chemin et va jeter un œil à la petite cafeteria du rez-de-chaussée. Elle est en pleine discussion avec Véronique.

— Ah tout de même ! Je croyais que tu m'avais oublié, mon Italien, lui lance Marion.

— Comment veux-tu que je t'oublie ?

La connivence de Véronique lui fait comprendre que Marion a dû s'épancher.

— Qu'est-ce que je fais Patron maintenant ? À propos de l'enquête, demande cette dernière.

— Ronan a besoin de coup de main. Marion, tu peux peut-être les aider ?

— Ah ! Me voici promu inspectrice ! Avec plaisir, Patron, puisque je suis au chômage technique, ironise Marion, avec sa gouaille habituelle.

— C'est aussi avec plaisir que je t'intègre dans mon équipe, dit Georges en souriant.

— Ah au fait, Mme Tarik est dans la salle 2, rajoute Véronique.

— Oui, j'y vais immédiatement.

Mme Tarik a assurément le physique slave, grande et mince, un regard bleu acier plutôt froid.

— Excusez-moi, Madame de n'avoir pu vous rencontrer plus tôt.

Georges prend place face à elle.

— J'ai juste quelques questions à vous poser.

La femme hoche la tête sans un mot.

— Vous souvenez-vous du nom de l'agence de rencontre dans laquelle vous avez rencontré votre époux ?

— Oui, c'est « Belles de l'Est. »

— D'accord. Excusez-moi une minute.

Il transmet l'info à Ronan lui suggérant de mettre Véronique sur l'affaire puisque c'est la seule à avoir quelques notions de russe.

— Vous pouvez me dire en deux mots comment s'est passée votre rencontre avec votre mari.

— Très simplement, il a contacté l'agence qui m'a contacté à mon tour. Nous avons d'abord communiqué par Skype, puis il a pris l'avion et est venu dans ma ville, Tcherkassy. Quelques semaines plus tard, j'avais mes papiers et nous nous sommes mariés en France.

— Avez-vous eu des contacts avec d'autres Français avant votre futur mari ?

— Deux, si je me souviens bien.

— Étaient-ils de la région ?

— Non. Un de Paris et l'autre de Nice, il me semble.

— Avez-vous leurs noms ?

— Non. Il faudrait demander à l'agence.

— Aviez-vous des contacts avec la Directrice de la maison de retraite de Pin-Muralet ?

Elle n'est pas particulièrement avenante, répond aux questions avec un certain agacement. Son visage se ferme encore plus.

— Non.

— Vous n'avez pas l'air de l'apprécier, pourquoi ?

— Cela ne vous regarde pas, dit-elle d'un ton glacial et arrogant.

— Cela me regarde tant que cela peut concerner l'enquête en cours. Je vous saurais gré d'être plus collaborative, lui dit Georges poliment, mais très sèchement.

Son allure hautaine et un peu distante l'agace.

— Nous ne nous apprécions pas, voilà tout.

— Précisez !

Georges commence à la déstabiliser, ses yeux papillonnent.

— J'ai vite compris qu'elle était Russe, tous les Ukrainiens ne les apprécient pas. Et eux ne nous aiment pas trop non plus. Et elle m'a vite considérée comme une femme facile.

— Parce que vous vous êtes mariée à un riche français ?

— Oui.

— Que vous a-t-elle dit ?

— Elle m'a traitée de… de… de pute a français.

Elle est encore offusquée par le souvenir. Mais Georges a une certaine satisfaction de reconnaître que la Directrice lui ait dit la vérité sur ce point. Et un certain plaisir que la jolie Russe ait un peu malmené la froide et hautaine Ukrainienne, certes belle, mais une beauté gâchée par sa condescendance et son visible mépris des gens « ordinaires ». Mais Georges ne veut pas la juger hâtivement sur cet entretien rapide. Souvent, les gens timides ou pudiques ont une attitude similaire.

— Bon, merci de votre franchise, dit-il sincèrement.

Elle le regarde d'un œil nouveau. Un sourire se dessine sur son visage de reine de beauté.

— Vous a-t-elle dit autre chose ?

— Non. Nous nous sommes évitées par la suite.

— Bon merci Madame. Je vous félicite pour votre français, qui est excellent.

— Merci, répond-elle avec un sourire plus large, qui pourtant n'arrive pas à éclairer totalement son visage.

Le Directeur adjoint semble s'être acheté une femme, selon le point de vue de la Russe. Mais chacun est libre de disposer de sa vie comme il l'entend. Peut-être la Directrice avait-elle reproché la même chose à son ancienne maîtresse Irina…

— Je vais vous adjoindre une protection rapprochée. C'est nécessaire tant que n'avons pas arrêté le tueur.

Une idée lui vient brusquement.

— Je suppose que le russe et l'ukrainien sont des langues proches ?

— Oui, très proche.

— Accepteriez-vous de nous aider ?

— Oui bien entendu. De quelle manière ?

— Vous avez déjà rencontré mon adjointe, Véronique. C'est elle qui va être chargée de votre protection. Votre aide lui sera précieuse. Venez, elle va vous expliquer elle-même.

Georges décide d'aller interroger l'homme arrêté à la maison de retraite. Il se fait ouvrir la porte par le policier chargé des cellules aujourd'hui.

— Il s'est tenu tranquille ?

— Il n'a pas moufté depuis qu'on l'a emmené.

— Allez sortez Monsieur, Monsieur ?

— Bertrand. Jean Claude Bertrand.

— Suivez-moi dans mon bureau.

— Je suis libre ?

— Pas encore. D'abord, vous allez m'expliquer ce qui vous a emmené à manifester de la sorte.

— Eh bien je suis désolé, j'ai eu des soucis à mon travail, et je… je ne sais pas ce qui m'a pris, j'ai disjoncté quand votre policier m'a mis les menottes. Et voilà.

Georges détaille l'homme, il doit bien avoir plus de 60 ans, voire plus.

— Vous n'êtes pas à la retraite ?

— Eh bien si, mais je me suis inscrit comme autoentrepreneur. Ma mère est ici depuis 13 ans, dans un état presque végétatif, sa retraite ne suffit pas à payer le montant mensuel ici, l'argent de la vente de sa maison y a déjà été englouti. Je dois donc aller tailler des haies ou faire de menus travaux pour trouver les quelque 400 euros qui me manquent tous les mois. Je suis fils unique, je n'ai pas d'enfants, voilà, je me suis donc un peu énervé, avec la chaleur et tout… pfff…

— Vous n'avez pas droit à des aides ?

Georges est ébahi par cette situation.

— Le conseil régional vous aide, effectivement, j'ai une aide de 900 euros, mais qu'il faudra après rembourser…

— À combien se monte l'hébergement tous les mois ? Si je peux dire hébergement.

— Dans le cas de ma mère, presque 3300 euros. Sa retraite est de 770 euros.

— Ah oui ! Mais j'ai entendu dire que la Sérénité était la moins chère de toutes ?

— Oui, c'est exact.

— C'est hallucinant !

— Comme vous dites. Faites le calcul, tous les mois, je dois sortir plus de 1300 euros. Je ne souhaite pas bien évidemment le décès de ma mère, mais dans l'état où elle se trouve la pauvre, cela serait un soulagement pour tout le monde. Et surtout pour elle, enfin je pense.

— Et donc après le décès de votre mère, vous devrez encore rembourser les 900 euros mensuels ?

— Heureusement non, l'assurance décès va couvrir une grande partie de la dette.

Georges connaissait le coût élevé des maisons de retraite, mais il ne s'imaginait pas à quel point il était loin de la vérité.

— C'est honteux cette situation. Le gouvernement nous rackette et n'est pas capable d'assumer et de prévoir la vieillesse de sa population.

Il est outré.

— Eh oui, les ministres ne sont pas concernés eux ! Je tenais à vous présenter mes excuses pour vous avoir traité de nazi, j'ai bêtement écouté Mme Mérens, qui m'a dit que vous étiez une brute et un homme sans pitié. C'est une idiote, étroite d'esprit, une espèce de cul béni qui remplace le curé. Je m'aperçois maintenant que je me suis trompé sur votre compte. Ce petit séjour en cellule m'a fait du bien.

— N'en parlons plus, j'accepte vos excuses. Tout le monde peut se tromper. Cette Mme Mérens est habillée en tailleur gris très strict, avec un col comme les religieuses, n'est-ce pas ?

— Oui. Vous la connaissez ?

L'homme semble soudain inquiet d'avoir trop parlé.

— Je l'ai croisé. Ne vous inquiétez pas, je ne l'apprécie pas également. Mais pourquoi a-t-elle dit ça ? Je n'ai pas eu affaire à elle.

— Ah ? Personne ne vous a dit. C'était aujourd'hui le jour de la messe et vous utilisez le bureau du docteur. Avez-vous remarqué qu'il y a une cloison coulissante dans ce bureau ?

— Oui.

— Eh bien, il y a une salle de télé derrière, la messe a lieu dans les deux pièces ainsi réunies lorsque la cloison est ouverte.

— Mais il suffisait qu'elle me le demande. Et personne ne m'a rien dit.

— A priori, quelqu'un lui a dit que vous refusiez catégoriquement que la messe se fasse aujourd'hui.

— C'est ridicule, je n'étais même pas au courant qu'il y avait une messe en ce lieu. Vous savez qui lui a dit ça ? Un membre du personnel peut-être ?

— Ah non, elle ne me l'a pas dit. Elle a peut-être tout inventé par médisance, c'est une vraie vipère !

— Vous venez voir votre mère tous les jours ?

— Non, une fois par semaine environ. Quelques fois moins.

— Parlez-vous avec d'autres résidents ?

— Non, au premier étage, là où se trouve ma mère, ils sont tous grabataires, ou déments ; ou les deux à la fois, à quelques exceptions près. Ceux qui ne le sont pas ne veulent pas se mélanger aux autres. Ceux qui sont dans des fauteuils coquilles, comme ma mère, les effraient. Je parle juste avec le personnel. Quelques fois avec les autres familles en visite, mais il y en a peu au premier.

— Votre mère ne reste donc pas dans sa chambre dans la journée ?

— Cela arrive parfois, mais la plupart du temps elle est devant la télé, dans la pièce de vie, avec tous les autres.

— Connaissiez-vous Irina ?

— Oh oui, très bien. Elle était très gentille. Elle venait souvent me parler. C'était très agréable, je dois l'avouer, c'était vraiment une chouette nana, canon en plus ! La pauvre fille…

— Je comprends. Avec qui d'autre parlait-elle ?

— Je la voyais souvent avec Joséphine, l'africaine, très belle elle aussi. Mais surtout très sympa et marrante. Avec Gohare, l'autre femme de ménage, c'est à peu près tout. On m'a dit que les autres filles ne l'aimaient pas trop. Ah si, avec Benoit l'ancien homme d'entretien. Il paraissait proche d'ailleurs, normal, c'est un beau mec, et jeune, pas comme moi, rajoute-t-il en souriant.

— Et avec la Directrice ?

— Euh, maintenant que vous me le dites, je ne les ai jamais vues parler ensemble. Avec Julie, assez souvent en revanche. Et une fille des cuisines, Dorothée, elles étaient souvent dehors à fumer et à discuter ensemble. Je les voyais depuis la chambre de ma mère, qui donne sur l'arrière.

— Vous connaissez bien la maison.

— Oh, surtout le premier, et celles qui y travaillent.

— Et Francis Bordato, est-ce que vous parlez avec lui ?

— Pas beaucoup. Cela se limite au bonjour. Pas très agréable le gars. Il passe son temps à se disputer avec tout le monde, ou à lire la dépêche sur un canapé.

— Madame Garnier ne lui disait rien ?

— Non, étonnamment, parce qu'avec tous les autres, ça filait plutôt droit.

— Pourquoi selon vous ?

— Eh bien, j'en ai parlé avec quelques-unes ici, et toutes me disent qu'ils se connaissent bien, que c'était un emploi, comment ont-elles dit, un emploi…

— Fictif ?

— Ce n'est pas le mot, quelque chose comme du copinage ou du favoritisme. Vous voyez ?

— Oui, je comprends.

— Ce type ici est… inutile. Il y a d'ailleurs eu des tensions entre Benoit et lui. Vous le saviez peut-être ?

— Oui, on m'a en parlé. Vous avez été témoin de ces tensions ?

— À plusieurs reprises. Benoit aimait qu'on lui fiche la paix quand il faisait quelque chose. L'autre lui cassait les pieds alors qu'il glandait toute la journée. Un jour, il l'a attrapé par le col et a failli le passer par-dessus le balcon. L'autre s'est méfié par la suite, mais c'est un abruti et un con, donc il a recommencé. Benoit m'a dit par la suite, alors qu'il s'était calmé, je vais donner ma démission, sinon je vais finir par le tuer.

Georges ne lui dit pas que Bordato a été assassiné, secret de l'enquête, il n'est pas sûr que le tueur n'ait pas un autre complice ou informateur. Quant à la culpabilité de Benoit ? Il pourrait en effet être plus qu'un simple témoin, le gars a couché avec les Russes, cela ferait un bon suspect. Il faut revérifier ses alibis. Encore du boulot pour Ronan et toute l'équipe. Mais son instinct, encore lui ! lui dit qu'il n'a pas l'envergure, ni le profil. Cela le fait penser tout à coup au petit carnet d'Irina, toujours dans sa poche, trouvé dans la chambre du vieux séducteur. Peut-être, Véronique peut essayer d'en tirer quelque chose.

— Et Jean Pierre, l'autre gars de la maintenance ?

— Oh lui, il est trop gentil, il travaille pour deux et ne se plaint jamais. Un type bien.

— Vous l'avez vu parler avec Irina ?

— Non, je ne crois pas.

— Bon, vous pouvez partir, Monsieur Bertrand, merci pour les infos.

— Merci à vous commissaire.

— Commandant.

— Oh désolé. Merci Commandant.

— Pas de problème. Bon courage pour la suite.

Il trouve Véronique à son bureau, Madame Tarik a pris place à côté d'elle, elles consultent le site de rencontre franco-ukrainien. Marion est assise au bureau d'en face, en pleine conversation téléphonique, elle lui adresse un clin d'œil enjoué avec le pouce levé.

Ronan entre précipitamment dans la grande pièce, il voit Georges et se dirige vers lui à toute vitesse, un papier à la main.

— Ah Geo, bonnes nouvelles, au pluriel. Premièrement, notre gars qui avait pris un coup sur la tête est tiré d'affaire.

— Ah super !

— Deuxièmement, concernant le premier meurtre, on a trouvé ce que l'on pense être l'arme du crime, dans un faux plafond de l'électricien, Ortega. Un cutter plein de sang. Les analyses sont en cours.

— Vous aviez eu le mandat ?

— Oui, le juge nous l'a délivré sans problèmes. Étonnant, non ?

Le juge Cavalié était redouté par tous les flics, il renâclait dans toutes les procédures. Georges s'était souvent accroché verbalement avec lui.

— Cela fait partie des bonnes nouvelles ?

— Non. Enfin oui, si tu veux.

— Ensuite, nous avons réussi à contacter le mari de la… troi… non… je sais plus. Enfin bref, un des maris rentre de Russie et l'autre descend des Pyrénées. Le poison qui a tué un des maris d'une des victimes a été identifié, c'est un composé fait avec des plantes très rares, il faut avoir des connaissances de médecine, de pharmacie ou de chimie pour le fabriquer. Et surtout, trouver les ingrédients est très difficile. Ensuite, il y a des traces ADN sur tous les corps, identiques ! C'est le même type qui a tué toutes les Russes, et même le type trouvé égorgé ! Ah oui ! un type de la scientifique a appelé, pour les webcams, il dit qu'il peut rechercher avec un de ses appareils pour trouver le modem et son signal, qu'il est forcément dans les locaux de la maison de retraite. C'est une connaissance de Dimitri, il n'arrive pas à le joindre, d'ailleurs. Après, les mauvaises nouvelles, la plaque de la moto est fausse, les recherches sont en cours pour la maison de Vernel. Ah oui ! Un des maris aurait dû être là depuis au moins deux heures, nous avons essayé de le joindre, lui non plus ne répond pas.

— Bon, c'est bien tout ça. Oriente les recherches sur l'entourage des victimes et de la maison de retraite sur les pharmaciens et autres spécialistes que tu as nommé.

Il omet volontairement de lui parler de la plaque de la moto

— C'est fait chef, répond Ronan, en souriant, il lui désigne Marion. C'est sa spécialité, elle s'en charge.

— Bravo ! Revérifie s'il te plaît les alibis de Benoit Loisel pour tous les meurtres.

— Bien chef.

— Véro, tiens ! Avec l'aide de Madame Tarik, essaie de traduire les annotations en russe, j'ai trouvé ce carnet dans la chambre d'un résident chez qui Irina avait oublié ses affaires. Est-ce que l'on a retrouvé l'agence matrimoniale qui l'a fait rencontrer Ortega ?

— Je vais me renseigner.

— Bon si personne ne l'a fait, tu t'en charges et tu profites de l'aide de Madame Tarik. Je ne sais plus si j'ai donné des consignes à ce sujet, mais c'est un oubli sérieux.

— Vous avez eu tellement de pistes à explorer !

Il remonte dans son bureau pour réfléchir à tous ces nouveaux évènements, consulte son tableau, essaie de rétablir chronologiquement tous les faits en consultant son carnet, quand un détail surgit. Il décide d'appeler Monsieur Tarik, l'Attaché de direction. Celui-ci répond dès la deuxième sonnerie.

— Oui, Simon Tarik.

— Ici, c'est le Commandant Rigacci. J'ai omis de vous demander une chose, vous avez essayé de me joindre sans succès, m'a-t-on dit. Par quelle voie êtes-vous passé ? Par le GQG, pardon, je veux dire, par le poste central à Toulouse ?

— Oui, ils m'ont dit que vous étiez injoignable.

La plupart du temps, Ronan, ou le standard ne donne pas le numéro de GSM de Georges, sauf en cas d'urgence, et à certaines personnes seulement, pour des raisons évidentes de sécurité ou de saturation de sa ligne.

— Vous souvenez-vous qui vous avez eu au bout du fil ?

— Euh attendez, il m'a dit son nom… ah oui, Brigadier Sauveur.

— Sauveur ? Vous êtes certain ?

Ce nom ne lui disait rien.

— Oui, j'ai appelé 4 ou 5 fois avant d'arriver à les avoir.

— Quel numéro avez-vous composé ?

— Alors une seconde, je regarde sur mon journal d'appel… c'est le… 05 62 79 79 79.

— C'est le bon numéro pourtant. Bon, je me renseigne et vous rappelle éventuellement.

Il descend au bureau pour interroger Ronan.

— Avons-nous un Brigadier du nom de Sauveur ? lui demande-t-il.

En train de fouiller frénétiquement dans les paperasses qui inondent son bureau, le policier s'interrompt et le dévisage en cherchant dans sa mémoire.

— Non, je ne vois pas. Pourquoi cette question ?

Il lui explique brièvement.

— C'est curieux ça. Dit-il en se grattant la tête. Attends je vais chercher s'il n'y a pas eu un gars d'un autre poste de ce nom-là, c'est possible avec le bazar qu'a engendré cette affaire. Mais tu connais les consignes, en cas de doute, ou d'ignorance, on passe par moi, tout le monde le sait ici.

Ils consultent ensemble la liste du personnel et de ceux des autres postes venus en renfort, tous les gars présents sont interrogés, aucun ne le connaît. Force est de constater qu'il n'y a aucun Sauveur, même dans les fichiers de la police nationale.

— Comment tu expliques ça ? lui demande Ronan, perplexe.

— Je ne sais pas, avoue Georges.

— Peut-être que ton gars s'est trompé de numéro ?

— On ne lui aurait pas répondu ; oui, ici le Brigadier Sauveur.

— C'est vrai, un plaisantin ? Ou il aura mal compris ?

— Peut-être, je l'espère en tout cas. Consulte la liste des appels sur le terminal.

— Oui, je m'en occupe, c'est grave cette affaire.

— En parlant de ça, tu m'as dit tout à l'heure que le gars de la scientifique n'arrivait pas à joindre Dimitri ?

— Oui.

— OK, je vais l'appeler.

Mais lui non plus n'y parvient pas. Il lui envoie donc un SMS.

« Tu ne peux pas répondre ? Dimitri : Non, viens à la Sérénité immédiatement. Georges : Problèmes ? Dimitri : Non, juste besoin de toi. Georges : OK »

Il envoie d'autres textos, mais plus aucune réponse.

Tous ses voyants rouges s'allument instantanément, Dimitri ne le tutoie jamais, même dans les textos. Il appelle Damien.

— Tu es à la Sérénité ?

— Oui Patron.

— Tu as vu Dimitri ?

— Pas depuis un moment.

— Demande qui l'a vu en dernier, et mets-toi à sa recherche, tu lui dis de me rappeler immédiatement. Si tu ne le trouves pas, c'est toi qui me rappelles.

Quelque 5 minutes plus tard d'attente et d'angoisse, Damien le rappelle.

— Introuvable patron. Je crois que le dernier qui l'a vu c'est moi en fait, il était en train d'interroger une employée, une black, Joséphine, elle dit qu'il a entendu ou vu quelque chose de suspect, puisqu'il l'a fait entrer dans les vestiaires en lui intimant le silence, je l'ai trouvé à l'intérieur, complètement terrorisée, elle a dit aussi qu'il avait sorti son arme et depuis personne ne l'a revu.

— Bon, priorité absolue, tout le monde encore plus vigilant, personne ne sort, personne ne rentre. J'arrive le plus vite possible.

Son cœur bat la chamade, Dimitri est comme son fils, il aurait dû être avec lui. Il fait irruption dans la grande salle.

— Véronique, tu viens avec moi, Marion, tu la suppléer du mieux que tu peux. Et surtout…

— Je ne sors pas d'ici, oui chef.

10
17 heures 30 – 18 heures 30

Angoissé, Georges laisse conduire la jeune femme, il tente d'avoir les idées claires malgré tout.

Mais tout s'embrouille dans sa tête, les suspects, les meurtres, Marion…

Ils atteignent juste les portes de la ville quand un doute s'immisce dans son esprit. Il appelle Ronan.

— Encore une urgence, je suppose ?

— Il faut tout de suite faire une recherche sur le téléphone de Dimitri, lui dit Georges sans préambule. Je veux savoir immédiatement d'où a été émis son dernier appel. Je ne raccroche pas, j'attends.

— OK chef.

Il entend les bruits du GQG, reconnaît la voix de Christophe, le technicien. Encore une fois, il angoisse sérieusement en attendant la réponse.

— Allo Patron, c'est Christophe. C'est dans un secteur du centre-ville comprenant Matabiau, mais ce n'est pas loin d'ici en fait ? Allo Patron ?

Georges a déjà raccroché.

— Véro, demi-tour dès que tu peux et on rentre en quatrième vitesse.

Il rappelle Ronan.

— Ah, Geo, tu avais raccroché et…

— Écoute-moi bien Ronan, l'interrompt Georges. Le type m'a volontairement éloigné, il doit rôder dans le coin. Peut-être se fait-il passer pour un policier pour entrer incognito.

— Le fameux Sauveur !

— Oui, peut-être. Alors, tu ne lâches pas des yeux Marion et nos deux prévenus. Personne ne les approche. Si quelqu'un demande à leur parler, tu l'interpelles immédiatement. Nous arrivons.

— OK OK.

Ronan raccroche et regarde en direction des bureaux, Marion est toujours au téléphone. Il vérifie son arme, puis jette un regard circulaire dans la pièce, toutes les policières et tous les policiers présents lui sont connus et il n'y a aucun civil. Il regagne son bureau après avoir parlé à chacun à l'oreille afin de les avertir du danger potentiel, sans avoir omis de parler du mystérieux Sauveur. En observant les gens assis qui attendent leur tour, cela ne le rassure pas en se disant que de toute façon tout le monde est filmé. Deux policiers sortent un type menotté d'une voiture de patrouille, l'homme est tellement ivre que ses pieds traînent sur le sol, il dégage une odeur pestilentielle, et est couvert de vomissures.

— Ou est-ce que vous l'avez péché a celui-là ? leur demande-t-il.

— Sur la place Saint-Georges, lui répond l'un des deux en retroussant les narines. Un commerçant nous a appelés, il était étalé devant l'entrée d'une boutique.

L'autre policier semble sur le point de vomir.

— Vous l'avez fouillé ?

— Oui, il n'a rien sur lui.

— Bon, mettez-le au frais, mais seul dans une cellule. Tâchez de vérifier son identité.

Georges arrive quelques minutes plus tard, il a estimé inutile d'arriver en douce, le type jouant au chat et à la souris avec lui, il ne veut pas entrer dans son jeu. De plus, personne n'a rien vu de suspect. Il fait encore renforcer la sécurité, mobilisant de nouveaux policiers. Le mobile n'émettant plus aucun signal, après un nouveau point avec Ronan, il décide de repartir vers la maison de retraite.

— J'ai du mal à comprendre les motivations du tueur, dit Véronique tout en conduisant. Et vous Patron ?

— Il a l'air de bien s'amuser à nous trimbaler d'un côté à l'autre.

— Il gagne du temps vous croyez ?

— Je ne sais plus trop que croire ni ce que cherche ce cinglé. Tâchons de retrouver Dimitri.

Ils roulent en silence jusqu'à la maison de retraite, plongés dans leurs réflexions.

Georges pense au témoignage de Jean Claude Bertrand, cela le ramène à ses parents avec qui les rapports, n'ayant jamais été simples, étaient maintenant tendus. Son père s'était enfermé depuis quelques mois dans un silence pesant. Sénilité, disait le docteur, fainéantise, disait sa mère qui n'acceptait pas qu'il ne fasse plus rien. Malgré leurs vécus tumultueux, c'est son père et il ne lui viendrait pas à l'esprit de ne pas s'en occuper si sa mère venait à disparaître avant lui. Il se contenterait de faire les démarches administratives, il n'y avait jamais eu de liens affectifs entre eux, le fossé s'était creusé encore et encore au fil des années, jamais aucune passerelle n'avait pu permettre un franchissement quelconque ou un rapprochement. Sa mère ne faisait que creuser ce fossé depuis des années, en envenimant la situation involontairement, par son exigence. Son incompréhension surtout. Et aussi son vécu. La maison de retraite était donc une solution idéale pour tout le monde. Son père avait toujours été un type difficile, égoïste, égocentrique, fâché avec la terre entière. Son frère n'ayant également plus aucun contact avec lui, cela l'avait rassuré en son temps, quelque part, il s'était dit que ce n'était pas uniquement de son fait. Mais pour l'instant, il était autonome et la question ne se posait pas. Pas encore. Son tour viendrait aussi un jour, ça ne l'inquiétait pas, autant financièrement, puisqu'il avait pris une assurance spécifique et épargnait tous les mois pour cela, qu'affectivement, il avait une bonne relation avec ses enfants, il comptait bien que ça dure.

Une horde de journalistes est à l'affût devant le portail de la maison de retraite, une quantité non négligeable de policiers et de gendarmes les tenant tant bien que mal à distance de l'établissement. Cela l'irrite instantanément, le tueur pouvant profiter de la panique et du chaos ambiant.

— Mais quelle bande de charognards ! s'exclame Véronique. Je peux foncer dans le tas, patron ?

— Oui et en écraser deux ou trois, plaisante Georges pour s'efforcer de rester zen.

— Deux ou trois, ce n'est pas assez. Quelquefois, on devrait pouvoir jouer aux cowboys et tirer des coups de feu en l'air pour les faire fuir.

Elle ouvre sa vitre.

— Si vous ne vous laissez pas passer pour faire notre boulot, il va y avoir des conséquences, crie-t-elle à la ronde, alors que la meute encercle la voiture.

Après un instant de flottement, un passage se crée. Pas assez vite à son goût.

— Vous croyez quoi, bande de vautours, que nous avons l'assassin dans le coffre !

Elle a crié en regardant les caméras, excédée.

— Puisque je suis filmée, j'en profite. Éteignez votre télé Messieurs dames, et allez-vous promener ou lisez un bon bouquin. N'engraissez pas les charognards qui nous harcellent.

— Tu perds ton temps et ton énergie, rien ne les fera reculer, lui dit Georges. Et puis ils vont te couper au montage.

— Dire que la plupart des gens croient les bobards que racontent ces types !

— La tendance est à la baisse, paraît-il.

— Il était temps. Mais il va se sortir celui-là !

Un photographe est devant le véhicule, un genou à terre, les mitraillant de clichés. Un policier tente de l'écarter, mais le type résiste. Véronique ébauche le geste d'actionner la poignée de la portière avec l'intention évidente d'aller refaire le portrait de l'importun, quand Georges l'arrête dans son élan.

— Non, avance, il va se sortir.

Un coup d'accélérateur rageur, et le type s'écarte précipitamment.

— Tu vas faire le buzz sur internet, comme disent les jeun's lui dit Georges en souriant.

— Et ce n'est pas fini, répond-elle, après être descendu du véhicule, elle fait un doigt d'honneur au journaliste qui l'invective de loin.

— Ça y est tu es une célébrité !

Se moquant ainsi de la téléréalité et de ses soi-disant stars qui naissent et disparaissent aussi vite que des étoiles filantes.

L'attitude du photographe l'ayant intrigué, il décide d'aller tirer l'affaire au clair. Le voyant arriver sur lui, celui-ci commence manifestement à regretter son audace. Véronique, remontée comme une pendule, avance à grands pas, Georges s'étonne un peu de son attitude, elle est d'habitude beaucoup plus mesurée, la laissant le distancer pour observer tranquillement les gens présents, reconnaît au passage les gars d'e télé vu le matin même, ceux-ci le saluent gentiment, point positif, il ne s'est pas fait que des ennemis dans cette corporation. La discussion est plutôt vive entre le photographe et la jeune policière. Georges entend quelques bribes de la conversation, comprenant qu'il y a un contentieux entre les deux. La tension monte, l'homme commet l'imprudence de la bousculer, il se retrouve par terre en moins de deux, Georges intervient parce que la clef de bras qu'elle lui fait arrache des hurlements au photographe. Toute la presse alentour s'en donne à cœur joie, applaudissant presque pour le spectacle.

— Doucement Véro, dit-il en lui mettant la main sur l'épaule, mets-lui les menottes et fais-le embarquer, n'oublie pas Dimitri.

— Oui Patron. Pardon.

Un policier s'occupant du photographe, Georges observe la jeune femme, son visage exprime la colère.

— Explique-moi, lui dit-il simplement.

— Ce type est homophobe, entre autres. Excusez-moi, mais je n'ai pas envie d'en parler, ça ne concerne pas le boulot.

— Pas de problèmes.

— Merci.

Rapidement, il pénètre dans l'établissement. José vient à leur rencontre, l'air soucieux.

— On a cherché partout, tout le voisinage… rien.

— Où est-ce qu'il a été vu pour la dernière fois ?

— Dans le couloir après la salle à manger, c'est une employée, Mme Bournier, qui l'a vue la dernière, il lui posait des questions.

— C'est Joséphine, l'Africaine ?

— Oui, c'est ça.

— Elle est encore dans l'établissement ?

— Oui. Elle n'a pas voulu sortir de la salle de pause des employés, elle est terrorisée.

— Bon. Allons-y, dit-il à Véro. Nous restons ensemble quoi qu'il arrive, j'ai l'impression que c'est un piège que nous tend le tueur. José, tu trouves Damien et un autre gars et vous nous ne perdez jamais de vue.

Ils attendent que les policiers, José en tête, les rejoignent. Il explique ses consignes, les exhorte à la vigilance extrême. Tous sont à présent concentrés, conscients du danger invisible qui les entoure. Ils traversent la salle à manger, les résidents sont attablés et attendant patiemment leurs repas du soir. Quelques-uns, plus réceptifs que les autres, ou est-ce l'appétit qui aiguise leurs sens, Georges ne saurait le dire, semblent plus attentifs et intéressés. Monsieur Bozarelli lui fait un signe de la main, son œil s'allume en voyant Véronique. Cela le fait sourire intérieurement.

— Les gars, vérifiez vos armes, vos gilets, on y va, leur dit-il une fois qu'ils ont franchi la salle à manger.

Ils s'avancent ainsi prudemment jusqu'au fond du couloir, Georges ouvre la porte de la salle de pause, quelques employés s'y trouvent, l'ambiance est plutôt morose dans la pièce, le plus grand silence y règne. Joséphine a les yeux rouges d'avoir trop pleuré, une femme lui tient gentiment la main, il reconnaît en elle celle qui s'est évanouie dans l'escalier, en voyant le corps de la malheureuse Tamara. Elle aussi a les yeux rouges et les traits tirés. Il constate, avec satisfaction, que deux gendarmes sont postés à l'extérieur, juste derrière les grandes fenêtres, la mitraillette en bandoulière. Les femmes se sont toutes serrées instinctivement dans ce coin-là, sur de grands canapés appuyés aux murs. Une fliquette est assise au milieu d'entre elles, elle se lève en voyant Georges ; il lui fait signe de se rasseoir.

— Joséphine ? Bonjour, je suis le Commandant Rigacci. Montrez-moi précisément ou vous avez vu mon collègue Dimitri pour la dernière fois.

Elle se dirige sans un mot vers le couloir, apparemment rassurée de voir tous ces policiers à ses côtés.

— Ici, dit-elle avec un léger accent africain.

Elle s'est placée devant la porte de la lingerie, attenante à la salle qu'ils viennent de quitter.

— Vous l'avez vu sortir ?

La porte vitrée donnant sur l'extérieur, qu'utilise les employés est à deux pas, la lingerie étant à l'extrémité du bâtiment, les cuisines et un petit vestiaire pourvu d'une douche leur faisant face.

— Non, il était devant la porte, puis a regardé vers là.

Elle indique l'intérieur de la lingerie.

— Où étiez-vous ?

— Là-bas, dans les vestiaires, je regardais par la porte à peine entrouverte. Votre collègue m'avait demandé d'y rester, il avait sorti son arme, j'avais très peur.

— Vous l'avez vu entrer dans la lingerie ?

— Non, je n'en suis pas sûre.

— Vous êtes resté longtemps dans les vestiaires ?

— Je ne sais pas, ce sont vos collègues en uniformes qui m'y ont trouvé, j'avais peur, je m'étais enfermée dans la salle de bain.

— Bon, ça va aller maintenant, vous ne risquez rien. Voulez-vous qu'une voiture vous raccompagne chez vous ?

— Non, non, merci, j'attends mon mari, il ne devrait pas tarder maintenant.

Elle retourne dans la salle de pause. Georges fait le tour de la lingerie, perplexe. Pas d'autre porte, la seule fenêtre donne sur la pelouse, on aperçoit à travers les vitres le portail d'entrée, à 50 mètres à peine. Depuis le matin, les policiers cernent les lieux, où Dimitri a-t-il pu aller ? Il ressort dans le couloir, entre dans les petits vestiaires d'en face, une fenêtre donne sur le local poubelle, fait le tour, inspecte la fenêtre depuis l'extérieur. Pourquoi serait-il passé par là alors que la porte est à peine à un mètre ? Georges retourne à l'intérieur après avoir jeté un œil dans le local poubelle. L'odeur y est très forte, les conteneurs débordent de grosses poches noires.

— On a aussi fouillé les poubelles, lui dit José. Pas très agréable, c'est plein de couches là-dedans, certaines sont même éventrées. Je ne vous dis pas ce qu'elles contiennent.

— J'imagine bien ce qu'elles contiennent. Avez-vous interrogé les employés des cuisines ? Étaient-elles présentes à cette heure-là ?

— Oui, lui répond Damien, elles disent qu'elles n'ont rien vu, les portes des cuisines doivent être closes pendant la préparation des repas.

— Eh Patron, vous avez vu ?

Le troisième policier, Kader, est resté dans la lingerie. Georges s'approche et suit du regard son doigt dirigé vers le sol, juste entre ses pieds.

— Une trappe ? Tu as une torche ?

Kader en sort une de sa ceinture et la tend à son chef.

— Non, j'ouvre d'abord, les autres tenez-vous prêt.

Georges fait pivoter la trappe sur ses charnières. Une odeur écœurante de terre humide et de pourriture leur assaillit les narines. Le passage est suffisant pour un homme, Kader se penche et regarde à l'intérieur à l'aide de sa lampe torche.

— Plusieurs néons sont accrochés aux plafonds, dit-il en se redressant, sinon on ne voit que des tuyaux. Il va falloir y aller à quatre pattes !

— Véro descend la première, tu es la plus leste d'entre nous, Kader tu la suis et tu tâches de la couvrir, ne l'éblouis pas avec ta lampe surtout. Essayons de ne pas nous gêner dans cet espace réduit. Jette un œil rapide et reviens me dire ce que tu auras vu.

Quelque 30 secondes plus tard, Véronique repasse la tête.

— Ça y est, l'éclairage fonctionne. Tout ça c'est du provisoire, cela doit être des ouvriers qui travaillent en bas, qui ont dû les installer le temps des travaux sur les tuyaux d'eau. On dirait que le niveau du sol redescend plus loin. Mais il va falloir ramper un peu ! Kader s'y est déjà engagé.

— Rejoins le vite, je ne veux personne seul. Damien, tu viens avec nous, tu restes derrière moi. José appelle vite un gars et vous restez ici en renfort. On communique avec les talkies.

Georges pénètre à son tour dans le sous-sol, obligé de se tenir accroupi sur ses talons, le menton touchant la poitrine, la hauteur sous plafond étant inférieure à un mètre. Les éclairages aux néons sont accrochés avec des bouts de fils électriques à des tuyaux qui courent sur le plafond. Une demi-douzaine dispense un éclat violent, cru, lorsque l'on se trouve dessous, mais cela ne rayonne pas très loin, le sol de terre plutôt foncé et le plafond couverts de tubes gainés de noir absorbant toute la lumière. Comme le lui a annoncé Véronique, le sol descend en pente douce vers les entrailles du bâtiment, au contraire du côté droit qui remonte jusqu'à un soupirail, si étroit que la lumière du jour perce juste les ténèbres, que n'atteignent pas les néons, de tout juste 50 centimètres. Le côté gauche est fermé par un mur de parpaings. La lampe de Kader, plus loin, sautille dans tous les sens. Mais avant, il lui faut passer à plat ventre sous une multitude de canalisations qui ne laissent qu'un passage d'une quarantaine de centimètres. Le sol, à cet endroit, est recouvert de cartons, sans doute pour ne pas trop se salir. Encore les ouvriers qui travaillent ici, maudissant son manque de souplesse, Georges, tant bien que mal, parvient à passer de l'autre côté, le passage étant facilité par le sol qui descend brusquement, il lacère sa chemise en glissant sur les cartons. Damien lui colle au talon. De l'autre côté, il peut enfin, avec soulagement, se relever, les canalisations ne sont plus au plafond, à cet endroit qui lui semble être le dessous du couloir central du rez-de-chaussée, mais courent sur une rampe métallique fixée au sol. On ne peut néanmoins se tenir droit, la hauteur n'étant pas suffisante pour son mètre quatre-vingts. Véro et Kader les attendent.

— C'est utile d'être petite parfois.

— Effectivement. Bon que faisons-nous ici… il n'y a rien à part des canalisations. Allons voir plus loin.

La chaleur est accablante dans le sous-sol, leurs transpirations, la poussière, les toiles d'araignées, les fait bientôt ressembler à des mineurs de fond. Les policiers progressent lentement jusqu'au bout du bâtiment, devant parfois ramper sous des canalisations, celui-ci faisant un L, suivant l'autre couloir ils arrivent bientôt à une autre trappe, et se retrouvent sous l'escalier ou a eu lieu le premier meurtre.

— Il est évident que Dimitri n'est pas passé ici, et tout ça ne peut pas expliquer comment le tueur a pu fuir, il était obligatoirement dans l'établissement dans ce cas ! Nous faisons fausse route, et Dimitri aurait réapparu lui aussi. Revenons en arrière et réexaminons tous les recoins ! Quelque chose nous a échappé !

Mais ils doivent se rendre à l'évidence, il n'y a rien dans ce sous-sol. Revenu à leur point de départ, tous font une toilette sommaire dans les sanitaires du personnel, situés contre la salle de pause.

— Qu'y a-t-il derrière ce mur de parpaings, sous nos pieds ? demande Georges à José.

— C'est la chaufferie, on y accède par l'extérieur. Nous y sommes allés aussi, il n'y a que les chaudières et une seule issue.

— Bon…

Se sentant impuissant, Georges rejoint sa voiture en passant par l'arrière du bâtiment, et évite ainsi de passer tout poussiéreux au milieu de la salle à manger remplie de résidents. Puis, muni d'affaires de rechange, il refait le chemin inverse pour rejoindre les sanitaires.

Après une douche salvatrice et nécessaire, il passe ensuite à la salle de pause pour se rafraîchir à l'eau de la fontaine, cette fois-ci la pièce est vide, s'installe dans un canapé pour une courte pause et y réfléchir plus à son aise. Véronique le rejoint, douchée elle aussi, sa minijupe est si courte qu'elle lui arrive presque au même niveau que le chemisier.

— Les personnes âgées portent ce genre de vêtements ?

— Non, dit-elle en tirant sur sa jupe pour essayer de l'allonger et de se couvrir le haut des cuisses, c'est une fille qui travaille ici qui me l'a prêtée, elle n'avait que ça dans son vestiaire. Le chemisier elle me l'a trouvée dans un autre placard, pas fermé à clef, me disant que la fille n'était jamais revenue après une période d'essai.

— Ah bon. Fais attention de ne pas croiser Monsieur Bozarelli.

— Qui est-ce ?

— Un résident.

— Ah ! étant donné l'âge moyen ici, je ne risque pas grand-chose, plaisante-t-elle.

— C'est plutôt à lui que je pense.

— Comment ça ?

— Il y a déjà assez eu de morts comme ça ici ! ironise Georges.

— Bon, je vais essayer de trouver quelque chose de plus décent.

Véronique partie en quête d'un autre vêtement, Georges se lève et fait le tour des panneaux d'affichage de la salle, levées d'argent pour les anniversaires, tableaux d'horaires, tour de garde des infirmières, affichage obligatoire pour la sécurité au travail, les tapissent. Un peu plus loin le plan de l'établissement avec les emplacements des extincteurs, des points de rassemblements, des issues de secours. Il continue son tour, lit les cartes postales des employés en vacances envoyées à leurs collègues, les menus pour les diabétiques, les portions de repas pour certains résidents. Un bruit de chaises et de tables l'attire dans le couloir, ce ne sont que les résidents qui quittent la salle à manger, la plupart se dirigent vers l'ascenseur. 18 heures 10, indique l'une des grandes horloges murales. Eh bien, ce n'est pas une légende, les personnes âgées se couchent comme les poules, bien avant elles, même ! Tout en se demandant, la boule au ventre, ce qui a bien pu arriver à Dimitri, il attend patiemment que le couloir se débloque. C'est l'heure de pointe ! Un bruit et un cri le font se retourner, une dame a glissé sur de l'eau répandue au sol.

— Ça va, Madame, vous avez besoin d'aide ?

— Ah là là ! j'ai glissé, boudu, vous avez vu ça, j'ai glissé, boudu ! ça alors, je n'ai même pas eu peur ! Boudu, j'ai glissé, j'ai glissé ! Ramassez-moi ma canne.

— Oui bien sûr. Tenez, accrochez-vous à moi.

N'osant la toucher, de peur de lui faire mal et ne sachant comment s'y prendre, Georges remarque que la femme possède une chaussure avec une semelle beaucoup plus haute que l'autre, sans doute un handicap important. Elle ignore son aide et parvient à se redresser toute seule en s'accrochant à la table puis a une barre de maintien fixée au mur, ahanant sous l'effort comme un bûcheron, tout rouge et essoufflée. Il cherche de l'aide du regard, mais personne n'est plus présent dans la salle, à part eux deux. Manque de personnel chronique ? Où est l'Attaché de direction ? Depuis la salle à manger, à travers les baies vitrées panoramiques, on ne voit plus son gros quatre-quatre noir. Déjà parti ? Son avis serait intéressant à entendre.

La femme continue à répéter inlassablement, j'ai glissé, boudu, vous avez vu, j'ai glissé, pareil à un disque rayé.

— Et qui vous êtes, vous ?

— Commandant Rigacci !

— Commandant ? Vous êtes Commandant ? Vous êtes militaire ?

— Non polic…

— Mon frère était militaire. Boudu j'ai glissé, vous avez vu ça, j'ai glissé. Boudu j'ai glissé.

Elle ne l'écoute pas, continue sa litanie. Georges commence à comprendre, l'ayant vue à plusieurs reprises assise sur un fauteuil à l'entrée, pourquoi elle est toujours seule. Seule à une table aussi, celle-là même, devant laquelle elle est tombée. Tant bien que mal, en boitant, toujours agrippée à la main courante, elle arrive jusqu'à l'entrée, s'assied sur un fauteuil qui lui paraît attitré.

— Voulez-vous que j'appelle une infirmière ? lui demande Georges, se sentant impuissant devant la vieille dame infirme.

— Vous avez vu j'ai glissé, boudu j'ai glissé. Eh Monsieur… comment il s'appelle déjà celui-là… vous savez ce qui m'est arrivé, j'ai glissé, boudu j'ai glissé.

Elle vient d'interpeller un vieux Monsieur en fauteuil roulant. Celui-ci fuit aussi vite que lui permettent ses faibles forces. Georges, magnanime, saisit l'occasion et les poignées du fauteuil pour le pousser jusqu'à l'extérieur, fuyant lui aussi la femme perroquet à la voix haut perchée et désagréable.

— Il fait chaud ici, Monsieur, vous êtes sûr que vous ne voulez pas aller dans la salle climatisée.

— Non, non. Merci de m'avoir aidé à fuir l'autre folle. Vous savez ce qu'elle fait si je reste à sa portée ? Non ? Eh bien elle bloque une roue du fauteuil avec sa canne et je suis obligé d'entendre son délire ! Déjà que je suis sur ce… ce truc roulant toute la journée.

Ils s'éloignent, le vieux Monsieur continuant à maugréer, et bientôt se retrouve en plein soleil. Quelques secondes à peine plus tard, une employée vêtue d'un pantalon et d'une tunique jaune pâle accourt pour le ramener à l'intérieur.

— Il ne fallait pas l'emmener dehors, dit-elle à Georges d'un air réprobateur.

Son physique, son attitude lui font dire que c'est Marie José, la femme dont lui a parlé Monsieur Bozarelli, ayant un peu cerné le personnage, il ne réplique pas. L'homme sur le fauteuil hausse les épaules et fait un geste fataliste à l'encontre de Georges.

— J'y suis allé tout seul comme un grand, ne grondez pas ce pauvre Monsieur le policier, qui a déjà assez à faire comme ça. Sinon il va vous mettre en prison.

Il lui fait un clin d'œil de connivence avec un petit sourire indéfinissable. Marie José le regarde alors d'un air différent, un rien contrit et soumis. Le regard est vide de toute forme d'intelligence.

— Stop ! attendez Marie José.

Elle pile juste devant Georges. Le résident manque de s'étaler, il a juste le temps de s'accrocher aux accoudoirs.

— Non, mais ! Ça ne va pas non ! Ne freinez pas comme ça !

Le vieil homme se retourne péniblement vers la femme, outré. Elle ne remarque rien, son regard accroché à celui de Georges. Ce dernier, embarrassé, trouve la solution.

— Laissez Marie José, je vais conduire ce Monsieur.

— Ah ! hi hi hi, comme vous voudrez.

— Ça fait deux fois que vous me sauvez la mise, Monsieur le policier. Mais vous savez, elles ne sont pas toutes comme celle-là bête à bouffer du foin, la plupart sont bien.

Alors qu'ils s'éloignent, la résidente à la canne continue son refrain.

— Eh, Marie José, vous ne savez pas ce qui m'est arrivé, je suis tombée, boudu, je suis tombée…

— Où est-ce que je vous emmène ?

— Au second s'il vous plaît. Vous m'accompagnez ?

— D'accord.

Le résident, à l'évidence, veut lui parler.

— Non pas cet ascenseur, l'autre dans l'aile neuve. Ici, c'est la cohue.

Le vieil homme reste silencieux, se contentant de lui indiquer la direction d'un geste, en levant le bras gauche, le droit semble paralysé, victime sans doute d'un AVC. Arrivé au deuxième étage, il le dirige dans un coin du grand hall, face à une grande baie vitrée, des rayonnages de livres et de revues diverses occupent deux côtés, contre les murs, un troisième sert de cloison de discrétion, délimitant un petit espace dans lequel se trouvent des fauteuils et une table basse.

— Merci, j'aime bien lire tranquille ici. Personne ne lit dans cette boutique, alors on ne se dispute pas les livres. Tous les autres sont collés devant cette télé de malheur. Et ici, il n'y a pas cette boîte qui fait du froid !

— Je vous comprends, je n'aime pas les clims non plus.

— Ah ! Vous êtes un homme de bon sens, j'en étais sûr ! je suis certain aussi que vous aimez les livres, n'est-ce pas ?

— Oui, et je ne dis pas ça pour vous faire plaisir.

— Ah ! Vous ! Vous me plaisez ! Que voulez-vous savoir ?

— Que vouliez-vous me dire d'abord ?

— Ah ! Qu'est-ce que je voulais vous dire ? Ah oui, je me rappelle. Mais comment saviez-vous que je voulais vous parler ?

— Le flair du policier, dit Georges en souriant.

— Ah oui bien sûr, suis-je bête ! Oui, oui, je voulais vous parler du vieux en bas, comment il s'appelle déjà celui-là ? Bon, ça va peut-être me revenir, bon, ce type a été marié à une Russe, il y a longtemps. Je sais qu'un fou tue toutes les Russes de la boutique, alors je me suis dit que peut-être ça vous intéresserait de le savoir. Vous savez, on ne nous dit rien, pour nous préserver soi-disant !

Il ricane.

— Ils me font bien rire, les biens pensants, ils veulent juste du fric pour partir en vacances, les actionnaires, et pour mettre de l'essence dans leurs grosses bagnoles ! Vous verriez ça les jours ou tous se réunissent ici ! On dirait le Salon de l'auto, version gangster ! Tous ont de gros machins noirs, c'est tout juste si ça rentre dans le parking. Les employés, les pauvres, eux qui triment toute l'année pour un salaire de misère à torcher le cul des vieux, ils sont obligés de se garer dehors avec leurs vieilles guimbardes ! Que voulez-vous qu'ils nous arrivent de pire que de vivre ici, cloué sur un fauteuil, à bouffer de la soupe trop salée et de la bouillie pour les bébés ! On vous dit : ne faites pas ci, ne mangez pas ça, attention à votre régime, pas de sel ni de sucre ! Ils nous font chier ! Nous sommes aux portes de la mort, la plupart ont juste envie de casser leurs pipes pour que ce calvaire cesse ! L'hiver, on pète de chaud parce qu'il fait presque 30 degrés ici dedans et l'été on se les gèle parce qu'il y en a quelques-uns qui crèvent quand il fait trop chaud ! Mais mon pauvre Monsieur, heureusement qu'il y a la sélection naturelle, sinon il n'y aurait pas de places ici pour les nouveaux ! Je vais vous dire, ne venez jamais en maison de retraite, suicidez-vous avant ! c'est ce que j'aurais dû faire ! En plus, ils vous gavent de pilules, ça fait baver ces saloperies-là et ça vous rend neuneu ! Vous les avez vus en bas ? Oui, difficile de ne pas les voir, les légumes !

Il regarde au-dessus de son épaule, prend un air de conspirateur.

— Ne le dites à personne, mais moi, leurs pilules, je ne les prends pas, regardez, dit-il à voix basse.

Et de plonger une main tremblante dans une poche intérieure, en sort une poignée de médicaments.

— Là, vous voyez, je vais les foutre à la poubelle, ni vu ni connu, et je ne vais pas ressembler à tous les moutons d'en bas ! Et peut-être que je partirais plus vite comme ça.

— Je ne dirais rien, ne vous inquiétez pas, le rassure Georges, qui comprend que le vieil homme en a gros sur le cœur. Vous ne vous rappelez toujours pas le nom de ce résident ?

— Non. Il est dans une chambre du rez-de-chaussée, vous n'y trouverez que deux ou trois hommes. Après ce ne sont que des femmes, des veuves. Normal vous me direz, les types ont fait n'importe quoi dans leurs vies passées, de l'alcool, du tabac et j'en passe ! Mais allez voir le senior météo, là, au milieu du couloir bleu. Lui sait tout ce qui se passe ici, je ne sais pas comment il fait ! Depuis le temps qu'il hante les lieux, une vraie momie ! Pire que moi.

— Le senior météo ?

— Oui, l'Espagnol, comment il s'appelle celui-là aussi… bon je ne me rappelle plus non plus. Vous savez toute ma carrière, je l'ai passé à l'état civil, à Toulouse, j'en ai vu des noms et des prénoms, et maintenant impossible de ne me rappeler d'aucuns de ses foutus noms.

— D'accord, je vous remercie de l'info. Vous n'auriez pas vu par où est passé mon jeune collègue par hasard ?

— Ah non, je ne l'ai pas vu. Mais demandez au senior météo, je l'appelle comme ça parce qu'il ne sait parler que de ça, le vent d'autan, le vent d'ouest. Un peu timbré, mais gentil, n'emmerde personne.

— Bien, je vous remercie, je vais y aller. Vous pensez qu'il est dans sa chambre ?

— Ah oui, il n'en sort quasiment jamais. Mais passez me voir à l'occasion, si ça ne vous dérange pas d'écouter un vieux grincheux.

— Non, pas du tout, dit Georges sincèrement, la conversation du vieux monsieur l'ayant amusé et troublé. Je passerais avec plaisir, Monsieur. Monsieur ?

— Legrain. Paul Legrain. Mais appelez-moi Paul.

— Je m'appelle Georges. À bientôt Paul.

Georges quitte Paul qui se plonge immédiatement, avec un plaisir évident, dans un polar qu'il avait coincé entre sa jambe et l'accoudoir du fauteuil. En se dirigeant vers le couloir bleu, l'interrogation le submerge, est-ce raisonnable et pertinent d'aller questionner un très vieux monsieur qui peut être sénile. La petite plaque sur la porte de la chambre indique le nom de son occupant, Alfonso Navarro Ortiz. Au moment précis où ses coups retentissent contre l'épaisse porte anti-feu, une odeur forte, provenant sans aucun doute de la chambre, lui assaille les narines, elle ne fait que s'amplifier quand un homme très maigre, flottant dans ses vêtements, ouvre la porte. Malgré la chaleur d'étuve régnant dans sa chambre, une épaisse chemise à carreaux au col usé et effiloché, un pull en laine bleu troué et un jean qui pourrait tenir droit sans son propriétaire à l'intérieur, affublent « L'Espagnol ».

— Si ?

De gros sourcils broussailleux ne parviennent pas à dissimuler deux yeux noirs, curieux et vifs, qui s'écarquillent de surprise, l'homme est très velu, des poils sourdent de partout, du col de sa chemise, en passant par les oreilles, le nez et tout ce qui n'est pas couvert par ses vêtements nauséabonds.

— Bonjour, Monsieur Ortiz, dit Georges, tout en lui montrant sa carte tricolore et m'efforçant de respirer par la bouche pour lutter contre l'odeur, excusez-moi de vous déranger, je suis le Commandant Rigacci.

— La policia ? Ah, vous dévez enquêtez sur les povra russé. Mais entrez, entrez.

— J'ai juste une question à vous poser, je ne veux pas vous déranger longtemps et…

— Mais non, mais non, vous né mé déranyé pas, et poui yé dois fermer la puerta, pour qué les microbés né rentré pas. Vénez, vénez, entrez. Yé plein de sosés a vous diré.

Georges, à regret, pénètre dans la pièce. Monsieur Ortiz referme précipitamment et se baisse pour rouler une serviette éponge, sous la porte, manifestement prévue à cet effet.

— Voilà ! Commé ça aucoun microbé né rentré. Ici les femmés né rentré pas, c'est moi qui fais lé ménagé.

Ça se voit et ça se sent, pense Georges très fort. L'homme, comme beaucoup de résidents, paraît perturbé.

— Et poui ici ils veulent nous empoissonner ! La soupé elle est déguelassé, trop salée, et ils y mettent des soses dédans !

« L'Espagnol » rajoute à voix basse :

— D'aillor c'est bien que vous soyez ici, vous allez pouvoir enquêter !

« Celui-ci est parano, la panoplie est complète ! Quelle conclusion vais-je pouvoir encore tirer de ce témoin ? Mais c'est la deuxième personne qui lui dit que la soupe est trop salée, peut-être est-ce vrai en fin de compte. »

— Régardez, yé né mangé pas tout cé qu'ils me porté.

Un plateau-repas intact est posé sur une table roulante encombrée de vieux journaux, seule la mie de pain, des tranches présentes avec le menu, manque. Cela évoque immédiatement en lui une bande dessinée de E.P Jacobs, les aventures de Blake et Mortimer, dans laquelle le professeur Mortimer, kidnappé par un fou dangereux et mégalomane, avait bouché les orifices d'une grille de sa cellule avec de la mie de pain, pour éviter d'inhaler un gaz lénifiant. Il ne peut s'empêcher de parcourir du regard la pièce, pour voir ce que Monsieur Ortiz a bien pu faire avec la mie de pain !

— Yé vais m'achéter des frouits au super marché, au villagé et régardez, régardez, sur lé balcon, yé fais pousser des plantés et des légoumés, yé mé nourri avec ça ! Vous né prenez pas des notés, comme ils font tous les policiers ?

— Ah oui… bien sûr !

Se mordant les lèvres pour ne pas sourire, malgré la situation et la maigreur alarmante de l'homme. Georges se dit que les responsables médicaux de la maison de retraite doivent être conscients de son délabrement physique et agir en conséquence ! Il se fraye un passage entre les plantes qui envahissent le balcon, fait un tour d'horizon et respire un bol d'air frais au passage.

— Vous avez une belle vue d'ici, Monsieur Ortiz, sur toute la campagne environnante. Et le parking des employés aussi.

— Si, si, une belle vou.

— C'est pour ça que je suis venu vous voir. Est-ce que cet après-midi vous n'auriez pas aperçu mon jeune collègue ?

— Ah, c'est votre collègué ? ! yé comprends mio mainténant, c'était bizarré aussi ! Oun hommé avec oun pistola à la main, ici, au milio des vio. Il courait, il allait par là. À droité. Yé ne savais pas qui c'était. Yé né comprénais pas ! Ça m'a rappélé l'España, en 36…

C'est une règle a priori, la plupart des personnes âgées, surtout ici, considèrent leur prochain comme « vieux », mais surtout pas eux même.

— Ah très bien merci. Vous l'avez revu ensuite ?

— Non.

— Et personne d'autre ? Dans l'après-midi ?

— Yousté les employées. Yé connais toutés leurs voiturés. Cellé-là, vous voyez, la verté, la pétité, c'est cellé de Mathilda, dés couisines et l'autre la yauné, c'est cellé de Yoséphina, une aidé soignanté, mais tiens c'est bizarré, normalément a cette hora elle est partie…

— Et est-ce qu'hier vous avez vu une voiture que vous ne connaissez pas ?

— Ah non, pareil qué tous les yours. Yé connais mêmé cellé des yens qui vienné arranyer la saudièra ou qui vienné réparér des soses ou les livrors aussi. Ou les complicés des assassins qui portent la nourritura. Vous né prénez pas des notés pour les yens qui sont empoissonnés ?

— Ah si bien sûr, mais d'abord je cherche mon collègue, c'est urgent, je reviendrais tout à l'heure. Ou je vous enverrais quelqu'un.

— Si, si, es muy importanté, il reprend sa langue natale sous l'émotion. Vous voyez les calendriers là, contré les murs, dit-il en sautant du coq à l'ane, yé noté tout déssous. Lé vent d'autan, comme auyourd'hui, la calor, régardez, régardez.

Georges s'approche, les murs sont tapissés de calendriers des PTT, Monsieur Ortiz a une écriture très très serrée, le moindre petit espace est couvert d'annotations en espagnol indéchiffrables. Cependant, il arrive à identifier quelques mots en rapport avec la météo.

— Cela ne concerne que le temps ?

— Qué ?

Incompréhension manifeste de l'homme.

— Vous écrivez la météo… seulem… juste le temps de tous les jours, là-dessus ?

— Si, si, yousté la météo.

L'odeur pestilentielle de la pièce commence à lui donner la nausée, d'autant plus qu'il s'est rapproché de la salle de bain pour examiner le calendrier, les remugles, qui en sortent, sont encore plus insoutenables.

— Bon merci Monsieur Ortiz, mais je dois continuer mon enquête. Je vous enverrais quelqu'un dès que possible.

Georges s'enfuit littéralement de la chambre, l'air du couloir est délicieux. « Pourtant auparavant, je le trouvais plutôt nauséabond ». Qui vais-je lui envoyer ? Il est hors de question de ne pas tenir parole, même si Monsieur Ortiz est un peu timbré.

Bon d'abord, Dimitri…

Georges redescend l'escalier côté Nord, dans lequel a été commis le deuxième meurtre, alors qu'il se trouvait au secrétariat en compagnie de la Directrice. En passant dans la cour, Monsieur Ortiz est sur son balcon, lui fait un signe de la main, Georges fait de même et continue aussitôt ses recherches, observant attentivement le sol, les alentours, le moindre indice pouvant lui emmener un début de piste, même infime, rien de nouveau. À l'angle du bâtiment, il passe devant la maison abandonnée avec ses monceaux de déchets, éloignée d'une petite quinzaine de mètres, arrive devant les bâtiments neufs de l'extension. Ses deux étages reposent sur des piliers en béton, dessous s'y trouve une aire gravillonnée, vide. On lui avait expliqué que la zone étant inondable, on ne pouvait créer de nouvelles chambres au rez-de-chaussée. Bizarrerie de l'administration, la montée des eaux ne s'appliquant qu'aux bâtiments neufs, les anciens, avec toute leur infrastructure faisant fonctionner l'établissement, la chaufferie au sous-sol, les cuisines, l'informatique, le groupe électrogène et les quelques chambres du rez-de-chaussée, n'étant pas, bien évidemment, concerné par une éventuelle inondation, l'eau choisissant son camp, c'est bien connu ! Encore un élu qui avait ouvert le parachute ou un clampin qui avait fait du zèle en appliquant à la lettre une exigence européenne, et peut être une enveloppe, ou les deux ! L'architecte avait trouvé la parade en construisant cette sorte de porche, comme des pilotis. La rivière était pourtant loin ! De l'autre côté de la rue, des constructions récentes, de plain-pied, contredisaient cette absurdité architecturale et administrative. Même les véhicules ne pouvaient pas y stationner, pas par crainte de l'eau, mais celle du feu, le faux plafond en lattes de bois n'étant pas ignifugé ! Par désespoir peut-être, on y avait aménagé un petit terrain de pétanque avec un petit toboggan pour les personnes en fauteuil roulant.

11
18 heures 30 – 19 heures 30

En refaisant le chemin en sens inverse, Georges remarque que des volets au rez-de-chaussée, à moitié dissimulés par une imposante glycine et un lilas très dense, sont fermés, et ce, depuis un long moment, à en juger par les toiles d'araignées et la poussière qui les recouvrent. Une porte d'entrée qu'il n'avait pas remarqué dans un coin, pratiquement invisible, cachée elle aussi par divers objets en tout genre, paraît être la pendante des deux fenêtres condamnées. Un appartement au sein de l'établissement ? Personne ne lui en a parlé, mais de l'autre côté du bâtiment, se trouve également un logement de fonction occupé par une aide-soignante. Un autre logement de fonction ? Des traces de passage assez récentes semblent attester d'une certaine fréquentation. En outre, la poignée de la porte est plus nette que tout le reste, une preuve de plus que quelqu'un y passe fréquemment. Mais pourquoi les volets sont-ils clos ? Est-ce que cela sert de débarras ? Georges se précipite vers le secrétariat pour tenter d'éclaircir la chose. Seuls des policiers l'occupent, Damien est assis devant un des ordinateurs.

— Ah Patron, ça va ?

— Tu as vu Véro ?

— Oui, elle est au bureau du toubib.

— D'accord. Est-ce qu'il y a encore des employées ?

— À l'infirmerie.

Il n'y a plus un seul résident dans le hall du rez-de-chaussée. Dans l'infirmerie, le Docteur de l'établissement, assommé le matin même par la Directrice, est en conversation avec une infirmière.

— Ah voici l'inspecteur Harry ! Comment progressent vos investigations ?

Il est jovial et plein d'humour, sa petite mésaventure du matin ne semble pas l'avoir affecté, Georges a entendu à de nombreuses reprises sa voix de stentor au détour des couloirs.

— Elle progresse, dit Georges prudemment. A priori, vous vous êtes bien remis de vos émotions. Je ne vous ai pas revu avec tous les évènements de la journée ni pris de vos nouvelles, je m'en excuse. Comment allez-vous ?

— Ah bien bien, merci.

— Expliquez-moi comment ça s'est passé dans le bureau ce matin.

— Je n'ai pas grand-chose à vous dire, je l'attendais dans le bureau, deux ou trois fois par semaine nous faisons une petite synthèse sur les résidents. Hélène s'était assise derrière son bureau, puis s'étant aperçue que ce n'était pas le bon dossier qui se trouvait sur son bureau, elle en a alors fait le tour, tous les dossiers se trouvant dans un meuble, contre le mur à droite de la porte d'entrée de la pièce, donc dans mon dos. Après, c'est le trou noir, j'étais couché sur le sol quand je me suis réveillé.

— Vous a-t-elle paru comme d'habitude ?

— Oui, mais notre entrevue a été très brève, vous l'imaginez bien !

Il rit aux éclats, bruyamment, pas rancunier le doc, se dit Georges.

— L'avez-vous arrêtée ?

— Oui.

— Je suppose que vous ne pouvez rien me dire de plus, secret de l'enquête ?

— C'est exact. Vous supposez bien. Avez-vous vu ma collègue ?

— Oui, elle était là il y a deux secondes. Elle ne doit pas être bien loin.

— Il y a, à l'arrière du bâtiment, des volets clos, au rez-de-chaussée, cela me semble être un logement inoccupé. Savez-vous pourquoi ?

— C'est un logement de fonction, mais il n'est pas inoccupé, c'est une aide-soignante qui travaille la nuit qui y habite.

— Comment s'appelle-t-elle ?

— Marie. Mais il me semble qu'elle est en arrêt maladie. Attendez, Karine le sait peut-être. Karine ! Où diable vous êtes donc vous cachée dans cette petite infirmerie ?

— Ici Docteur, répond une petite voix. Dans la pharmacie.

— Ah, venez donc ici s'il vous plaît, petite cachottière va !

— Oui Docteur.

— Marie, l'aide-soignante de nuit, est en maladie, je crois ? Depuis un long moment de plus, si mes souvenirs sont exacts !

— Oui, ça fait presque un an.

— L'avez-vous vu ces derniers temps ? lui demande Georges.

— Non.

— Les volets de son appartement sont fermés. Est-ce qu'elle l'occupe régulièrement ?

— Elle y vient de temps en temps.

— Donc elle a un autre logement ?

— Je suppose. À un moment, elle avait un copain qui venait de temps en temps et je sais qu'ils ont vécu ensemble chez lui également.

— Ce copain, vous le connaissez, est-ce que vous savez où il habite ?

— Très peu, non, je ne sais pas où il habite. Je connais juste son prénom, Jean Claude. Il faudrait demander à Célia, c'est elle qui occupe l'autre logement. Ou aux filles des cuisines, elles savent tout ce qui se passe derrière.

— D'accord. Est-ce que l'établissement possède des doubles des clefs de cet appartement ?

— Oui, elles doivent être accrochées au tableau, au secrétariat.

— Bon merci Karine. Ah… est-ce que vous pouvez me décrire ce Jean Claude, physiquement ?

— Plutôt grand, mince, brun aux yeux marron…

Après avoir remercié le Docteur également, Georges se met en quête de Véronique, il la trouve rapidement, elle discute avec une employée au bout du couloir. Le voyant, elle met rapidement fin à la conversation, prend des notes rapidement dans son carnet tout en s'avançant vers son chef. Georges remarque qu'elle a troqué sa minijupe contre un pantalon en toile blanc.

— Cette femme vient de me dire qu'il y a une autre veilleuse, Marie, elle est en congé maladie et nous ne l'av…

— Oui, je sais, la coupe Georges, son logement de fonction est fermé, je viens d'en parler avec l'infirmière et le Docteur, nous avons peut-être une piste. Allons vite au secrétariat, les clefs doivent normalement s'y trouver.

Au pas de course, ils s'engouffrent dans le bureau, rempli à craquer de policiers. Georges aperçoit le tableau des clefs, accroché au mur du fond, celui-ci est verrouillé. Avisant un gros coupe-papier sur un bureau, il s'en empare et fracture aisément l'ouverture du coffret en métal. Une liste numérotée est collée sur l'intérieur de la porte, les emplacements numéro 21 et 22 correspondants aux logements de fonctions sont vides.

— Damien, va chercher le matériel, nous devons enfoncer une porte d'entrée. En vitesse ! Je t'attends devant le local poubelle. Deux gars avec moi.

Suivi de Véronique et des policiers en uniforme, Georges s'élance dans le couloir. En attendant Damien, Georges les briefe.

— Il y a derrière un logement de fonction qui devrait être occupé, il me semble être le centre de notre enquête. Je prends sur moi la responsabilité d'ouvrir sans mandat, si je me trompe, je présenterais mes excuses et paierais de ma poche les dégâts si besoin est, mais je sens qu'il y a quelque chose de pas net derrière cette porte. Prudence à tous, préparez vos armes, soyez sur vos gardes. Véronique et moi allons entrer en premier, vous nous couvrez.

Damien arrive avec le bélier au pas de course. Sans un mot supplémentaire, chacun se prépare. La porte cède au deuxième coup de boutoir, emportant le chambranle avec elle dans un grand fracas de bois brisé. La torche et l'arme au poing, Georges pénètre le premier en criant.

— Police !

Mais seuls le silence et le ploc-ploc d'un robinet qui fuit lui répondent. Une petite entrée encombrée d'objets hétéroclites, en face un mur, à droite et à gauche un couloir qui s'enfonce dans l'appartement obscur et nauséabond. Véronique prend l'initiative, s'avance prudemment et jette un œil rapide à gauche, très vite elle désigne du menton le côté droit. Georges s'avance à son tour, leurs torches éclairent un couloir sans fenêtre, deux portes du côté droit, une porte en face. La première chambre est vide, le désordre indescriptible et la saleté y règnent en maître. La deuxième chambre sert de débarras, à l'image de la première, c'est une infection, le ménage n'a pas dû y être fait depuis des décennies, constate Georges, complètement ébahi par l'état de la pièce.

— Patron !

Véronique est penchée sur Dimitri, ligoté comme un saucisson sur le sol noir de saleté de la salle de bain, elle peine à lui enlever plusieurs couches superposées de sparadrap qui le bâillonne. Sûrement drogué, il réagit néanmoins lorsque le puissant adhésif lui arrache au passage beaucoup de poils, malgré la douceur que déploie sa collègue.

— Damien, va vite à l'infirmerie ! Le Docteur doit encore y être. Les autres, fouillez partout.

— Ça va, je suis dans les vapes, mais je n'ai pas de mal.

— Dimitri ! Que s'est-il passé ? Qui t'a ligoté et drogué comme ça ?

— Je ne sais pas, répond-il d'une voix pâteuse, les yeux mi-clos, j'étais en train de parler avec la belle black quand j'ai aperçu un type, grand, mince, j'ai immédiatement pensé au motard, qui passait furtivement devant la porte vitrée du fond, quand il m'a vu, il a détalé comme un lapin. Je l'ai juste vu passer l'angle du bâtiment, je me suis précipité, et après, rien, je ne me souviens plus. Vous avez défoncé la porte, ça m'a fait émerger, désolé.

— Tu pourrais le reconnaître ?

— Pfff… je ne crois pas, juste la silhouette, c'est un fantôme, ce type !

— Bon, ce n'est pas grave, le principal c'est que tu sois entier.

— Patron ! Regardez !

Véronique vient d'écarter le rideau de la douche qui se trouve juste devant eux, la salle de bain est minuscule, une baignoire occupant presque tout l'espace. Cette dernière est occupée par un corps enveloppé et ceint du même sparadrap qui a servi pour Dimitri, dans une épaisse bâche en plastique, la tête a été mise en évidence, le reste étant caché. Le visage grimaçant d'une femme est tourné vers eux.

— Je pense que c'est Marie, l'AMP de nuit, dit Georges d'une voix blanche.

— A priori, ce n'est pas une Russe, constate Véronique.

— Cet appartement l'a aidé à exécuter sa sale besogne.

— Voilà comment il nous a filés sous le nez, ajoute-t-elle. Mais pourquoi cette mise en scène ?

— Je ne sais pas, peut-être pour nous narguer. Mais surtout, comment a-t-il fait justement pour nous passer sous le nez une fois de plus ?

Il sort de la salle de bain, soulagé d'avoir retrouvé Dimitri, lorsqu'il se trouve nez à nez avec le Docteur.

— On ne s'ennuie pas avec vous Commandant.

— Je ne vous le fais pas dire. Il y a un corps dans la baignoire, confirmez-moi que c'est bien Marie, l'AMP de nuit.

Il s'efface autant qu'il le peut dans l'étroit couloir pour laisser passer le Docteur.

— C'est bien elle, effectivement.

— Depuis combien de temps peut-elle être là d'après vous ?

— Hum… je dirais… quelques semaines. Difficile de juger, on ne voit que son visage. Elle a été soigneusement enveloppée pour qu'il n'y ait aucune odeur. C'est une vraie hécatombe, dites-moi, dans les rangs du personnel de nuit ! Ah ! et ce jeune homme ! Ficelé comme un rôti lui aussi !

Il s'agenouille et l'examine soigneusement, le palpe délicatement.

— Bon, ça va aller, on a dû vous injecter un analgésique puissant, mais les effets sont presque finis. Vous voyez, là, dans le bras. Le gars qui a fait ça s'y connaît, il a une certaine expérience des piqûres, regardez, Commandant, cela a été fait proprement. Mais regardez une petite trace de piqûre dans le cou, voilà comment il vous a eu.

— Un Docteur ?

— Ah non ! ce n'est pas moi, s'exclame-t-il avec un grand sourire. Dois-je vous fournir un alibi ?

— Pas pour l'instant, je vous rassure, vous n'êtes pas encore dans la liste de mes suspects.

— Pour l'instant ? Pas encore ? Vous m'effrayez ! Bon, soyons sérieux, je peux vous dire que ce n'est peut-être pas un médecin, mais quelqu'un qui pratique des injections comme un chef, un infirmier plutôt.

— D'accord, je vous remercie. Doit-on hospitaliser Dimitri ?

— Non, non patron, s'il vous plaît, un bon café et ça ira mieux ! implore ce dernier.

— Il a raison, je pense que vous allez avoir besoin de lui, dit le Docteur.

Georges fait le tour de l'appartement, immonde de saleté. « Comment peut-on vivre dans un endroit pareil » ? Étant un maniaque de la propreté et de l'hygiène, il lui est d'autant plus difficile d'admettre ce laisser aller. Sa rigueur sur ce domaine et ses absences répétées à cause de son boulot de flic, lui avait coûté son mariage, son ex-femme, bien que rangée et ordonnée, n'avait plus supporté son intransigeance et lui avait annoncé son intention de divorcer.

La cuisine dégage la même odeur que le local poubelle, au bord de la nausée, il sort prendre l'air. Dimitri le rejoint, un peu chancelant, mais à nouveau l'œil vif.

— Viens, nous allons essayer de te trouver un café.

— OK. Désolé Patron, je me suis fait avoir comme un bleu.

— Ça peut arriver dans notre boulot, ne te bile pas, le principal c'est que tu sois là, vivant.

— Pourquoi il ne m'a pas fait la peau ?

— Eh bien, ce type-là est cinglé, alors essayer de le comprendre est d'autant plus vain.

— Oui, vous avez raison, il faut juste le coincer.

En passant devant la salle de pause du personnel, Georges reconnaît Dorothée, la cuisinière, qui dîne en compagnie de quelques autres employées.

— Je suis désolé de vous déranger au milieu de votre repas Mesdames. J'aurais quelques questions à vous poser.

Ils les voient immédiatement attentives, leurs yeux débordants de curiosité.

— Oui.

— Cela concerne Marie, l'AMP de nuit qui occupe le logement de fonction. Connaissez-vous son ami, on m'a dit qu'il y venait parfois.

— Ça fait quelque temps qu'ils ne sont plus ensemble, et que l'on ne l'a plus vu, répond Dorothée.

— Quelque temps, c'est-à-dire ?

— Un mois… peut-être moins.

— D'accord. Le connaissiez-vous personnellement ?

— Très peu. Je lui ai parlé quelques fois, juste bonjour, bonsoir, je sais qu'il s'appelle Patrick, qu'il travaille de nuit aussi, dans une entreprise chimique, il me semble, mais je ne sais pas où.

— Décrivez-moi-le physiquement.

— Brun, les yeux… marron, je crois, plutôt grand, mince.

— Parlez-moi de Marie. Elle est en arrêt maladie, m'a-t-on dit ?

Georges emploie le présent volontairement, pour éviter de les choquer et de les affoler inutilement, pour ainsi gagner du temps. L'annonce de son décès arrivera bien assez tôt.

— Oui, elle s'est fait opérer de l'estomac pour maigrir, mais elle a eu des complications.

— L'avez-vous vue récemment ?

— Non. C'est vrai ça, ça fait un moment qu'on ne la voit plus elle aussi.

— Recevait-elle des visites, autre que Patrick ?

— Son fils, régulièrement, personne d'autre je pense, mais je ne suis pas toujours là, il faudrait demander à mes collègues des cuisines.

— Et vous Mesdames ?

— Je n'ai jamais vu non plus personne d'autre, dit l'une d'entre elles.

— Célia doit savoir, ajoute une autre, c'est celle qui habite l'autre logement.

— Où est-elle, c'est fermé chez elle.

— En congé, elle rentre la semaine prochaine.

— Cet après-midi, avez-vous vu quelqu'un d'inhabituel, des lieux, passer dans la cour ?

— Non, je ne crois pas, répond Dorothée.

— Pouvez-vous de mémoire, me dire qui vous avez vu ?

— Eh bien… il est passé Mme Lesueur et sa famille, Mme Legrand, avec sa fille et sa petite fille… les filles qui travaillaient aujourd'hui…

— J'ai vu Mr Mortillon aussi, avec son fils comme tous les jours, dit une autre.

— Mme Fantini et Jean Louis, le kiné, continue Dorothée et Monsieur Latoue avec son fils.

Pendant qu'elles fouillent leurs mémoires, Dimitri se sert un café, Georges à l'esprit tourné sur l'appartement de fonction.

— J'y retourne, dit-il à son jeune collègue, reste là, établit une liste de toutes les personnes dont elles peuvent se souvenir, repose-toi un peu aussi.

Les policiers, munis de masques et de gants, retournent tout l'appartement, après quelques secondes de recherche, Georges retrouve Véronique devant une porte, au fond du couloir de gauche.

— Ah, regardez, cette porte était à peine dissimulée derrière ces plantes vertes.

— Où donne-t-elle ?

— D'après l'emplacement, et la direction, dans le hall du rez-de-chaussée.

Elle lui montre du doigt, affiché sur le mur, une petite pancarte en plastique indiquant les sorties de secours et l'emplacement des extincteurs, ainsi que le plan des bâtiments.

— Voilà donc comment le type nous passe sous le nez depuis ce matin.

Georges actionne la poignée, la porte est verrouillée.

— Tu as trouvé les clefs ?

— Non.

— Bon, il a dû prendre ses précautions et garder sur lui l'unique jeu. Faisons le tour.

Georges prend la direction opposée que celle empruntée à l'aller, à savoir devant les fenêtres des cuisines, cherchant à définir les différents itinéraires de l'assassin, sachant qu'il ne devait pas toujours pouvoir utiliser la porte communicante avec le hall du rez-de-chaussée, sous peine d'être repéré rapidement par le personnel. Encore une fois, il s'interroge, qui peut passer inaperçu en n'étant pas un employé ? Un visiteur ? Un intervenant extérieur comme un kiné par exemple ? Mais peut-être est-ce tout de même un employé ! Le toit de la maison inoccupée entre brusquement dans son champ de vision, elle n'est qu'à une petite trentaine de mètres.

— Véro, trouve Damien et qu'il prenne le matériel nécessaire, nous allons entrer dans cette maison.

Après avoir franchi aisément le muret qui délimite la propriété de l'espace enherbée de la maison de retraite, Georges découvre un étroit passage dans la haie, se glisse à l'intérieur prudemment, puis fait le tour de la maison, elle est vide depuis longtemps à en juger par les déchets qui s'amoncellent dans tous les coins, cependant la porte d'entrée et du garage sont dégagées. Comme il l'avait déjà constaté le matin, de nombreux squatters se sont approprié les lieux, des tags recouvrent les murs et les volets clos, certains plutôt beaux, superbes même, un artiste venant ici exercer son talent.

La configuration est avantageuse pour qui veut ne pas être vu, une haie de deux mètres de haut, bien plus par endroit, la ceint sur tous les côtés. Soudain, quasiment invisible, sauf depuis l'endroit précis où il se trouve, à l'angle sud de la maison, masqué par une rangée de roseaux, adossé à la grande haie, un petit cabanon de jardin en parpaing, couvert d'un toit miteux en tôle rouillée, lui apparaît furtivement. En écartant la végétation, tous ses sens s'éveillent, un gros cadenas, d'aspect neuf, habilement dissimulé derrière une vieille plaque de contreplaqué, verrouille l'unique porte en bois. Étant donné le délabrement de l'endroit, ce n'est certainement pas du matériel de jardinage qui se trouve à l'intérieur. Une rapide inspection des abords, rien d'autre ne se trouve autour, à part des ronces, ne lui apporte aucun indice supplémentaire.

— Patron, vous êtes là ?

— Ici, dit-il en sortant de l'écran de végétation. Damien, prends une cisaille, il faut casser un gros cadenas.

Georges, en patientant, espère que ce petit réduit ne cache pas seulement la réserve d'herbe d'un petit dealer local. Avec un claquement sec, le cadenas cède, Damien allume sa torche, du placoplâtre doublé d'un isolant thermique et phonique a été collé sur les murs et même le plafond du petit réduit. À première vue, cela semble vide.

— Regardez, s'exclame-t-il, je suis sûr qu'il y a un double fond, cette plaque juste posée devant, là, le dissimule.

Il frappe du plat de la main, le son creux émit par la cloison confirme ses dires, un faible gémissement en sort.

— Oh ! Quelqu'un est enfermé là derrière !

Stupéfaits, les trois policiers découvrent une femme blonde, attachée et bâillonnée, les yeux bandés, recouverte d'une couche blanchâtre provenant du plâtre que Damien a pulvérisé avec ses poings nus, étroitement coincée entre les parois, les talons contre les fesses.

Il lui enlève le bandeau avec douceur, puis le bâillon. Ses yeux bleus, très pâles, expriment la plus grande détresse, une peur extrême.

— Gohare ?

— Da ! répond-elle faiblement après une longue hésitation.

— N'ayez pas peur, je suis là pour vous aider, je m'appelle Georges, je suis policier. Nous allons nous occuper de vous, ça va aller maintenant.

— Merci, merci, merci.

L'Arménienne pleure et gémit de douleur quand Damien, à genoux devant l'étroite ouverture, détache ses liens avec un canif, des attaches en plastique si serrées, qu'elles sont entrées dans ses chairs par endroit. Lentement, avec douceur, Véronique la fait sortir du réduit, haut d'à peine 80 centimètres. Péniblement, l' Arménienne parvient, avec leur aide, à rester debout, ses membres engourdis par la longue position douloureuse et inconfortable, en la soutenant ils la conduisent lentement vers la maison de retraite. Un policier, témoin de la scène, part en courant et revient aussi rapidement, ayant réussi à lui dégotter un fauteuil roulant.

— Laissons-la récupérer avant de la questionner, dit Georges, en la regardant s'éloigner, cernée de policiers, mais je crains fort qu'elle n'ait rien vu elle non plus. Essayons d'entrer dans cette maison, dit Georges à ses jeunes adjoints.

La porte du garage, malgré tout le talent de Damien, résiste à tous les assauts.

— Crochète plutôt la serrure de la porte d'entrée.

C'est chose faite en dix secondes. Avec toutes les précautions d'usage, les trois policiers pénètrent dans la maison silencieuse. Nouvelle surprise, toutes les cloisons ont été démolies, les rails de montages sont empilés dans un angle, un énorme tas de plâtre et de carton dans un autre. L'inspection de la maison est ainsi rapidement effectuée, sans se concerter, ils se dirigent vers le garage, séparé de ce qui était l'habitation, par un mur en béton. La porte d'origine a été remplacée par une porte de sécurité à 5 points, Damien, après plusieurs minutes d'effort, réussit à la forcer. En silence, ils entrent dans le garage obscur, il n'y a plus d'électricité et les fenêtres ont été obscurcies avec des morceaux de carton d'emballage. Une moto noire de grosse cylindrée apparaît dans le faisceau de leurs lampes, Damien arrache les cartons masquant les fenêtres, Véronique examine soigneusement tous les recoins, Georges s'attarde sur l'entrée du garage, la porte basculante a été démontée, elle est à présent appuyée sur le mur en béton à l'intérieur, et remplacée par des battants en bois renforcés par des montants de fer, plusieurs verrous ont été rajoutés.

— Ah je comprends pourquoi je n'arrivais pas à ouvrir de l'extérieur ! s'exclame Damien.

— Oui, c'est sans doute l'œuvre de Bordato.

— Mais pourquoi toutes les cloisons intérieures ont-elles été démontées ? demande Véronique.

— Je n'en sais rien, avoue Georges. Peut-être cela a-t-il été fait avant que le tueur n'utilise la maison. Damien, tu vas essayer de trouver le maire de la commune, ou à défaut quelqu'un qui pourra t'aider à consulter le cadastre, pour essayer de trouver le ou les propriétaires de la maison. Véro, tu vas immédiatement questionner le voisinage, quelqu'un doit bien avoir vu quelque chose. Je ne peux plus donner de travail à Ronan.

— On doit pouvoir avec notre logiciel de recherche aller sur le site des impôts et trouver le proprio de la maison, sans vous offenser, Patron…

— Oui, tu as raison Véro.

— Je peux faire l'enquête de voisinage Patron, suggère Damien.

— D'accord, mais pas seul. Je vais essayer de mon côté d'interroger Gohare.

Georges retourne vers la maison de retraite, envoie l'identité judiciaire au garage en repassant à l'appartement. Toutes ces pistes, à suivre en même temps, brouillent l'enquête et sa perception des choses. Il repense brusquement à la description du copain de Marie, la malheureuse aide-soignante de nuit, sa description physique correspond à celui du motard noir, mais deux prénoms différents… l'une des deux se serait-elle trompée ? Chance, il croise Dorothée dans le couloir, elle sort des vestiaires en tenue civile, sur le départ.

— Je voudrais une précision s'il vous plaît à propos du copain de Marie. Vous m'avez dit qu'il s'appelait Patrick ?

— Oui, Patrick.

— Karine l'infirmière m'a parlé d'un certain Jean Claude, brun, plutôt grand et mince. Parlons-nous de la même personne, ou a-t-elle eu deux copains ?

— Ah, je ne sais pas, j'ai toujours vu Patrick, ils sont restés quelque temps ensemble.

— Est-ce qu'il entrait dans les locaux, ici ?

— Ah non, il se garait derrière, et on ne le revoyait que quand il repartait en voiture. Il ne sortait jamais de l'appart, un gars plutôt réservé.

— Quel genre de voiture ?

— Une grosse BMW noire.

— Avez-vous le numéro de téléphone de Célia ?

— Oui… une seconde. Elle cherche son téléphone au fond de son sac. Alors… Célia… voilà. C'est le 06 71 10 25 33.

— Merci ? lui dit Georges en composant le numéro.

La messagerie s'enclenche immédiatement, Célia ne veut peut-être pas être dérangée pendant ses congés. Tout en laissant un message sur le répondeur, Georges se dirige à grands pas vers l'infirmerie, espérant y trouver Karine en plus de Gohare. Le Docteur est penché sur cette dernière, finissant de l'ausculter, il lève la tête en le voyant entrer.

— Commandant ! Merci de nous avoir retrouvé cette pauvre Gohare en vie.

— Comment va-t-elle ?

— Choquée, un peu déshydratée, mais ça va aller.

— Gohare ? Vous pouvez me parler ?

— Da… oui, je peux parler à vous.

— De quoi vous souvenez-vous ?

— C'est homme, j'en suis sure, mais pas vu son visage. Arrivé derrière moi, il a mis tissu sur bouche, j'ai respiré produit et je endormi de suite.

— Où étiez-vous exactement ?

— Dans hall rez-de-chaussée, dans sanitaires, je lavais sol.

— Vous pouvez me montrer l'endroit exact ?

— Oui.

Georges pousse le fauteuil roulant sur lequel elle est assise jusqu'au sanitaire.

— Là, dit-elle en dirigeant son doigt vers un point précis.

Ils se sont arrêtés devant la large porte permettant aux fauteuils roulants d'entrer aisément.

— Dans la même position que maintenant.

— …

— Je veux dire… vous étiez tourné vers l'intérieur des sanitaires.

Conscient qu'elle comprend très mal le français, il mime la position.

— Da, oui.

— Très bien, voulez-vous que je vous ramène à l'infirmerie ?

— Oui merci. Excusez-moi, pas longtemps en France, je comprends pas tout.

— Il n'y a pas de problème, ne vous excusez pas. Vous apprendrez avec le temps.

— Oui merci. Merci aussi de… m'avoir… trouvée… sauvée vie. J'ai eu très peur. Je ne comprends pas ce que homme me voulait.

— C'est notre travail vous savez, quand on peut… comment êtes-vous sûre que ce soit un homme ?

— Oui sure.

Georges réfléchit à la tournure de sa prochaine phrase, elle n'a pas saisi le sens de la question.

— Non, vous n'avez pas compris ce que je vous ai demandé. Vous êtes sure, mais pourquoi ?

— Ah… euh… oui… euh, j'ai reconnu parfum de homme, je connais ce parfum.

— Vous voulez dire que c'est un parfum d'homme ? Un homme qui travaille ici ou qui vient ici ?

— Da… oui… j'ai senti ici, je rappelle maintenant, mais je rappelle pas qui a ce parfum.

— Bon, je vais vous placer sous protection. Vous voulez rentrer chez vous ?

— Oui, mes enfants seuls à maison.

— Nous allons demander au Docteur.

Ce dernier est toujours à l'infirmerie, il remplit des papiers dans le bureau de l'infirmière en chef.

— Ah, l'inspecteur Harry ! Tout va bien ?

— Si vous voulez parler de l'enquête, elle progresse. Voyez-vous une raison pour que Gohare ne rentre pas à son domicile ?

— Non, elle peut rentrer. Mais… vous êtes sûr qu'elle n'est plus en danger ?

— Je vais la faire accompagner par deux policiers, ils resteront avec elle tant que je n'aurais pas arrêté le tueur.

— Donc vous êtes certain maintenant que c'est le même homme qui l'a enlevée, et a tué toutes ses pauvres filles ?

— Oui.

Georges s'abstient de lui dire que l'homme est tout proche, qu'il épie tous ses mouvements, que l'enlèvement de Gohare et tous les autres évènements sont une sorte de test, ou d'épreuve, qu'il lui fait passer.

— Je ne vous envie pas sur le moment. Ce type me fait froid dans le dos, tout ceci est prémédité, n'est-ce pas ? J'ai l'impression, qu'il joue avec vous, pardonnez-moi l'expression.

— Vous auriez dû être policier.

— Mais j'ai failli, voyez-vous. Donc je ne me trompe pas !

Après quelques secondes de réflexion, le Docteur reprend :

— Puis je me permettre de vous demander quelque chose ?

— Je vous en prie.

— Dans la mesure où vous ne me suspectez pas, puis-je vous apporter mon aide… une aide quelconque ?

— Eh bien… pourquoi pas.

— Ah, vous me faites plaisir, merci ! Que puis-je faire ?

— Tout d'abord savez-vous où se trouve Karine à cette heure-ci ?

— Elle doit être dans les étages en train de faire la distribution des médicaments.

— D'accord. Je vais d'abord m'occuper de faire raccompagner Gohare chez elle, ensuite je reviens vers vous.

Georges part à la recherche de Véronique, il la trouve dans le bureau du Docteur, concentré sur un ordinateur.

— Je voudrais que tu raccompagnes Gohare chez elle avec un autre gars s'il te plaît. Si elle a une box internet, tu continueras les recherches chez elle, sinon je vais charger Dimitri de ce boulot.

En passant devant les chambres du rez-de-chaussée pour monter dans les étages, Georges aperçoit fugitivement un homme assis dans un fauteuil. Devant le lit où est couché un vieil homme, il semble veiller au grain. La plaque sur la porte indique Mr Mortillon, l'échange du matin, l'altercation plutôt, entre les résidents, lui revient en mémoire. Georges l'épie discrètement à travers la porte entrouverte, cela doit être Mr Mortillon fils, l'homme ne l'a pas vu, le fauteuil est dos à la porte, continuant à lire une revue tout en jetant de temps en temps un regard bienveillant à son père. La scène, émouvante, lui renvoie par opposition, ses rapports difficiles avec son père, à la figure. Cela paraît pourtant si simple.

Laissant là cette image familiale, Georges se précipite à grands pas dans les escaliers. Karine sort d'une chambre, des cris affreux s'en échappent, cela ressemble davantage à un animal coincé dans les mâchoires d'un piège plutôt qu'à celui d'un humain. Cela prend aux tripes, le cri emplit l'espace, se répercute dans les couloirs.

— Ah désolé, dit Karine en voyant l'expression du visage de Georges, je viens de lui donner un calmant, elle va vite s'arrêter.

— C'est terrible ! Est-ce de la souffrance… physique… morale ?

— Le Docteur dit que non ni l'un ni l'autre, son cerveau ne fonctionne presque plus, elle n'en a plus pour très longtemps. C'est Alzheimer.

— Pauvre femme. Je voudrais une précision s'il vous plaît, sur le copain de Marie. Vous m'avez dit qu'il s'appelait Jean Claude, Dorothée, l'employée des cuisines, m'a affirmé qu'il s'appelait Patrick ?

— Oui Jean Claude. Je ne connais pas de Patrick.

— Vous en êtes sûre ?

— Oui.

— Vous lui avez parlé ?

— Une fois, très brièvement.

— De quoi avez-vous parlé ?

— Eh bien, je vais de temps en temps boire le café chez Célia et fumer une cigarette. Un jour, Jean Claude est passé en voiture.

— Quel genre de voiture ?

— Une grosse BM noire, répond-elle rapidement, visiblement agacée. Donc je disais, nous étions en train de boire le café à l'extérieur, sur sa terrasse, quand Jean Claude est passé, il s'est arrêté et m'a demandé si Marie était chez elle parce qu'il ne l'avait pas trouvé. Il paraissait inquiet.

— Il revenait donc de derrière ?

— Oui.

— À pied ?

— Non, dans sa BM.

— En est-il descendu pour vous parler ?

— Euh… non.

— À quelle distance étiez-vous de lui lorsqu'il vous a parlé ?

— Alors là ? Je ne sais pas trop.

Connaissant les difficultés des femmes à se placer dans l'espace, Georges essaie d'évaluer la distance dans la cour, entre la petite terrasse de Célia qu'il a déjà aperçue et l'allée où passent les véhicules, et s'éloigne d'environ 10 pas dans le couloir.

— Cette distance ?

— Euh, je pense.

— D'accord. Donc vous ne l'avez jamais vu debout ?

— Non.

— Vous me l'avez décrit comme quelqu'un de grand et mince, expliquez-moi ce qui vous a emmené à le décrire de la sorte ?

— Vous pensez que je mens ?

Son ton est agressif, insolent.

— Non, calmez-vous, je cherche juste à comprendre. Peut-être l'avez-vous vu une autre fois et vous ne vous en souvenez plus ? Réfléchissez bien s'il vous plaît. Essayez de vous repasser le moment.

— Et j'ai du travail !

— Bon ! dit Georges d'un ton froid et sec, ou vous mettez un peu de bonne volonté et ça sera vite fait, ou alors je vous place en garde à vue pour obstruction d'enquête sur une affaire criminelle. Je cherche un assassin, qui n'est pas très loin.

La jeune infirmière pâlit, ravale sa morgue et hoche la tête, signifiant qu'elle va collaborer.

— Eh bien oui, j'ai dû le voir, je ne vois pas d'autres explications.

— Reprenons. Vous disiez, Jean Claude est passé en voiture, vous a demandé où était Marie. C'est bien ça ?

— Oui.

— Dites-moi mot à mot ce qu'il vous a dit.

« Bonjour Karine, je suis Jean Claude, l'amie de Marie, elle n'est pas chez elle, vous ne l'auriez pas vue par hasard ? » Je crois lui avoir répondu « Ah non désolé, je ne l'ai pas vue ».

— Qu'a-t-il fait ensuite ?

— Il a redémarré. Ah, mais attendez, je me rappelle maintenant ou je l'ai vu, plusieurs fois en fait, mais toujours de loin. C'est quand il descend de sa voiture pour taper le code du portail, il ne doit pas avoir de bip.

Une idée commence à poindre dans son esprit.

— Donc c'est la seule et unique fois que vous lui avez parlé ?

— Oui.

Son téléphone sonne discrètement au fond de sa poche, le numéro de Célia, qu'il avait pris soin d'enregistrer s'affiche sur son écran.

— Excusez-moi, j'ai encore quelques questions à vous poser, mais reprenez, je vous en prie, votre travail. Je dois répondre c'est important.

— Je suis Célia, vous m'avez laissé un message, que se passe-t-il ? Je suis chez mes parents en Vendée. Je ne rentre que dans une semaine.

Elle a une voix forte, masculine, dynamique, décidée, presque autoritaire.

Georges en quelques mots, lui résume les évènements, bifurquant très vite sur la question qui l'intrigue.

— Je cherche des renseignements sur l'amie de Marie, votre voisine a la maison de retraite.

— Patrick ?

— Oui. A priori, vous êtes celle qui le connaît le mieux. Que savez-vous de lui exactement ?

— Oh pas grand-chose. Ils ne sont plus ensemble depuis quelques semaines, peut-être 3 ou 4. Il travaille comme veilleur de nuit chez Linde à Portet, quoi d'autre, je ne sais rien en fait sur lui, je m'en rends compte…

— Quel âge a-t-il approximativement ?

— La quarantaine bien tassée.

— A-t-il plusieurs prénoms ?

— Je ne lui connais que Patrick.

— Son nom de famille ?

— Ah non plus, désolé.

— Bon, je ne vous dérange pas plus longtemps, merci. Si quelque chose vous revenait, n'hésitez pas à me rappeler, à toute heure, ou un SMS si vous préférez.

Georges a la confirmation que l'homme s'appelle bien Patrick. Il fait une recherche rapide sur internet, trouve les coordonnées de l'entreprise Linde, l'appelle immédiatement.

— Bonjour entreprise Linde, Marco à l'appareil.

— Bonjour, Commandant Rigacci, Police criminelle. Pouvez-vous me dire si vous avez bien un employé, un veilleur de nuit pour être plus précis, du nom de Patrick.

— Effectivement, il travaille chez nous, enfin travaillait plutôt. Je suppose que vous êtes à sa recherche vous aussi, nous n'avons plus aucune nouvelle depuis plusieurs semaines, nous avons dû trouver un intérimaire pour le remplacer.

— Ah ! vous pouvez me donner ses coordonnées s'il vous plaît.

— Oui, un instant… alors voilà, Patrick Jean Claude, 118, avenue de Muret à Toulouse, son téléphone : 06 31 12 45 17.

— Jean Claude vous dites ? Cela s'écrit comme le prénom ?

— Oui tout à fait.

— Vous auriez une photo ?

— Alors oui, sur sa fiche que j'ai sous les yeux.

— Très bien, je vais vous transmettre une adresse mail aussitôt que j'aurais raccroché. Vous pouvez m'envoyer immédiatement sa fiche ?

— Bien sûr.

— Merci.

— Pas de quoi, si vous le trouvez, demandez-lui qu'il m'appelle.

— Oui pas de problèmes. Pouvez-vous me le décrire physiquement ?

— Eh bien, plutôt grand, un mètre 90 environ, mince, brun, les yeux marrons, la peau très pâle, marquée de traces d'acné ancienne, je suppose…

— Son âge ?

— 47 ans.

— Je vous remercie de votre efficacité, attendez, une dernière question. Vous m'avez dit qu'il était absent depuis plusieurs semaines, vous avez une date plus précise ?

— Ça fera exactement 4 semaines demain.

12
19 heures 30 – 20 heures 30

Karine est occupée avec un résident, une affichette, soins en cours ne pas déranger, est accrochée à la porte. Georges profite du répit, envoie l'adresse mail du GQG au gars de Linde s'engage au fond d'un couloir qui donne sur deux portes fermées, sans doute des remises, vérifie tout de même qu'elles sont bien verrouillées, écoute quelques secondes, l'oreille collée au battant de l'une puis de l'autre. Pour finir, vient se placer dans l'angle du petit couloir situé en bout de bâtiment, afin de surveiller les lieux discrètement. Une fois sur d'être est seul, Georges essaie de joindre Patrick Jean Claude, en vain, cela bascule immédiatement sur la messagerie, il appelle ensuite Mathieu.

— Commandant, quoi de neuf ?

— Nous avons retrouvé la moto noire, enfin une moto noire dans le garage d'une maison attenante, et la femme de ménage disparue, dans une remise de jardin de cette même maison, vivante.

— Ah enfin de bonnes nouvelles ! Donc nous cessons notre chasse à l'homme, et à la moto noire ?

— Disons que vous allez resserrer autour de la maison de retraite. Je pense que notre homme est ici, pas loin, peut-être même dans les locaux, attendant son heure pour passer à l'action.

— Vous avez une idée de la prochaine victime ?

— Je pense fortement que c'est moi.

— Hein ! Avec tout le respect que je vous dois, ne restez pas seul !

— Je vous remercie de votre sollicitude, mais je suis sur mes gardes.

— Bon, mais permettez-moi d'être inquiet tout de même. Ce tueur est retors et intelligent, il a dû programmer tout ça depuis des semaines, voire plus.

— Je vous permets. Placez vos hommes dans un rayon de 100 mètres autour de l'établissement, déléguez à quelqu'un de compétent et venez me rejoindre.

La lumière rouge de l'appel malade est toujours allumée au-dessus de la porte de la chambre, là-bas au milieu du couloir. Karine est donc toujours au soin d'un résident. En attendant d'y poser la question qui le préoccupe, Georges appelle ensuite Ronan au GCG.

— Geo ! j'ai trop de boulot, arrête, je voudrais rentrer chez moi avant que ma femme demande le divorce !

C'est un petit jeu entre eux.

— Envoie immédiatement une voiture à l'adresse que tu viens de recevoir par mail avec la photo du gars.

— Oui, je l'ai. Bon OK.

— Qu'ils me joignent directement. Mais je pense qu'ils vont trouver un macchabée.

— Je ne sais pas pourquoi, mais plus rien ne m'étonne aujourd'hui. Ça va, tu tiens le choc ?

— Ça va, l'adrénaline me fait tenir.

— Fais gaffe Geo.

— J'en ai vu d'autres.

— Oui oui bien sûr, je sais bien. Mais je n'ai jamais vu autant de morts dans une journée, alors je me répète, fais gaffe à tes os.

— Merci Ronan, je tiens à ma peau et, je te laisse, il y a du nouveau !

Un homme grand et mince marche vers lui d'un pas décidé, Georges ne le distingue pas encore très bien, le couloir est très long, plongé dans l'obscurité, car les luminaires du fond sont éteints. Il dégaine son arme, la vérifie, fait jouer la culasse pour monter une balle dans le canon, ôte le cran de sûreté… l'homme avance toujours, son visage est encore flou et indistinct, Georges se prépare, lève son arme, ne sachant toujours pas si l'homme l'a vu, mais celui-ci s'approche inexorablement. Soudain, l'inconnu semble hésiter, ralentit son allure, regarde les noms sur les portes, Georges sort de son recoin, l'attitude de cet homme l'intrigue, il se retrouve sous la lumière blanche d'un néon du couloir, tout d'un coup l'inconnu l'aperçoit, fait deux ou trois pas de plus, hésitant, puis reste là, les bras ballants, visiblement effrayé, a une quinzaine de mètres de Georges, son visage est à présent éclairé par l'éclairage au néon sous lequel il s'est arrêté, c'est un homme d'une quarantaine d'années, la peur et l'angoisse, l'étonnement aussi se lisent sur ses traits.

Il s'apprête à ouvrir la bouche pour lui demander de lever les bras, quand une cavalcade effrénée provient du fond du couloir, faisant brusquement faire volte-face au grand type, une horde de policiers, Kader en tête, arrive sur lui, l'arme au poing, les matraques levées pour certains. Ils fondent sur le malheureux qui se protège instinctivement la tête de ses deux bras, et amorce un mouvement de repli sur lui-même. Avec des cris affreux, les policiers lui tombent dessus, criant chacun un ordre différant, l'homme disparaît sous la masse des hommes en uniformes, tels des rugbymen sur le porteur du ballon. Quelque peu stupéfait, Georges aperçoit Kader, tout sourire qui s'approche de lui.

— On l'a coincé ce salaud ! annonce-t-il triomphalement.

— Je vois bien.

L'homme, un peu groggy, est relevé brutalement par les policiers, les menottes au poignet. Il jette un regard un peu flou sur Georges.

— Mais… que… pourquoi vous… pourquoi vous faites ça ? Je n'ai rien fait, je suis juste le veilleur de nuit !

— Je suis le Commandant Rigacci. Comment vous appelez vous et que faites-vous là ?

— On l'a vu arriver comme si de rien n'était, ce fumier, on l'a suivi, et voilà, dit Kader, tout sourire, comme ses 3 collègues.

— Et voilà quoi ? dit l'homme qui commence à se ressaisir et à comprendre la situation.

Il reprend :

— Vous êtes fou ou quoi ? Je viens bosser moi ce soir ! Détachez-moi !

Il se débat violemment, mais est tenu fermement par les policiers.

— Eh oh, il se calme, lui dit Kader en lui envoyant une petite tape sur la nuque.

— Doucement les gars. Quel est votre nom ? lui demande Georges.

— Eh, mais oui, doucement. Je m'appelle Joël Mendoza, je suis aide-soignant.

— Que faites-vous là ?

— Je vous l'ai dit, je viens bosser. Je suis intérimaire, dans l'agence Quick. On m'a appelé en fin d'après-midi pour venir faire un remplacement.

— Vous avez vos papiers sur vous, votre ordre de mission ?

— Oui, là dans ma poche, j'ai tout, détachez-moi je vais vous les montrer.

— Kader, fouille monsieur.

— Dans ma poche arrière.

Le policier s'exécute, lui tend le portefeuille et deux feuilles agrafées ensemble, pliées en quatre. Georges vérifie l'identité puis l'ordre de mission.

— Où étiez-vous aujourd'hui, Monsieur Mendoza ?

— Je travaille la nuit, donc je dormais, chez moi.

— Une personne peut confirmer ?

— Ma compagne, elle est partie vers 13 heures à son travail.

— Où travaille-t-elle ?

— À l'hôpital Purpan, elle est infirmière.

— Très bien. Kader va l'appeler pour que nous soyons sûrs. Quel service ?

— Cardiologie. Elodie Bonnet.

Pendant que Kader tente de joindre l'infirmière, Georges vérifie le casier judiciaire de l'intérimaire. Une arrestation ancienne pour détention de cannabis avec voie de fait sur agent de police lors de l'interpellation. Sinon l'homme semble dire la vérité. Kader qui s'était un peu éloigné hoche la tête en direction de Georges.

— Détachez-le, et présentez vos excuses.

Les policiers confus, surtout vis-à-vis de Georges, obéissent.

— Je vous présente mes excuses moi aussi, mais vous ressemblez physiquement au suspect que nous tentons de coincer.

— Ici ! Mais que se passe-t-il ?

Georges lui narre succinctement les évènements qui se sont passés au sein de l'établissement.

— Quoi ? Les veilleuses ! Mais on ne m'a rien dit ! Je ne sais pas si je serais venu !

— Qui vous a contacté, ou a contacté votre agence ?

— Je n'en sais rien, mais ils vont m'entendre !

Il consulte sa montre, sort son smartphone de sa poche, cherche sur son journal d'appel, ses mains en tremblent d'émotion. Pendant que l'intérimaire appelle, Georges se dit que cela sera compliqué dorénavant pour la maison de retraite, d'avoir des remplaçants et du personnel tout court. Il l'entend tutoyer la personne à l'autre bout du fil, l'appelant même par son prénom.

— Excusez-moi de vous interrompre, mais c'est la responsable de l'agence à qui vous parlez ? lui demande Georges en lui touchant son avant-bras, l'homme est tellement furibard qu'il doit presque le secouer.

— Quoi… oui, c'est la responsable.

— Vous pouvez me la passer s'il vous plaît, j'ai une chose à lui demander, c'est important.

— Bonsoir Madame, Commandant Rigacci, police criminelle. Je voudrais savoir qui vous a appelé pour ce remplacement ? Ah très bien, vous a-t-il mis au courant de l'affaire en cours, dont vient de vous parler Monsieur Mendoza ? Bien, je vous remercie, je vous le repasse.

— Bon, elle ne savait rien elle non plus. Avez-vous déjà travaillé ici ?

— Non, c'est la première fois.

— Où étiez-vous la nuit dernière ?

— Une mission à Toulouse, dans un EHPAD aussi.

— Bon, vous ne risquez rien, vous êtes étranger à l'établissement. De toute façon, vous avez pu vérifier par vous-même que nous veillons au grain.

— Oui, vous êtes efficace, je m'en souviendrais de ce remplacement.

L'homme, pas rancunier, rit de sa mésaventure.

— Pourtant ce matin j'ai écouté la radio, ils n'ont rien dit. Bon je cherchais l'infirmière avant que 4 flics ne me tombent dessus !

— Elle est à la chambre 12, en soin, j'attends pour lui parler moi aussi. Venez, je vous accompagne.

D'un regard, Georges indique à Kader de garder un œil sur le gars, soulagement perceptible de la bande des policiers. Karine sort de la chambre en poussant une servante à roulettes débordant de médicaments.

— Salut, je suis Joël Mendoza, le veilleur de nuit remplaçant, je te cherchais pour les consignes.

— Ah oui, bonsoir. La salle des veilleuses est au rez-de-chaussée, face au secrétariat, tu y trouveras le cahier de relève. On fera un petit briefing à l'infirmerie, quand j'aurai fini ma tournée, disons dans 15 minutes.

— Ça marche.

— Vous étiez au courant qu'il y aurait un remplaçant ? lui demande Georges.

— Cet après-midi, Monsieur Tarik m'a dit qu'il s'en occupait.

— D'accord. À propos de l'ami de Marie, qui vous a dit se prénommer Jean Claude, pourriez-vous me donner son âge ?

— Je dirais… dans la soixantaine.

— Pourriez-vous le reconnaître ? Nous faire un portrait-robot également ?

— Eh bien… je ne sais pas trop, il avait des lunettes noires qui couvraient la moitié de son visage.

— Vous rappelle-t-il quelqu'un que vous connaissez, ou qui fréquente l'établissement ?

— … non, je ne crois pas, je n'en sais rien en fait, je n'ai pas une très bonne vue, je porte des lentilles.

— Vous les aviez ce jour-là ?

— Oui, enfin non… je ne sais plus, quelquefois je les enlève, j'ai du mal à les supporter, il y a peu de temps que je les porte.

— Très bien, je vous laisse tranquille, merci pour vos précisions.

Le Docteur l'attend dans son bureau, visiblement pressé de faire ses preuves en tant que Docteur Watson. Georges vient juste d'en franchir le seuil, quand la petite musique de l'ascenseur lui fait ressortir la tête vers le fond du couloir, le chariot de Karine en sort, suivi de cette dernière, elle se dirige sans doute vers l'infirmerie, située juste en face du bureau du docteur, Georges pense à un détail qu'il n'a pas à demander à l'infirmière.

— Un instant Docteur, lui dit-il avant qu'il n'ait prononcé un seul mot, une petite chose à demander à Karine.

L'air résigné de l'infirmière l'agace très vite, mais le regard froid qu'elle reçoit en retour suffit à lui rendre très vite sa collaboration.

— Célia était-elle à vos côtés quand l'homme disant s'appeler Jean Claude vous a parlé depuis sa voiture ?

— Euh… non, elle était retournée à l'intérieur chercher le sucre qu'elle avait oublié.

— Elle ne l'a donc pas vu ?

— Non.

— Vous avez parlé avec elle, à ce moment-là, lorsqu'elle est ressortie, du fait qu'il s'était arrêté pour vous demander ce renseignement ?

— Non.

— À un autre moment ?

— Non plus.

— Bien merci.

Georges est retourné auprès du Docteur, quand Karine entre dans le bureau.

— Je me souviens d'une chose…

— Oui.

— J'ai eu l'impression, comment dire, qu'il a voulu éviter Célia.

— Comme s'il ne voulait pas qu'elle le voie ?

— Oui, c'est ça. C'est difficile à expliquer. Vous savez ? Une vague sensation qui m'a traversée. Sur le moment, je n'y ai pas prêté attention, mais maintenant que vos questions me font remémorer le bref échange que j'ai eu avec lui… oui, c'est bien ça.

— Je vois. Merci Karine. Ça m'aide beaucoup.

— De rien. Je peux y aller ?

— Bien sûr.

— Mais qu'avez-vous fait à cette petite ? Vous l'avez traumatisée ?

Georges se fend d'un petit sourire ironique.

— Elle vient de confirmer mes soupçons. Notre tueur s'est fait passer pour l'ami de Marie, Patrick. Il l'a choisi parce qu'il lui ressemble physiquement, grand, mince… dans sa logique meurtrière, il les a tous deux éliminés froidement lorsqu'il n'a plus eu besoin d'eux. Nous avons retrouvé la pauvre Marie dans sa baignoire, sans doute la reproduction d'un meurtre célèbre, comme toutes les scènes de crime découvertes aujourd'hui. Sauf…

Georges s'interrompt, consulte son petit carnet.

— Sauf Irina.

— C'est affreux ! Mais pourquoi Irina ?

— Ce n'est pas lui qui l'a tuée.

— Qui l'a tuée alors ?

— Son mari.

— Son mari ? Mais quel rapport avec les autres meurtres dans ce cas ?

— Je pense qu'il l'a poussé, l'a contraint peut-être, à le faire. J'ai encore beaucoup de choses à relier entre elles, la logique notamment, la logique du tueur, qui ne l'est pas pour nous.

— Le mobile vous voulez dire ?

— Je ne sais pas si nous pouvons parler de mobile… la raison plutôt, la raison qu'il l'a emmené à cette série.

— Une série ! Un tueur en série ! Vous pensez qu'il a déjà tué avant ?

— Ça, je n'en sais rien encore. Si nous l'attrapons, si nous l'attrapons vivant plutôt, peut-être parlera-t-il…

— La réponse viendrait, selon vous, de toutes ces femmes d'origine russe.

— Oui, il est évident que depuis le début c'est la clef.

— Donc il faut trouver le dénominateur commun.

— Là est la difficulté, mis à part leurs origines, il n'y a aucun point commun. À part Irina et la Directrice ; vous en êtes-vous aperçu, justement de son origine ?

— Vous voulez parler d'Hélène ? C'est-à-dire ?

— Elle est Russe. Pas seulement ses origines, nous avons découvert de faux papiers à son domicile.

— Alors là, permettez-moi l'expression, mais vous m'en bouchez un coin !

— Elle est très forte, très intelligente.

— Je ne me suis aperçu de rien ! Un jour, je lui ai posé la question justement, lui faisant remarquer qu'elle ressemblait à cette joueuse de tennis célèbre, mannequin à ses heures. Elle m'a répondu évasivement ; oui, j'ai des origines russes, et je n'ai plus jamais obtenu rien de plus de sa part sur ce sujet. Quand j'essayais d'évoquer la question, elle éludait.

— Je ne vous fais rien signer, mais il est évident que vous ne parlerez de tout cela à personne ?

— Bien entendu. Et donc Irina ?

— Elles se connaissaient bien, avaient été amantes. Irina faisait chanter Hélène. C'était en rapport avec leur passé. Mais quel est le rapport justement avec les autres femmes, je n'en sais rien. J'y pense tout à coup, un résident, Monsieur Legrain, m'a parlé d'un autre résident, ici au rez-de-chaussée, il ne se souvenait plus de son nom, qui aurait eu une femme russe. Savez quelque chose là-dessus ?

— Ah oui Monsieur Legrain, un homme attachant. J'ai ouï dire que Monsieur Bartelemy aurait eu une femme russe, c'est exact.

— Peut-on parler à ce Monsieur ?

— Hélas, Monsieur Bartelemy n'est plus avec nous.

— Il est décédé ?

— Non, même s'il est encore là, physiquement, vous n'en tirerez rien, son esprit est parti.

— Ah ! Puis je le voir tout de même, examiner sa chambre ?

— Bien entendu, c'est juste à côté.

Elle est effectivement toute proche. Le Docteur tape deux fois et entre sans hésitation, cela sent très fort dans la pièce, mélange de désinfectant, parfum bon marché et surtout d'odeurs corporelles, insoutenables pour Georges.

— Je vais ouvrir un peu, vous n'êtes pas habitué à ce fumet, plaisante le Docteur en voyant sa pâleur soudaine.

— Merci, dit Georges au bord de la nausée.

Un homme inconscient, plutôt un cadavre, constate-t-il effaré, d'où émane l'épouvantable odeur, est allongé sur l'unique lit de la pièce, de nombreux tuyaux le relient à une grosse machine bardée de voyants et de cadrans de toute sorte. Il fait le tour de la chambre, examine les murs, le chevet, il n'y a aucune photo, juste quelques tableaux.

— Quelle est cette odeur affreuse Docteur ?

— Infection généralisée, tous ses membres se gangrènent. Ce pauvre Monsieur Bartelemy n'en a plus pour très longtemps,

— Oh là là ! Vous ne pouvez rien faire ?

— Nous lui injectons de puissants tranquillisants bien qu'il ne sente plus rien, d'ailleurs son cerveau ne fonctionne plus, juste assez pour faire fonctionner quelques organes. C'est la seule chose que nous pouvons faire, la famille tient absolument à le maintenir en vie. L'euthanasie est interdite en France.

— C'est terriblement inhumain de maintenir une personne en vie dans ses conditions !

— Je suis d'accord avec vous, mais cette famille est inhumaine.

— Parlez-moi de cette famille. Qui vient le voir ?

— Le fils seulement. Les autres chacals téléphonent juste pour savoir s'il vit encore.

— Un héritage ?

— Vous avez deviné.

— Mais pourquoi vouloir le maintenir en vie dans ce cas ?

— C'est surtout le fils qui veut qu'il soit maintenu, j'ai cru comprendre qu'ils ne sont pas tous d'accord sur le partage des biens, mais je n'ai également pas tout compris dans cette histoire de famille, ce n'est pas très clair.

— Il était riche ?

— Très, vous connaissez sans doute les pharmacies Bartelemy ?

— Ah, c'est lui les pharmacies Barthe… pharmacies ? Son fils est pharmacien aussi ?

— Oui tout à fait.

— Vous le connaissez personnellement ?

— Oui, il vient régulièrement.

— Décrivez-moi-le physiquement !

— Eh bien, plutôt grand et mince, les cheveux grisonnants, la soixantaine, mais, mais c'est la description de notre tueur !

— Oui. Vous avez son adresse ?

— Elle doit être dans son dossier. Venez à mon bureau.

Il déverrouille avec un trousseau de clefs qu'il a sorti d'un tiroir de son bureau, la porte coulissante d'un meuble adossé au mur.

— Alors voilà, dit-il en ouvrant un porte-document rouge. Vous savez, Commandant, que je n'ai pas le droit de vous montrer ceci, mais je l'ai laissé ouvert par inadvertance sur le bureau, pour aller aux toilettes…

— Merci Docteur.

Georges trouve l'adresse, c'est au centre-ville de Toulouse, à deux pas du GQG, encore un fait troublant, appelle Ronan, le briefe rapidement, lui annonce que c'est peut-être chez le tueur où les policiers doivent se rendre. En revenant dans la chambre, suivi du Docteur comme son ombre, « je vais devoir m'y habituer, je crois », à travers les volets de la porte-fenêtre tout juste entrebâillée de quelques centimètres, la maison dans laquelle se trouve la moto noire se situe juste en face, à seulement une dizaine de mètres, la limite du terrain de l'établissement faisant une sorte de boucle, de sorte que l'habitation inoccupée est encore plus proche que ses voisines, l'appartement de fonction est à sa gauche, environ à la même distance. Cette chambre est, ou plutôt, était stratégique pour Barthelemy.

— Barthelemy fils vient-il souvent visiter son père ?

— Je ne suis présent qu'une fois ou deux par semaine, j'ai aussi mon cabinet dans le village, alors je ne peux vous répondre avec certitude, mais assez régulièrement.

— Ah Patron je vous cherchais, s'annonce Dimitri.

— Ça va mieux jeune homme ? lui demande le Docteur d'un ton paternaliste.

— Oui, merci Doc. Alors quoi de neuf, Patron.

Georges lui fait un résumé succinct, mais précis de ses dernières découvertes.

— Ah ! Waouh ! Fortiche, vous êtes Patron ! Il a une moto ce type, Doc ?

— Pas que je sache.

— C'est étonnant que personne dans le coin n'ait jamais vu cette moto. Vous ne croyez pas que c'est bizarre ça patron ? Comment il a fait le type ?

— Je pense qu'il a un autre repère dans le coin, peut-être une autre moto aussi. Va voir Damien, il doit être au secrétariat en train de chercher sur le cadastre et les impôts, qu'il fasse une nouvelle recherche avec le nom Barthelemy.

— Peut-être met-il sa moto dans un fourgon ? suggère le Docteur.

— Excellente suggestion Docteur. Envoie quelque gars questionner le voisinage de la baraque inhabité, afin de voir si l'un d'entre eux aurait repéré un fourgon qui se garerait à proximité de cette maison.

— OK Patron.

— Excusez-moi une seconde Docteur, je dois appeler ma collègue.

— Mais je vous en prie.

— Véro, tout va bien ? Demande à Gohare si le parfum dont elle se souvient est celui de Monsieur Barthelemy fils, oui j'attends, non ? … elle est sûre ? … bon… Est-ce qu'elle se souvient d'autre chose ? Bon d'accord, reste vigilante, oui, peut-être ce Barthelemy est notre homme. Je t'appelle s'il y a urgence, ah oui, nous pensons aussi qu'il aurait utilisé un fourgon, dans lequel il dissimulerait la moto, Dimitri est sur le coup.

Après avoir raccroché, Georges reste songeur, consulte ses notes, rajoute la piste Barthelemy, fait des petits schémas, peut être Gohare s'est-elle trompée pour le parfum, qu'elle confond avec un autre visiteur, ou alors le type est extrêmement prudent, méticuleux, n'a négligé aucun détail, a vraiment pensé à tout, porte un parfum diffèrent. Son téléphone est encore dans sa main quand il se met à vibrer. C'est un SMS de Benoit Loisel, l'ancien homme d'entretien. « Voici le nom des proprios de la maison de Vernel », une photo d'un chèque est jointe, au nom de la SCI Barthelemy. La boucle est bouclée ! À cet instant précis, Damien débouche en trombe dans le bureau.

— Patron ! La SCI Barthelemy est propriétaire de la moitié du lotissement, j'ai vérifié, il y a bien un Barthélémy résidant ici et son fils correspond au signa…

— Oui, je sais j'ai envoyé une équipe l'arrêter.

— Ah Patron, vous avez toujours une longueur d'avance sur nous, les simples flics !

Son air dépité fait sourire Georges.

— C'est du bon boulot Damien. Mais je viens juste de le découvrir, rassure-toi.

Mais Georges, en enquêteur expérimenté, a un doute, plusieurs même. Il trouve étrange que l'homme, n'ayant fait aucune erreur depuis le début, se trahisse avec des détails pareils, très facile à vérifier pour des policiers.

— Docteur, est-ce que Barthelemy fils est venu aujourd'hui ?

— Je ne l'ai pas vu, ce qui ne veut pas dire pour autant qu'il n'est pas venu. Laissez-moi appeler les filles qui s'occupent de son père.

— D'accord merci.

Georges ouvre son carnet, relit ses notes. Quelque chose turlupine Georges, un homme grand et mince, un autre complice, Barthelemy, tous les faisceaux de preuves convergent vers lui, semblant l'accuser tout d'un coup, après juste une journée d'enquête, c'est presque trop simple tout à coup. Quelqu'un, aujourd'hui, a prononcé une phrase qui aurait dû le mettre sur la voie. Dans le couloir, une silhouette passe dans son champ de vision, c'est le veilleur de nuit intérimaire, Joël Mendoza, qui lui fait un petit signe de la main. Cela le trouble, l'interpelle, il y a un rapport avec ce type, ou alors c'est lui qui a prononcé cette phrase qui bipe dans sa tête comme une alarme.

Son téléphone vibre au fond de sa poche, l'interrompant dans ses pensées, c'est Ronan.

— Geo ! Nous avons arrêté Barthelemy, qui fait un foin de tous les diables, crie au scandale comme un possédé, tu l'entends ? Bon de plus, il a une armée d'avocats qui ont déjà appelé, et qui ne vont pas tarder à se pointer, c'est un notable de la ville, tu le sais ?

— Oui, mais notable ou pas je m'en fous, tu le sais aussi.

— Oui, s'il y en a un qui te connaît, c'est bien moi. Ce que je veux dire, c'est qu'il vaut mieux être sûr que le type est coupable et avoir de sérieuses preuves contre lui, parce qu'il dit qu'il n'est rentré des USA que dans l'après-midi, ça serait bien pour la tranquillité du GQG, et la mienne, rajoute-t-il, avec une pointe d'ironie, s'il était innocent.

Conscient de la responsabilité qu'il fait endosser à Ronan et à tous les policiers du GQG, Georges réfléchit à toute vitesse.

— Tu vas aller lui parler, lui expliquer clairement que quelqu'un veut lui faire porter le chapeau, que nous faisons notre boulot, que nous sommes obligés de vérifier son alibi, etc., etc., tu connais la musique, je te fais confiance, que le Préfet l'appellera personnellement pour lui expliquer la situation. Je te couvre de toute façon, tu le sais aussi.

— Ah bon ! Tu penses que le tueur veut lui faire porter le chapeau ?

— Oui et non, je crois que le type joue avec nous. Ce n'est qu'une hypothèse, mais je me rapproche doucement, je lui colle aux fesses.

— Il n'est pas venu depuis plus d'une semaine, lui annonce le Docteur, qui vient lui aussi de raccrocher, les filles des deux équipes me l'ont bien confirmé, Monsieur Barthelemy leur ayant annoncé qu'il partait en voyage d'affaires aux États-Unis depuis plusieurs semaines déjà.

— D'accord, donc s'il avait traîné dans les couloirs, elles s'en souviendraient.

— Oh oui, surtout l'équipe de Nora, et Nora elle-même, un pilier de l'établissement, très très curieuse, à l'affût du moindre potin, connaît toutes les familles, les visiteurs, au courant de tout dans l'établissement, enfin une vraie concierge, c'est encore plus vrai au rez-de-chaussée.

— Ah tiens ! Pourriez-vous me donner le numéro de cette commère, s'il vous plaît ?

— Bien sûr, bien sûr !

Il tourne son téléphone ouvert sur le journal d'appel, Georges enregistre le numéro rapidement, s'apprête à appeler, mais quelque chose le retient, quelque chose d'insaisissable, « son » assassin n'est pas loin, à portée de main, il en est sûr. Mais pourquoi cette certitude au fond de lui le taraude-t-elle ? Parce que le type le teste ? Le défi ? l'admire ? Peut-être ! Quelle que soit la raison de cette « admiration », elle est malsaine, ce type est cinglé, c'est une évidence. La question est de savoir s'il cherche à se faire briller, reconnaître ou si c'est moi le policier, qu'il veut mettre en avant. Tous les indices tendent à prouver cette dernière hypothèse. Brusquement, Georges sait ce qui le chiffonne, la radio ! Quelqu'un lui a dit que la radio en avait parlé ! Mais qui ? Voyons, voyons, essaye de te concentrer correctement et de te remémorer les conversations de la journée, se dit-il en fermant les yeux. Le dernier, c'est le veilleur intérimaire, il lui a expliqué qu'il n'était pas au courant, la radio ne lui ayant pas révélé l'info. Voilà son facteur x ! Georges passe en revue toutes ses notes, l'ordre dans lequel il a questionné les différentes personnes, tout ne peut être noté précisément, mais même les choses anodines et banales que l'on peut lui dire sont associées dans sa mémoire à des petits symboles annotés dans les coins. Lui seul, et c'est une sécurité au cas où le carnet tomberait en de mauvaises mains, peut déchiffrer ses annotations, d'après un code simple, mais il l'espère, difficile à comprendre. Et donc l'autre personne lui ayant parlé de la radio, mais bien sûr ! C'est lui « mon » coupable ! Bon sang de bon sang, le type est juste à côté !

Georges bondit de sa chaise, faisant sursauter le Docteur, ce dernier avait pourtant compris en voyant le policier penché et concentré sur son petit carnet de notes, qu'il venait d'avoir une idée et n'avait pas voulu le déranger, mais le policier le surprend tout de même.

La chambre est vide, mis à part le vieil homme qui dort paisiblement dans son lit, sur ses gardes, l'arme à la main, Georges inspecte méticuleusement tous les recoins, même les cachettes improbables, l'expérience lui ayant appris à se méfier des évidences. Mais l'évidence justement est ailleurs, le type a filé, encore une fois juste sous son nez… Comment fait-il pour anticiper mes mouvements ? Ah, mais les caméras, je les avais oubliées celles-là ! Il en voit une juste en levant la tête, semblant le narguer, dans l'angle du mur face à lui. Cela n'explique pas comment il a pu prévoir, le bureau ! il doit y en avoir une dans le bureau ! Il revient sur ses pas, non sans examiner prudemment tous les alentours.

— Que diable vous est-il arrivé ? Vous m'avez flanqué la frousse, s'exclame-t-il.

— Le diable justement.

— Le diable ? Mais que voulez-vous dire ?

— Il vient tout juste de me filer sous le nez.

Et de lui montrer du doigt la caméra, fixée dans un angle lui permettant de couvrir toute la pièce. Incompréhension manifeste du docteur, sa tête fait quelques allers-retours entre l'angle de la pièce et Georges.

— Mais enfin, soyez clair !

— La caméra. Voilà un de ses atouts.

— Mais ces caméras sont hors service.

— En êtes-vous vraiment sûr ?

— Eh bien, il y avait un terminal au secrétariat autrefois, mais tous les fils ont été supprimés.

— Vous devez connaître la transmission sans fil, je pense. Le wifi.

— Ah ! Mais oui, vous avez raison ! Et donc vous croyez qu'il nous espionne ?

— J'en suis sûr désormais. Il y a quelque temps, une entreprise est venue rajouter des caméras un peu partout.

— Mais pourquoi êtes-vous allé dans la chambre de Monsieur Mortillon dans ce cas ? Et pourquoi me parlez-vous du diable ?

L'incompréhension totale qui se lit sur le visage du docteur amuse Georges.

— Cela serait un peu long de tout vous expliquer en détail. Ce que je peux vous dire avec certitude c'est que le tueur est Monsieur Mortillon fils. Et il vient de me filer sous le nez, grâce à cette caméra notamment.

— Monsieur Mortillon fils ! Non ! Un Monsieur si gentil et si doux ! Je ne peux le croire ! En êtes-vous absolument sûr ?

— Absolument.

— Alors là ! je n'aurai pas parié un denier sur lui !

Georges appelle Dimitri sur son téléphone, celui-ci répond dans la seconde.

— Patron, que se passe-t-il ?

Son ton est inquiet, Georges l'appelle rarement par téléphone alors qu'il se trouve à proximité.

— Viens immédiatement au bureau, avec deux gars.

Georges retourne se poster dans le couloir, aux aguets. Où a-t-il pu passer ? Pour disparaître si vite, l'homme doit être tout proche, s'il était sorti, les gars à l'extérieur l'auraient intercepté. Dimitri, Damien et Karim le rejoignent, l'attitude du patron leur fait rapidement comprendre l'urgence. D'autant plus que ce dernier met un doigt devant sa bouche, et tel un chef de commando militaire, leur indique par geste furtif, à l'abri des caméras, du moins il l'espère, la suite des opérations.

— Le type vient de me filer sous le nez, dit Georges en chuchotant, se disant que le son est peut-être couplé avec les caméras, il n'est pas loin, ouvrez l'œil.

Damien et Karim passent devant, l'arme au poing, Georges et Dimitri les précèdent. Chaque chambre et chaque recoin sont inspectés méticuleusement, ainsi que l'extérieur immédiat, puisqu'au rez-de-chaussée, chaque chambre est dotée d'une porte-fenêtre donnant sur le jardin. Arrivés au bout du couloir, devant l'ascenseur, encore une fois ils doivent se rendre à l'évidence, le type s'est encore volatilisé. Un policier bloquant chaque escalier, il ne peut être passé par cette issue, et comme Georges ne l'a pas vu passer devant le bureau.

— Ce n'est pas possible, où il… commence Karim.

Georges lui intime le silence d'un geste impératif et rajoute à voix basse.

— Damien et Karim, au bout du couloir, vigilant !

Les deux policiers en position à l'extrémité du petit corridor, Georges et Damien remontent vers eux lentement. Chacun d'eux se dit que le Patron a sa petite idée quant à l'endroit où se trouve le tueur, mais ils se demandent en même temps, puisque tout le secteur a été fouillé, comment il peut être là, devant eux ! Mais les policiers respectent trop leur chef pour oser protester, ayant une confiance aveugle et absolue en lui, si le Patron croit que le type y est, c'est qu'il est. Soudain, il stoppe, en plein milieu du couloir, lève son arme et se tourne en direction du mur ! Incompréhension des policiers, qui se regardent, haussent les épaules et le rejoignent. Ce n'est pas devant un mur vide que le Patron pointe son arme, mais devant une porte de service, un petit robinet symbolisé, sur le haut de la porte, signifie que derrière cette porte, se trouve un dispositif d'alimentation d'eau pour les pièces alentour. Nouveaux regards étonnés, tous ont ouvert au moins une fois ces locaux de services, présents dans tous les couloirs, très exigus, personne ne pouvant s'y cacher. Georges plaque son oreille à la porte, le silence est absolu dans l'établissement, puis brusquement il ouvre la porte de service, ayant au préalable sorti une poignée, qu'il trimballe depuis le matin dans sa poche, il l'engage doucement, sans bruit, dans le carré de la porte, sous le regard étonné, une fois de plus, des policiers. Le corps d'un homme grand et mince s'effondre au milieu du couloir, sans un bruit, sur le sol plastifié, quasiment sur leurs pieds, sous leurs yeux ébahis !

Après quelques secondes de stupeur, Georges vérifie son pouls, constate que l'homme ne respire plus, une écume blanchâtre sort de sa bouche, semblant indiquer qu'il s'est lui-même empoisonné.

— Voilà donc notre tueur, commente Dimitri, plutôt décontenancé, comme ses collègues.

Georges reconnaît Mr Mortillon fils, qu'il avait rencontré le matin même. Lui non plus n'aurait jamais parié que cet homme sympathique et affable était un tueur sanguinaire.

— Mais comment vous avez fait pour savoir que c'était lui ?

— Il a fait une petite erreur, une seule, il m'a dit ce matin que la radio avait annoncé que c'était moi qui étais chargé de l'affaire, or personne ne le savait encore.

Le Docteur s'approche timidement, il était resté dans son bureau, effrayé par les évènements.

— Puisque vous êtes là Docteur, confirmez-moi qu'il est bien décédé.

— Oui bien sûr, je vais chercher ma trousse.

— Il se cachait dans ce réduit, ce n'est pas croyable ! s'exclame Dimitri.

Le Docteur, après avoir enfilé des gants en latex, examine le corps en détail.

— Il est bien mort, cela fait quelques minutes à peine. Suicide au cyanure. Imparable.

— Mais pourquoi se suicider, alors que nous n'aurions jamais pu le découvrir ? Patron, vous en pensez quoi ?

— Nous ne le saurons peut-être jamais. Ni pourquoi il a tué toutes ces femmes.

— C'était un sacré cinglé en tout cas, dit Dimitri.

— Oui, et heureusement conclut le Docteur, que vous étiez là.

Georges consulte sa montre, 19 heures 30, indique-t-elle. À peine 12 heures se sont écoulées depuis qu'il est arrivé sur les lieux. L'enquête la plus rapide de sa carrière !

Le bureau est submergé de paperasses, l'enquête sur le tueur de la maison de retraite, comme l'a surnommé la presse, est loin d'être terminée. Comme Georges l'avait prédit, les motivations de Mortillon sont loin d'être éclaircies. L'homme était représentant en pharmacie, d'où sa connaissance des drogues et stupéfiants qu'il avait utilisés pendant sa période de méfaits, et sa rencontre avec Barthelemy. Voulait-il se venger de quelque chose que lui aurait fait le pharmacien ? Ce dernier avait refusé de dire un seul mot, vexé et humilié par son arrestation. Les recherches avaient également révélé que Mortillon allait souvent en Russie. Pour quelles raisons ? Y cherchait-il l'âme sœur ? Nul ne le savait encore. Sa folie vengeresse sur les malheureuses Russes ou autres Tchétchènes et Arméniennes venant peut-être de ses voyages et d'une déception sentimentale. Son complice, Bordato, une grosse somme d'argent en espèces avait été découverte, cachée dans sa réserve de bois. Sa motivation était-elle uniquement pécuniaire ? Le mari d'Irina avait avoué, mais n'avait pas voulu dire un mot de plus à quiconque, refusant même de voir le juge, aggravant encore son cas. Quant à la belle Directrice, elle avait été relâchée et avait repris son poste. Georges, n'ayant eu aucune explication officielle, se doutait bien qu'il y avait un secret d'État là-dessous. Mais peu lui importait. Le tueur était parti avec son secret, il fallait maintenant tenter d'aider les familles de ses victimes.

Imprimé en France
Achevé d'imprimer en août 2023
Dépôt légal : avril 2023

Pour

Le Lys Bleu Éditions
40, rue du Louvre
75001 Paris